I0667965

JAUME I EL CONQUERIDOR

(TERCERA PART)

PARLEU O MATEU-ME

Albert Salvadó

Al meu nebot i fillol, Sergi,
Per la seva espontaneïtat
permanent i per ser com és.
Que no canviï mai!

ISBN: 978-99920-1-923-8
Dipòsit legal: AND.197-2012

©*Albert Salvadó* ®
www.albertsalvado.com

Diseny portada: Sarabia Photo

Tots els drets queden reservats.
No es poden fer còpies ni de la totalitat ni de cap part d'aquest escrit
per medi de cap sistema manual, mecànic, tècnic, electrònic, òptic,
digital..., ja sigui passat, actual o futur, sense el consentiment
explícit de l'autor.

ÍNDEX

PRINCIPALS PERSONATGES HISTÒRICS...................4
PARLEU O MATEU-ME.............................7
1.- UN AMIC QUE MARXA.......................28
2.- ELS VELLS CONEGUTS......................43
3.- APRENDRE A JUGAR.........................68
4.- ELS NOUS PROTAGONISTES.................85
5.- ELS FILLS DEL REI.........................110
6.- UN GIR INESPERAT.........................128
7.- UN ENEMIC PER A L'ETERNITAT.........143
8.- CANVI DE RUMB............................167
9.- MÚRCIA.....................................187
10.- EL CONSELL DE CENT.....................206
11.- LA TEMPESTA..............................221
12.- ELS BONS CONSELLS......................238
13.- EL CONCILI DE LIÓ.........................250
14.- ELS NOUS PECATS.........................269
15.- EL SIGNIFICAT DE LA DARRERA LLETRA.......281
EPÍLEG...291
ALTRES OBRES D'ALBERT SALVADÓ..................295

PRINCIPALS PERSONATGES HISTÒRICS

Abu Said: Senyor de València. Va ser qui va nomenar el seu successor Jaume I per al regne de València.

Al-Azraq: Capitost sarraí. Lluità en diverses ocasions contra el rei Jaume. Mort a Alcoi el 1276.

Alexandre IV: Papa. Successor d'Innocenci IV. Mort el 1261.

Alfons X el Savi: Rei de Castella i de Lleó. Successor de Ferran III.

Àlvar d'Urgell: Comte d'Urgell. Mort a Foix el 1267.

Andreu d'Albalat: Bisbe de València, conseller i confessor de Jaume I el Conqueridor

Arnau de Gurb: Bisbe de Barcelona. Mort el 1275.

Berenguera Alfonso: Vuitena amant de Jaume I.

Bernat d'Olivella: Bisbe de Tortosa i arquebisbe de Tarragona.

Climent IV: Papa. Successor d'Urbà IV. Mort el 1271.

Constança de Sicília: Esposa de l'infant Pere i futura reina d'Aragó, Catalunya i València. Fila de Manfred de Sicília.

Enric de Castella: Tercer fill de Ferran III el Sant. Germà d'Alfons X el savi.

Felip III: Rei de França. Succeí el seu pare Lluís IX. Casat amb Isabel, filla de Jaume I.

Ferran III de Castella i Lleó: 1199-1252. Fill d'Alfons IX de Castella. Dit el Sant.

Ferran Sanxís de Castre: Fill natural de Jaume. Mort el 1275.

Ferrís de Liçana: Fill de Roderic de Liçana.

Gregori X: Papa. Successor de Climent IV. Mort el 1241

Guerau de Cabrera: 1158-1265. Vescomte de Girona, d'Àger i de Cabrera. Usurpador del comtat d'Urgell.

Guillem Bernat d'Entença: Àrbitre de les disputes entre Jaume i el seu fill Alfons. Conseller reial

Guillem de Cardona: Mestre templer, senyor de Maldà, Maldonell i Alcarrà

Guillema de Cabrera: Penúltima amant de Jaume I.

Hug de Mataplana: Eclesiàstic, jurista i conseller del rei. Ambaixador en afers papals.

Innocenci IV: Papa. Successor de Celestí IV. Mort el 1254.

Ishaq ben Toldrós: Jueu deixeble de Nahman. Rabí de Barcelona

Jaume de Xèrica: Segon fill de Teresa Gil de Vidaura i Jaume I.

Joan Núñez de Lara: Noble aragonès. Casat amb Teresa Àlvarez d'Açagra, esdevingué senyor d'Albarrassí.

Khublai Khan: Khan de Mongòlia.

Lluís IX: Rei de França. Pare de Felip III.

Mosse ben Ishaq ha-Levi: Jueu important de Barcelona.

Mosse ben Nahman: Rabí, metge i cabalista de Girona. Fundador d'una escola on es seguien els ensenyaments d'Ishaq el Cec.

Muhammad I: Rei de Granada. Es proclamà emir d'al-Andalus.

Pere d'Albalat: Reformista i purista. Volia abolir el concubinatge dels clergues.

Pere d'Ayerbe: Primer fill de Teresa Gil de Vidaura i Jaume I.

Pere de Montcada: Senyor de Montcada.

Pere Ferrandes d'Híxar: Fill natural de Jaume. Almirall de la flota per a la defensa de les costes.

Ramon de Penyafort: Sant. Fou qui introduí la Inquisició a Catalunya per ordre del papa Gregori IX. Mort el 1275.

Ramon Folch de Cardona: Home de talla física extraordinària. Vescomte de Cardona. Morí el 1275.

Ramon Llull: Escriptor, filòsof i figura cabdal de les lletres catalanes. Nascut a Mallorca. Gran amic de l'infant Jaume, futur rei de Mallorca.

Sanç d'Aragó: Fill del rei Jaume i Violant d'Hongria. Arquebisbe de Toledo.

Sibil·la de Saga: Darrera amant del rei Jaume.

Teresa Gil de Vidaure: Amant del rei. Tingué dos fills amb Jaume i es considera la seva tercera esposa.

Urbà IV: Papa. Successor d'Alexandre IV. Mort el 1264.

PARLEU O MATEU-ME

Era un home menut, amb cara de guineu i uns ulls petits que es movien inquiets i escorcollaven amb por fins al darrer racó. Per cadascuna de les passes del sacerdot n'havia de fer dues de les seves, gairebé a salts, per tal de seguir aquella sotana negra pels passadissos del palau de Vic. Caminava encongit i es mossegava els llavis neguitós. Havia demanat de parlat amb el cardenal Guy Lerons, un home alt i gras que mai no somreia obertament, sinó que, en tot cas, allargava lleugerament els llavis i mirava fixament el seu interlocutor. El cardenal tenia fama de ser molt dur i el pobre home que caminava darrere del sacerdot sabia que cada cop que es veien li infonia temor, encara que en aquesta ocasió... Sí, ara el tractaria millor, perquè el que havia descobert pagava la pena i, possiblement, rebria una bona recompensa.

A una indicació del sacerdot el soldat obrí la gran porta de fusta que donava pas al despatx que el senyor bisbe havia cedit a l'alta autoritat que des de feia una setmana tenia per convidat.

Era força aviat i el sol tot just alçava la punta del nas per l'horitzó. Guy Lerons s'havia llevat encara fosc, com cada dia, havia fet les seves ablucions, havia celebrat missa i havia pres el seu desdejuni. Després, com ja era costum, s'havia dirigit al despatx per repassar i enllestir els documents que havien quedat pendents del dia anterior. Tanmateix, l'home de confiança del cardenal, trencant el ritme que ja formava part del palau, aquell matí, tan bon punt escoltà el relat de boca del missatger, va decidir que la notícia no podia esperar i que més valia que Lerons s'assabentés pel mateix conducte i amb idèntiques paraules.

—Eminència, perdoneu que us destorbi —inclinà lleugerament el cap.

El cardenal alçà els ulls i se'l mirà un xic desconcertat. Prou que sabia el seu servidor i secretari que només un assumpte de la major importància podia justificar aquella intromissió en aquelles primeres hores del dia. Alçà la mà i féu un gest per atorgar el seu permís i permetre que s'atansés.

El sacerdot aixecà el cap i avançà una passa. Llavors, en veure que l'home que anava amb ell s'havia aturat, es tombà i el mirà significativament. L'home no va dir res. Simplement va clavar els ulls a terra i el seguí.

—Tenim importants notícies de Barcelona —va anunciar el secretari.

Lerons va afirmar amb el cap i es mirà aquell home petit.

—Oh! Ferrerons —el va reconèixer, sense gaire entusiasme—. Quines noves em portes? —preguntà, sense moure un pèl.

El secretari es tombà cap al missatger. Ferrerons engolí saliva i digué:

—Tal com em vau encarregar, he vigilat el rei Jaume. Com ja sabeu, està redactant la segona part de les seves memòries i ho fa amb l'ajut d'un canonge que respon al nom de Martí de Perelló. És un erudit que ha estat triat pel bisbe d'Osca, però molt em temo que fa alguna cosa més que escriure allò que li dicta el seu senyor —explicà el missatger, i li allargà uns fulls escrits.

Lerons va prendre aquell escrit, però no era capaç de llegir-lo perquè estava redactat en català.

—Què és això? —demanà.

—És el relat que Martí de Perelló està escrivint pel seu compte i us l'he portat. Penso que és força revelador.

El cardenal es tornà a mirar l'escrit. Llavors va passar els fulls al seu secretari, que també se'ls va mirar amb impotència i els va lliurar a Ferrerons.

—Traduïu-los —ordenà.

Ferrerons s'aclarí la gola i començà:

«Per què quan vols fer les coses com tu creus que s'han de fer, tothom s'hi oposa?

»Aquesta pregunta, que me l'havia formulada el rei Jaume, no vaig ser capaç de respondre-la fa uns mesos. I ara tampoc, perquè, a mesura que avança el temps i conec més coses, més m'adono que el món de la política és tan enrevessat que sembla que no poden viure sense fer difícil allò que hauria de ser fàcil, malgrat que jo m'esforço cada dia per mirar de fer fàcil allò que aparentment és difícil. I, curiosament, aquesta és la qualitat que el bon rei Jaume més s'estima de mi. Encara que, ben pensat, no sé si és una qualitat o un defecte, perquè ell em mira divertit, somriu i em diu:

»—Martí, amic Martí, enlloc de canonge hauries de ser cavaller. Martí de Perelló. Un bon nom envoltat de les millors intencions, però hauries de demanar-te si les dels altres també són assenyades i prudents o si persegueixen el seu profit.

»Confesso que de vegades em costa d'entendre'l. Què hi tenen a veure els altres amb les meves intencions, si són honorables? Tanmateix, els darrers esdeveniments li estan donant la raó i he descobert que els altres, tal com ell anomena els bisbes, arquebisbes, mestres i nobles, hi posen cullerada. I, desgraciadament, no sempre amb generositat.

»La darrera redacció del *Llibre dels Fets* del Rei Jaume, la que jo he pogut llegir, comença tot dient: «Fe sense obres és morta». Ell mai no ha pronunciat aquestes paraules, tot i que és una bona frase per encetar un escrit. Només que jo hi afegiria que obres sense pensaments i pensaments sense sentiments no són altra cosa que buidor.

»Suposo que el bon Déu tindrà en compte que ja ha patit l'infern a la terra. Sobretot en els darrers anys. La vida és així, em diu amb resignació. Comença amb moltes esperances, algunes es fan realitat i la major part acaben en desencís. I ja hi pots posar bona voluntat, que altres triaran el camí. I no te n'escaparàs.

»Encara recordo aquell dia com si fos avui mateix. Feia una bona colla de mesos que havia arribat a la cort. Va ser l'any 1275 de Nostre Senyor quan Jaume Sarroca, bisbe d'Osca, canceller del rei i successor de Vidal de Canyelles en molts aspectes, entre ells el de mereixedor de la confiança del sobirà pel que fa a la redacció de les seves memòries, em va enviar a Barcelona.

»He dit la redacció...? No! Més aviat hauria de dir la censura, perquè el meu encàrrec sempre ha estat clar. Haig d'escoltar el rei i escriure allò que em dicti. Després lliuraré tota la meva obra al senyor bisbe i ell ja decidirà com s'ha d'acabar o d'adobar o de corregir o vés a saber què. Tanmateix, tinc més que clar que li entregaré una part, perquè aquesta, la que redacto a hores perdudes, la guardaré per a mi.

»El dia que vaig conèixer el rei em vaig sentir cohibit. L'havia vist un cop, de lluny, i a mesura que avançava el temps vaig comprovar que el seu caràcter anava en consonància amb la seva talla física, que continua sent impressionant, malgrat que la seva edat ja comença a arrodonir les arestes més altes de l'enorme muntanya. Al front guarda el record d'aquesta cicatriu que el delata i que s'enrogeix cada cop que s'enfada. De seguida em vaig adonar que és un home de vegades contradictori. A voltes es comporta amb amabilitat i cordialitat, tot emprant unes formes educades. Altres, no obstant això, respon amb violència. Sobretot quan darrere de les paraules o de les accions hi descobreix interessos que són el reflex d'intencions amagades. Això el treu de polleguera i ha de fer vertaders esforços per no llençar-se damunt de qui té al davant.

»Jo arribava amb bones referències, però ell les va ignorar i es va estimar més descobrir qui de debò era jo. De manera que vam parlar força estona i em va fer preguntes i més preguntes sobre els meus coneixements, el meu tarannà, els meus gusts, allò que havia llegit i les feines que havia dut a terme fins aleshores. En acabar, va afirmar amb el cap i jo vaig entendre que era del seu grat. Es dirigí cap a la porta, va donar ordre per tal que m'assignessin un allotjament i em va emplaçar per l'endemà.

»El meu treball és feixuc quan Jaume el Conqueridor és a la cort. Té pressa per dictar les seves memòries i es passa hores senceres recordant detalls que jo anoto en els fulls. L'endemà els haig de tenir ordenats i redactats per tal que siguin entenedors. Llavors els hi haig de llegir i ell fa noves correccions, afegeix alguns detalls, canvia altres, arrodoneix passatges, en dicta de nous... I jo veig com cada dia el meu treball augmenta, perquè els nous escrits i les correccions dels anteriors se sumen.

Fins i tot, de vegades, li ve a la memòria un nom o un fet que corona el relat, però que pertany a un full que ja he escrit fa dies, i m'obliga a refer-lo i a retocar altres passatges que es veuen afectats. Tanmateix, quan marxa de viatge, m'ho prenc amb més calma, tot i que no puc adormir-me, perquè, quan ell torna, de seguida em ve a veure i em demana si tot ha estat enllestit. Encara que, en diverses ocasions, l'he acompanyat. No sé, però gosaria dir que té pressa.

»Jo sempre l'escolto submís i escric gairebé sense pronunciar paraula. Només quan li llegeixo el que he escrit li faig remarques i canvio l'estil, cosa que sempre li és força agradable.

»—Molt millor com tu ho dius —afirma amb el cap—. Sí! I és just el que jo volia dir.

»Des del primer moment va decidir que em tutejaria. Diu que se sent millor, més còmode, com si parlés amb ell mateix. És en aquests moments, quan se sent còmode, que el seu rostre reflecteix les emocions que el seu cor amaga. Davant de tothom es comporta com el monarca fort, però en la intimitat d'aquests murs hi ha moments que la tristor l'embarga i els ulls se li enterboleixen. Poques vegades he copsat alguna llàgrima, però.

»Tot i que en els primers mesos no vaig protestar, haig de confessar que és cert que sempre he tingut un caràcter rebel, segons han proclamat molts dels homes als quals he servit, i que no el mostro fins que no gaudeixo de prou confiança. No puc negar-ho, perquè hi ha coses que van més enllà d'un mateix i que són difícils de controlar. Tanmateix, afegiré en la meva defensa que si som en aquest món és per alguna raó i si tenim un tarannà determinat, possiblement, no és per casualitat. I és aquesta faceta indòcil i ingovernable que va provocar el gir dels esdeveniments i a mi em va obrir una porta cap al costat desconegut de l'alta persona que tinc davant, el lloc fosc que tots plegats construïm en el racó més enforatat de la nostra ment.

»Aquell matí ens trobàvem a la sala que em servia de despatx al palau de Barcelona, com tantes altres vegades. Una sala enorme per a les meves necessitats d'espai, decorada amb fusta i amb armes, plena de poselles amb documents que només consulto quan ell és fora. L'havia escollida personalment el rei i me l'havia assignada perquè diu que envoltat d'armes i documents se sent més inspirat. És com la continuïtat de la batalla. Per això, de tant en tant, pren una espasa de la paret i parla mentre la branda davant d'un enemic imaginari.

»—No, home, no! Però, que t'has tornat boig? —cridà aquell dia, de sobte, el rei Jaume. S'aixecà de la cadira, arribà fins on era jo, prengué els fulls i els esparracà fins esmicolar-los.

»—Però, senyor... —vaig fer esgarrifat i, fins i tot, vaig tenir l'esma de salvar els pedaços.

»—Ni parlar-ne! —féu el rei, mirant-me amb ràbia.

»I ara que li agafa?, em demanava jo.

»—Només escriuràs allò que et digui. La resta són paraules que llenço al vent. Ho has entès? —em va dir, després d'un silenci que se'm va fer etern.

»—No, senyor. No ho he entès, ni ho vull entendre — li vaig contestar, ben decidit. I em vaig penedir immediatament, però ja estava fet.

»El rei Jaume em va mirar amb duresa. Jo era l'home que li havia enviat el bisbe d'Osca per tal d'acabar el relat dels seus fets i tenia fama d'assenyat, de prudent i de reservat. Tímid, haig de confessar. Per això, suposo, no acabava d'entendre la meva reacció. Ni la forma com li responia. I, encara menys, que gosés aixecar la veu al rei i dur-li la contrària.

»Li vaig llegir als ulls que la seva primera intenció havia estat estavellar-me el puny a la cara i deixar-me estès. El darrer any havia representat una prova molt dura per a ell. Massa dura! Feia ja més de seixanta anys que era rei i els darrers temps havien significat un cúmul de problemes que semblaven no tenir fi. D'aquí poc hauria de marxar cap a València. Al-Azraq, amb l'ajut de Muhammad II de Granada, successor de Muhammad I, i del rei del Marroc, havia tornat a Múrcia, havia pujat de nou cap a València i el regne es trobava amenaçat.

»I tant que m'hauria xafat el nas! Però, s'hi repensà. En els darrers anys, ningú no se li havia rebel·lat d'aquella manera sense patir-ne les conseqüències. I jo n'era conscient. Per què, doncs, gosava contradir-lo?

»Ara jo tremolava i havia baixat la mirada. Jugava amb la ploma i em mirava els trossos de paper que havien caigut al terra.

»—Què significa que no ho vols entendre? —em demanà el rei Jaume—. Sóc jo, qui et mana, i vull una feina ben feta.

»—Doncs deixeu que la faci a la meva manera —encara vaig gosar replicar, sense aixecar els ulls—. Durant tots aquests mesos us he escoltat i he cregut que no em teníeu prou confiança per explicar-me el que ara m'heu començat a relatar. Aquestes idees són les que el poble ha de llegir i ha d'escoltar. Estic fart de copiar dels vostres llavis un relat que només diu que vau ser aquí i allà, que vau lluitar amb aquest i amb aquell, que vau conquerir això i allò, que us vau barallar amb un i amb l'altre, que vau... I ara, quan de debò comenceu a explicar-me qui sou vós, em prohibiu d'escriure. La gent, tots plegats, volem saber allò que pensa i sent el nostre rei, volem que ens expliqui per què va fer les coses. Allò que heu fet, ja ho sabem prou. El regne sencer en va ple. A més, he llegit tot el que vau dictar fa anys al canonge Josep de Palou. I sabeu què us dic? Que allò que ha quedat no m'agrada gens ni mica. És absurd. Qualsevol amb dos dits de seny descobreix de seguida que algú ha manllevat algun tros i és per això que hi ha fets que no concorden i dates capgirades o passatges que no s'entenen bé. Hi ha moments que sembla que sou eternament un nen, i de sobte heu crescut...

»—Josep de Palou era més assenyat que tu —tallà el rei Jaume el meu discurs—. Llàstima que sigui mort, perquè ara no hauria d'aguantar la teva rebel·lia.

»—Jo sé que ell va escoltar dels vostres llavis el vertader relat dels fets —vaig negar—. I no és el que ara podem llegir. I tothom ho copsa.

»—Ah, sí? I com ho poden copsar?

—Dos i dos fan quatre, senyor. Vós teniu una memòria clara i precisa. No hi ha ningú que s'empassi que dictéssiu uns records que, de vegades, no tenen sentit. El senyor bisbe em va dir que vigilés molt que només m'expliquéssiu els fets, i no pas les idees ni els pensaments, i que esperava que haguéssiu après la lliçó. Quina lliçó?

»—Vidal de Canyelles em va fer entendre que un rei s'ha de justificar, que no haig de carregar massa contra els nobles i, menys encara, contra els prelats i la gent d'església. Tampoc és convenient explicar intimitats que no representen cap bon exemple. Per tant, només vull relatar els fets importants.

»—Importants...? —vaig deixar escapar una petita riallada. Llavors el vaig mirar—. Per a qui? —vaig demanar.

»La seva mirada dura es transformà en sorpresa. El pitjor moment havia passat i la meva veu, suau i submisa, havia obrat el miracle.

»—Per al regne. Per al prestigi d'Aragó, de Catalunya, de Mallorca, de València, de Montpeller...

»—Per què em pagueu, doncs? Qualsevol altre pot fer aquesta estúpida feina de copiar fets que no són més que repeticions. Vau assetjar, vau llençar pedres, vau esfondrar torres i muralles, vau omplir fossats, vau esbotzar les portes i vau entrar-hi. I ara repetim: vau assetjar, vau... —vaig bufar, desesperat—. Tot és el mateix, però amb noms diferents. No hi ha res de... de... de profund, de... de... de real, de... de... d'ensenyament, de... de...

»—Jo et pago per fer una feina que a mi em plagui i no per... per... per... —se'n burlà Jaume, de les meves repeticions.

»—Doncs no em pagueu, perquè no seguiré escrivint —vaig dir, vaig deixar la ploma damunt la taula, em vaig aixecar de la cadira i em vaig dirigir cap a la porta.

»Gairebé havia arribat quan l'espasa es va clavar a la paret de fusta i em va tallar el camí. Em vaig tombar, tremolós, i vaig descobrir que el rei en duia una altra, que va clavar a la meva esquerra, amb ràbia, i la va deixar fimbrant a un costat i a l'altre mentre jo em quedava quiet i mut entre les dues fulles d'acer. Llavors vaig veure que n'agafava una tercera de la col·lecció que estava penjada al mur i que tornava cap a mi.

»Ets home mort, vaig pensar i no em vaig atrevir ni a bellugar un dit. El rei Jaume va apuntar amb l'espasa el cor del pobre canonge que era jo, que engolia saliva, però no vaig caure de genolls, sinó que vaig aguantar amb fermesa la seva mirada. Si més no, moriria amb honor, sense vergonya, com havia escoltat dels seus llavis que ha de fer un cavaller.

»—No cal que em pagueu amb diners. Pagueu-me amb les vostres confidències. Però, si no em pagueu, no seguiré escrivint —vaig dir amb un fil de veu, mentre arrapava l'esquena a la paret i procurava no respirar gaire, no fos cas que aquella punta afilada em traspassés la roba i m'esquincés la pell.

»—De tots els que han passat per aquí, tu ets el que més m'agrada —digué Jaume—. Interpretes com ningú les meves paraules i saps donar al relat la forma més adient. Ets culte, reflexiu, intel·ligent i assenyat, tot i aquesta estúpida rebequeria. Domines la nostra llengua i no protestes ni em dius que el llatí és més ric, sinó que busques la paraula justa i, si no existeix, la inventes. Ja sóc gran i cada cop em costa més trobar algú que m'agradi. Només creuaràs mort aquesta porta.

»—Doncs, parleu o mateu-me, perquè no seguiré perdent el temps amb bajanades. Hi ha coses més importants per fer.

»M'havia tornat boig. El rei Jaume va prémer els llavis i va fer el gest de clavar-me l'espasa. Em vaig posar tens, vaig tancar els ulls i vaig encetar una oració. Tremolava com una fulla al vent i les cames em feien figa. Havia anat massa lluny, pensava, i possiblement era home mort, però una força irresistible m'arrossegava cap a la que podia ser la meva darrera hora. Sí, allò era el suïcidi. El rei ja era gran. Feia dies i dies que havia deixat força enrere els seixanta anys i ja anava camí dels setanta, però seguia sent un home fort i seguia tenint un caràcter ferm i orgullós.

»—Jura per tot el que és sagrat en aquest món que quan jo t'ordeni que no has d'escriure deixaràs la ploma damunt la taula.

»Vaig obrir els ulls de patac. Potser m'havia perdonat, però l'espasa encara apuntava el meu cor.

»—Llavors ningú mai no ho podrà llegir —em vaig queixar.

»—Exacte! Mai no ho podran llegir. T'ho guardaràs per a tu, només per a tu —afirmà Jaume, i punxà lleugerament la meva roba amb la punta de l'espasa—. Durant aquest temps t'he observat amb molta cura i he descobert que sents deler per conèixer els homes, allò que pensen i senten. No és conèixer, el que vols?

»Vaig contemplar l'acer lluent i, després, vaig dirigir els meus ulls al rei.

»—Sí, senyor —responguí.

»Jaume retirà un xic l'espasa.

»—Doncs, jura-ho i coneixeràs.

»—Juro que mentre sigueu viu, mai no escriuré allò que no desitgeu —vaig fer.

»—No, no, no —rigué el rei Jaume—. Jura que res d'allò que jo diré no serà emprat de cap de les maneres ni tramés ni comentat ni res de res. Res de res. Entesos?

»—Per què, senyor? —em vaig estranyar davant de la insistència del rei.

»—Mira la teva dreta —senyalà el rei, i preguntà—: Què hi veus?

»—Una espasa clavada a la paret —vaig contestar. Era evident. I no m'havia tallat el coll perquè m'havia aturat a temps.

»—I a la teva esquerra?

»—Una altra espasa, també clavada a la fusta.

»—I davant teu?

»—A vós.

»—Només em veus a mi?

»—A vós amb una espasa a la mà.

»—Si jo t'explico el significat d'aquestes tres espases i tu el repeteixes, els meus fills hauran perdut un arma infal·lible. I jo he de vetllar per ells —em mirà als ulls, directament—. Sé que ets home de paraula i que un jurament és sagrat, per a tu. Vols conèixer i jo estic disposat a explicar-te coses. Potser no serà tot, però sabràs molt més del que pots arribar a imaginar. Sabràs que durant tots aquests darrers anys he viscut un malson que es diu al-Azraq i que no puc marxar d'aquest món sense haver acabat amb ell, perquè no puc deixar als meus fills aquesta maleïda herència. Tal vegada, fins i tot, coneixeràs el meu gran secret, aquell que no he explicat a ningú, però que segurament Déu el sap, i el diable també. Per això haig d'estar ben segur que res no sortirà de la teva boca —el rei guardà un instant de silenci i somrigué amb malícia—. Ja estàs al corrent que vaig tallar la llengua d'un bisbe, però, en el teu cas, t'hauria de tallar la llengua i les mans i seria una llàstima, perquè parles molt bé i encara escrius millor.

»—Juro davant Déu Nostre Senyor i la Verge Santíssima que res d'allò que no figuri als escrits que vós em dictareu no serà ni emprat ni difós de cap de les maneres.

»—Ara ja m'agrada més —mogué el cap amunt i avall.

»—Però, si us sobrevisc, ho escriuré —vaig coronar.

»—Ets cabut i, encara que només sigui per sortir-te'n amb la teva, ets ben capaç de sobreviure al diable mateix —rigué—. Un cop sigui mort, ja veurem què passa,

perquè no ets l'únic que prendrà decisions —digué i
s'apartà i senyalà amb la mà—. L'espasa que tens a la
dreta representa Loarre; la de l'esquerra és Les Celles; i
la que tinc a la mà sóc jo davant de Montaragó. Així vaig
guanyar el meu oncle Ferran. Ofegant-lo. I de la mateixa
manera vaig entrar a València. A l'oest s'estaven els
castellans, al nord nosaltres i a l'est el mar. De manera
que vaig conquerir el Puig, després em vaig desplaçar al
sud i, finalment, em vaig concentrar en el Mediterrani.
Un cop València va quedar aïllada, tot era una qüestió
de temps. Com tu. A la dreta tens una espasa, a
l'esquerra l'altra, a l'esquena la paret i jo davant teu. Si
no arribes a jurar, no surts viu.

»—Però, ara que ja heu conquerit València, no veig
per què no ho podeu explicar?

»—Quan vaig vèncer el meu oncle, si ho hagués
explicat, creus que hauria pogut aplicar la mateixa
tàctica a València? —preguntà el rei, aixecant les celles.

»—No, senyor —vaig respondre amb sinceritat, em
vaig apartar amb molta cura de les dues espases i em
vaig dirigir de nou cap a la taula.

»—I has entès que jo segueixi l'assenyat i prudent
consell de Vidal de Canyelles, que Déu tingui a la seva
glòria? Tenia raó, quan va dir que m'haig de justificar,
només justificar, perquè allò que han de conèixer els
meus fills, ho escoltaran dels meus llavis i els altres no
hi han de fer res.

»—Sí, senyor —vaig afirmar de nou.

Entre les armes penjades a la paret hi havia dos
punyals. El rei somrigué divertit, s'atansà i els prengué.

»—Vols saber...? —preguntà, amb les dues dagues a la mà, i s'apropà. Llavors me'n va lliurar una—. Clava-la damunt la taula —ordenà.

»—La faré malbé —em vaig quedar astorat.

»—I què?

»Em vaig mirar el punyal, després vaig moure el cap a dreta i esquerra. Pobra taula! Però, si ell així ho volia...

»Vaig aixecar la mà i la vaig baixar amb timidesa. Amb tanta timidesa que només vaig aconseguir fer a la fusta una esgarrapada ben petita.

»—Més fort, home! —ordenà Jaume amb la veu que empra al camp de batalla, i que a mi em va espantar—. Amb totes les teves forces. Travessa-la!

»Mai no he estat home d'armes i el meu braç no és fort. No obstant això, vaig repetir el cop, aquesta vegada amb fúria, però poca cosa vaig aconseguir. Només la punta hi va entrar i encara em vaig fer mal a la mà...

»De sobte vaig escoltar un crit i gairebé vaig ser a punt de caure de la cadira.

»—Aaaaaa...! —va fer el rei, la seva mà va caure damunt la taula i el punyal va creuar la fusta com si fos mantega fosa.

»—Mare de Déu! —vaig exclamar, amb uns ulls com taronges, incrèdul i espaordit.

»—Fa anys, molts anys, un amic em va ensenyar que la lletra "a" és la lletra de l'energia. Això ja ho saps, perquè ho has pogut llegir. Però també em va dir que quan es pronuncia ha d'anar acompanyada de l'acció, sinó tot l'esforç es perd. Si algú vol saber, que ho esbrini per ell mateix, però jo no seré tan imbècil que li ho expliqui. Només els idiotes diuen "mireu què gran i què llest que sóc!", ensenyen el seu joc i perden tota la força per la boca. Ho has entès bé, ara?

»—Sí, senyor —responguí, i vaig acompanyar les meves paraules amb forts cops de cap, sense apartar la mirada del punyal que havia travessat la fusta de la taula.

»—Bé! Dius que ja has llegit la primera part de les meves memòries. Per tant ja saps com vaig arribar a assolir el tron i el que va passar amb tots els meus anteriors testaments. De manera que ara t'explicaré allò que ha tingut lloc en aquests darrers anys. Obre bé les orelles... i no escriguis —digué el rei Jaume, i jo vaig deixar la ploma damunt la taula i em vaig preparar per escoltar el relat del rei.

»Per fi podria assabentar-me d'allò que ningú més, excepte ell, coneixia. El seu gran secret. I, com bé havia dit, pel moment només serà meu, però, un cop hagi mort...»

—Aquí acaba el relat —va dir Ferrerons, va callar i es va fer un gran silenci.

—Com ho has aconseguit? —preguntà el cardenal.

—Disposo de gent lleial entre els servidors de palau. Martí de Perelló ha acompanyat el rei a València i el meu home de confiança ha trobat aquest escrit amagat a una de les poselles.

—No n'hi ha més?

—Pel moment només hem trobat aquest escrit.

—Torna'l al seu lloc i que Martí de Perelló no noti la seva absència. Ens interessa la resta. Hem de conèixer aquest gran secret. Ho has entès?

—Sí, Eminència. Serà com vós voleu.

El cardenal es quedà pensarós, es llevà, obrí una capça, prengué unes monedes i les allargà cap al lector improvisat.

—Serveixes a la Inquisició —digué Lerons—. Ja saps el que això significa.

—Els meus llavis romandran eternament en silenci, com sempre ha estat —respongué el missatger, i féu una reverència.

—No oblidis que els bons serveis mereixen una bona recompensa, però els mals serveis reben un càstig i que el braç de la Inquisició arriba molt lluny.

L'home féu una nova reverència, i abandonà el despatx.

Un cop es van quedar sols, el cardenal va mirar el seu secretari.

—Què en penseu? —demanà.

—Si el rei Jaume hagués fet un pacte amb el diable... —començà a parlar el sacerdot.

—Com podeu dir això? —s'estranyà el cardenal. Per on li sortia aquell home?

—Coneixeu algun rei que s'hagi estat al tron durant més de seixanta anys? —alçà una cella el secretari—. Coneixeu algun guerrer que hagi estat capaç d'esdevenir el Conqueridor? Pot Déu beneir un home que ha dut una vida com la seva i que no ha acceptat agenollar-se davant de l'Apostòlic, del seu representant a la terra? Per què diu que el diable coneix el seu secret?

El cardenal es va quedar en silenci. El seu secretari era un home molt valuós. Força sovint trobava solucions inestimables. El rei Jaume havia esdevingut perillós. Massa prestigi, massa rebel·lia, massa poder, massa... Massa de tot.

—Això explicaria els seus fracassos per anar a Terra Santa —apuntà el secretari, amb el to que emprava quan havia de suggerir—. Déu l'ha castigat. I també explicaria la seva vida depravada i els altres càstigs.

—A quins càstigs us referiu?

—Els seus fills.

—Sí... —mormolà el cardenal—. El papa Gregori ha de ser informat d'aquests escrits tan reveladors.

—Potser, encara no —digué el sacerdot—. Si em permeteu, jo seria partidari d'esperar per veure si trobem la continuació d'aquest relat. Fins i tot podríem parlar amb Martí de Perelló. Disposem de prou recursos per fer-lo parlar —afegí una tímida rialla.

—No és cap mala pensada —féu Lerons—. Hem de tornar a Lió, però no vull perdre de vista Perelló. Feu-lo seguir.

—Ho ordenaré tan bon punt torni de València.

—Fes-ho ara mateix. Envia algú a València i que no el perdin de vista. Vull conèixer aquest secret quan més aviat millor. Entesos?

—Sí, Eminència —afirmà el secretari amb el cap, i abandonà el despatx.

Si tot anava bé, Lerons per fi podria venjar-se d'un rei que no havia volgut acceptar la suprema autoritat de l'Apostòlic i que ara pagaria per tots els seus pecats.

1.- UN AMIC QUE MARXA

«La mort no és la fi de la vida, sinó la seva culminació. Si fem cas d'aquestes paraules, ens adonarem que aquí es pot trobar la gran diferència per a qui ha viscut intensament i no tan sols ha complert el seu paper damunt de la terra, sinó que l'ha acceptat amb totes les seves conseqüències. Els altres, possiblement marxen esfereïts, espantats, amb la por d'encarar-se amb algú que li passarà comptes. Per això, per a ells, és un acabament i mai una culminació.»

Aquestes eren paraules pronunciades per Ramon de Penyafort, l'eclesiàstic i canonista que estava al front de la Inquisició a Catalunya. De bon començament, quan el rei Jaume es va veure obligat a acceptar-lo per tal d'evitar l'excomunicació de l'Apostòlic, havia cregut que no s'entendrien. El monarca estava en contra d'una institució que sempre havia considerat que no era altra cosa que un braç molt llarg de l'Església, unes orelles i uns ulls poderosos que li permetien estar al cas de tot i posar les grapes damunt de tots els regnes cristians. Un poder superior a qualsevol altre, que cada cop s'estenia més i més i que ja havia començat a torturar en nom de Déu. Entre els prelats es comentava que la seva animadversió pels guardians de la puresa estava fonamentada en el fet que l'Església li havia ofert negatives en diverses ocasions al llarg de la seva vida. Sobretot quan mirava de curullar algun dels seus capricis. Que també en tenia!

El temps, evidentment, no havia contribuït gens ni mica a apaivagar aquest rebuig gairebé visceral, però, si més no, havia de reconèixer que Ramon, fill del noble cavaller Pere Ramon de Penyafort, era un home prudent i reflexiu. Amb ell havia tingut llargues converses i l'havia sorprès la profunditat del seu pensament, malgrat que no es cansava mai de repetir que la Inquisició no era sant de la meva devoció. Hi havia qui deia que el rei era poc religiós. I es basaven en fets que altres qualificarien d'anecdòtics. Comentaven que manifestava dos vessants que eren contradictoris, com el seu caràcter. D'una banda carregava contra l'Església quan s'enfadava, quan tractava de temes de poder, decisions de Roma que són més terrenals que no pas espirituals, però dins del seu cap les idees eren clares. En certa ocasió li va dir, a Guillem Bernat d'Entença:

—Llàstima que el bon Ramon de Penyafort no hagués pogut fer res per aturar la substitució de Pere d'Albalat per Bernat de Rocabertí, un personatge sinistre que en ben pocs mesos va capgirar una reforma que no hauria anat pas malament i que durant gairebé setze anys va anar diluint-la fins convertir-la en res. Ja ho veus: quan vulguis matar una idea, no lluitis contra ella. És millor fer veure que treballes al seu costat, perquè no hi ha pitjor enemic que el que tens a casa i que passa per ser amic.

Martí de Perelló, quan escoltava aquestes confessions, deixava la ploma damunt la taula, però el seu cervell prenia bona nota de totes i cadascuna de les paraules.

—Em demanes que no em justifiqui, que t'expliqui qui sóc... No em facis riure! —feia Jaume amb un somriure enigmàtic—. Cada cop que obrim la boca per definir-nos, no fem altra cosa que justificar-nos. Volem donar una imatge de nosaltres mateixos que sigui agradable i amagar aquells trets que pensem que ens podem fer mal i malmetre el concepte que puguin tenir de la nostra persona, quan, en realitat, són les mateixes accions que ens delaten. De manera que no em queda altra opció que explicar-te allò que vaig fer i deixar que tu n'extreguis les conclusions.

Corria l'any 1252 de Nostre Senyor quan la notícia li arribà mentre s'estava al palau de Barcelona. Ferran de Castella, el seu gran amic, acabava de morir a Sevilla. Beatriu, la primera esposa del rei castellà, ja l'havia precedit feia uns anys i havia estat substituïda per Joana de Ponthieu.

Ai, Ferran, Ferran! Ell era la causa per la qual li havien vingut a la memòria les paraules de Ramon de Penyafort, perquè el rei de Castella marxava amb els deures fets. La història recordaria que va pacificar Galícia, que va prendre Úbeda i Còrdova, que va assetjar Granada, però no la va conquerir perquè Muhammad I, emir d'al-Andalus, se li va oferir com a vassall. Tot i així, encara va prendre Jaén i Sevilla. Per tant, Jaume estava convençut que Ferran podia creuar la darrera porta sense angoixa, sabent que l'esperaven per acompanyar-lo i oferir-li els honors que li eren deguts. Se'ls mereixia. No va plorar per ell, però.

No. No va plorar perquè havia esgotat totes les seves llàgrimes. En poc temps, gairebé uns mesos, havien mort massa éssers estimats. Primer una esposa, Elionor de Castella, que no va ser una bona companya, però que li havia donat un fill i per aquesta raó, malgrat que l'Apostòlic accedís a la separació, no deixava de ser una persona que va compartir moments importants amb ell. I per a ella guardava un record. Poc després va perdre un fill, Ferran, un nen tendre que no sabia si havia complert les condicions de Ramon de Penyafort per creuar la darrera porta.

—Potser Déu ho havia disposat així —li va dir el fidel Guillem Bernat.

—Potser sí —li va respondre el rei amb tristor—. A Déu sempre li pots preguntar qualsevulla cosa, però difícilment et respon. Si més no, amb veu clara.

Encara estava el seu cos calent quan Violant, la seva reina hongaresa, el seu gran amor, la vertadera esposa, l'amant, l'amiga i la seva millor consellera va tancar els ulls per sempre més. Tan profund va ser el seu dolor que, si no hagués estat per Guillem Bernat d'Entença, l'hauria acompanyada. Va prendre el punyal i...

Martí es va quedar bocabadat en escoltar dels llavis del rei el relat d'aquell instant. Li era del tot impossible imaginar-se'l amb un punyal a la mà, derrotat i esmaperdut, amb la clara intenció de posar punt i final als seus dies. Un home com ell —reflexionava—, alt com un gegant, fort com un lleó i, segons comentaven i havia pogut comprovar, brau com el més gran dels sobirans d'aquest món. El Conqueridor! Però l'amor que havia sentit i que encara sentia per Violant era tan gran que Martí no va dubtar ni un instant que la decisió del rei va ser ferma i que només la responsabilitat que tenia envers els seus fills va impedir que l'executés. Mai no havia escoltat paraules tan dolces dedicades a una dona. Llàstima que no la va conèixer! Li hauria agradat de debò. Segur! Va pensar Martí.

I després de tan inestimable pèrdua li arribava el torn a un dels millors amics que el rei Jaume mai no havia tingut, un aliat i un company que li oferia bons consells.

—Veuràs: estic convençut que arribem a la saviesa per esgotament i no pas per coneixement —li havia dit el gran rei de Castella, un home savi i sant com no n'hi ha hagut cap altre—. Hi arribes després d'haver patit i haver descobert els errors comesos. Déu és tan benèvol amb nosaltres que ens permet caminar damunt de les errades i trobar el camí que mena fins a Ell. I, a més, ens ho permet una i altra vegada, amb una paciència infinita.

De vegades és complicat explicar-te la raó, però les paraules de Ramon de Penyafort també feien pensar Jaume en la reforma que havia encetat Pere d'Albalat. Aquest home just i prudent volia abolir el concubinatge dels clergues i tallar de soca-rel la relaxació de la vida monàstica, però van ser més forts els seus enemics i poc que el va poder ajudar el seu germà Andreu, bisbe de València, conseller i confessor del rei. També un home com cal.

—Sembla que tots aquells que són com haurien de ser, sempre han de patir i han de lluitar més que no pas els altres per aconseguir el seu objectiu. Fins i tot, de vegades crec que el diable és més poderós i que a Déu li costa mantenir la seva voluntat —havia dit Jaume, quan li explicava aquests fets.

Tot havia canviat tant! I en tan poc temps!

La seva filla Violant havia marxat per unir-se al seu espòs Alfons, successor de Ferran i ja rei de Castella i de Lleó. Quinze anys tenia la infanta quan va deixar palau. Aviat en faria setze. Sança, amb tretze havia ingressat al convent del monestir de Vallbona de les Monges, on tenia cura de la tomba de la seva mare, la reina hongaresa. Pere acabava de complir els dotze i era fort i valent; Jaume ja en tenia vuit i els seus ulls blaus no paraven de mirar el mar i el seu cervell no deixava de somiar amb el regne de Mallorca; Constança en tenia quinze i aviat es casaria amb Manuel, el tercer dels fills que Beatriu va donar al seu amic Ferran de Castella. Eren molts els llaços que l'unien al difunt rei de Castella i de Lleó. Després venia Isabel amb set anys. I, finalment, Sanç, amb només cinc anys, que no tindria cap regne. Alguna cosa havia de pensar per a ell. I aquí, en aquells dies, semblava, que s'acabava el seu món de palau.

No! Havia oblidat algú de molt important. Alfons, el fill que li va donar Elionor, l'home que havia triat per deixar-li Aragó i València. Sí, ja ho deia bé, perquè era tot un home. Gairebé trenta anys! I ja casat amb Constança, filla Gastó VII de Bearn. Era bo tenir un peu a la Gascunya Occitana. Més encara si aquest peu portava l'empremta de la casa dels de Montcada, perquè el de Bearn pertanyia a la nissaga dels nobles catalans, tot i que sentia gran afecte per Castella.

Per què havia oblidat Alfons? Potser perquè en aquells dies pensava més sovint en els petits, en els que encara no podien caminar sols. Però, llavors, tal vegada hauria d'afegir els altres. Ferran Sanxís, el primer bastard i senyor de Castre, Pere Ferrandes, nomenat senyor d'Híxar, i Jaume Sarroca. Dotze, set i quatre anys. Un bon planter.

—Faig els preparatius per al viatge, senyor? —va escoltar Jaume la veu de Guillem Bernat d'Entença, aquell matí de l'any 1252, quan acabava de rebre la notícia de la mort del rei Ferran.

—No —negà amb el cap—. Sevilla és massa lluny i quan arribem ja estarà enterrat. Què dic! Ja ho és a hores d'ara. Millor escriuré una carta als meus fills i els expressaré el meu condol. Però no tinc esma per agenollar-me davant d'una altra tomba, encara que sigui la de Ferran. Els darrers mesos no he fet altra cosa que resar i demanar perdó fins al punt que no sé ni com està el regne. Hauria de viatjar, assabentar-me de com tinc la casa i prendre decisions. L'Urgell segueix en dansa i ja n'estic fart.

—Però què hi podeu fer?

—He decidit casar el jove Àlvar d'Urgell amb Constança, la filla de Pere de Montcada.

—Constança? —preguntà el d'Entença, sorprès. Mogué el cap, a dreta i esquerra, el mirà i féu—: Només té dos anys, si no vaig errat!

—Així és, amic, però no oblideu que Àlvar també és un nen. El seu germà va morir sense descendència i... A veure si així s'acaba l'etern problema de l'Urgell. Els de Montcada saben el que es fan. És una família poderosa i un peu en aquelles terres no ens anirà pas malament.

—No ho podeu fer, senyor.

—Per què?

—Doncs... recordeu la vostra boda amb Elionor de Castella. No va sortir bé.

—Perquè Elionor no era una dona com cal.

—Perdoneu que us ho digui, però no m'agrada, senyor —negà de nou Guillem Bernat.

—Assistiré a la boda i us prego que m'acompanyeu —afirmà el rei—. No sé si serà tan divertida com la meva amb Elionor ni si hauran de fer alguna cosa estranya per tal de consumar el matrimoni —va riure en recordar el seu enllaç amb Elionor— Però serà bo trobar gent que fa temps que no veig.

Des de la mort de Violant, el rei Jaume semblava un monjo. Gairebé no sortia i havia perdut el costum de cavalcar i el gust per la cacera. Es passava hores i hores tancat amb els seus records, repassant els errors comesos i intentant trobar explicacions a fets absurds i mirant de seguir els savis consells del seu amic Ferran de Castella. El temps tot ho cura i, potser, s'encetava una nova etapa. Tard o d'hora has de començar a caminar. Tanmateix, Guillem Bernat no estava convençut que aquella fos la millor manera de tallar la seva soledat i, menys encara, la millor manera de posar pau a l'Urgell, on el bisbe seguia negant el comte de Foix qualsevol dret sobre les Valls d'Andorra. Així i tot, el rei no se'l va escoltar.

*** ***

L'aigua cristal·lina i pura baixava per la canal i saltava damunt de la roca. Després es calmava, omplia l'estany, s'endinsava lentament en el tub i arribava al pati interior del palau de l'Alhambra, on una font amb sortidors l'enlairava i arrencava del sol reflexos multicolors. El rei Muhammad passejava mentre escoltava les paraules de l'oficial. Ferran III, rei de Castella i de Lleó, que havia arribat fins a la seva porta, havia trucat i li havia dit que el regnat d'Al·là tocava a la seva fi, acabava de morir a Sevilla. El coneixia prou bé. «Un gran home i un gran monarca», va pensar. Havia pres Còrdova tot sol, havia assetjat Granada i l'havia obligat a esdevenir el seu vassall. Feia pocs anys que Muhammad l'havia ajudat a prendre Sevilla. El món perdia un gran home, sense dubte, però la vida canvia i cal saber aprofitar les oportunitats.

—Envia un missatge a al-Azraq. Digues-li que, possiblement, Al·là ens torna a fer costat i que el vull veure —ordenà, amb parsimònia, i seguí caminant al voltant del pati, procurant que l'ombra de les portalades el protegís de la calor del sol, mentre el càntic de l'aigua que queia de la font i resseguia els petits canals omplia de pau el seu cor i la frescor que aquell líquid cristal·lí era capaç d'arrencar de la pedra acaronava la seva pell.

Al·là havia creat la pedra i l'aigua, però els seus seguidors havien après a ajuntar-les i a arrencar d'aquesta unió el bàlsam per als dies de més calor. Respirà fondo. Aquelles contrades eren riques, immensament riques, perquè l'aigua de la serra és abundosa i la terra fèrtil. Un paradís que Al·là els havia atorgat i que ells havien sabut conservar i engrandir, malgrat que el seu poder ja no era absolut. Contemplà les parets de la cambra que s'obria al pati i s'extasià amb la decoració del sostre, aquella filigrana policromada que va aixecar l'admiració del rei de Castella i de Lleó, tots els innombrables detalls que les hàbils mans dels seus artesans havien estat capaços d'esculpir.

«En quin moment van perdre el favor d'Al·là?», es demanà. Bé podia dir que els havia castigat durant anys, però la mort de Ferran podia canviar aquella trista situació, acceptada per força. El nou monarca de Castella i de Lleó no semblava tan fort com el seu pare. De fet, havia estat derrotat pel rei Jaume d'Aragó i de Catalunya i va haver de capitular a Almirra. Tanmateix, ben pensat, no podia menysprear-lo, malgrat que patís una derrota i gairebé una humiliació, que no es produí per intercessió de la reina Violant, perquè no podia oblidar que el vencedor va ser, ni més ni menys, que el Conqueridor. Calia mesurar molt bé quines serien les següents passes i aquí havia de comptar amb al-Azraq.

*** ***

De vegades ens passem temps i temps sense dedicar un pensament a una persona i, altres vegades, la memòria ens el porta tot sovint. La memòria o altres afers.

Per segon cop en ben poques hores Jaume havia recordat Ramon de Penyafort. Malgrat que feia dies i dies que no es veien, algú li n'havia parlat aquell mateix matí, i ara un secretari li acabava d'anunciar la seva visita, mentre es trobava reunit amb l'infant Alfons.

—Que passi ara mateix —va ordenar Jaume al secretari, somrigué divertit i va mirar significativament el seu fill, que li va respondre amb un gest de perplexitat.

«Greu deu ser l'assumpte», pensava Alfons, perquè el de Penyafort sempre demanava audiència amb antelació. A més, de natural era pausat, però aquell dia el va veure entrar amb pas ferm i decidit, com si no fos ell. I quan va ser davant del rei inclinà la testa i el saludà. Després es tombà cap Alfons i va fer el mateix, només que la reverència va ser més limitada i més curta en el temps. El cap de la Inquisició sentia un gran respecte pel protocol i el complia fil per randa.

—A què devem la vostra sobtada presència? —li va demanar Jaume.

—L'Apostòlic acaba de destituir el bisbe Ponç d'Urgell i jo sóc l'encarregat de fer complir la sentència —respongué Ramon, sense més preàmbul. Se'l veia neguitós.

El rei va assentir amb el cap. Ja s'ho esperava. El seu ambaixador Hug de Mataplana li havia avançat aquesta possibilitat, tot just aquell mateix matí. De manera que el de Penyafort no feia altra cosa que confirmar-li la vàlua del més hàbil dels emissaris amb què comptava. Per contra, Alfons no n'estava, al cas.

—Per què? —va demanar l'infant, estranyat.

—Les acusacions són molt greus. Ha comerciat amb objectes sagrats i tenim proves del seu incest amb la seva germana i de l'adulteri en el qual ha fet caure diverses dames nobles —explicà el cap de la Inquisició.

—No seran pas tan nobles, si enganyen el seu marit —somrigué Alfons. De tant en tant mostrava un humor que podia arribar a ser àcid.

—Més val que oblidem les teves paraules —el va tallar Jaume—. No ets el més indicat per jutjar adúlteres —afegí, i Alfons va callar. L'infant també n'havia fet de l'alçada d'un campanar. Llavors es dirigí a Ramon—. És una sort que hagueu vingut per comunicar-me la notícia, perquè jo també volia parlar amb vós. Veureu: hi ha un jueu nomenat Ben Halfà que ha estat detingut per la Santa Inquisició acusat de certes pràctiques que, evidentment, són falses.

—Si són falses, res no ha de témer —contestà Ramon.

—Prou que ho sé, però vós també sabeu que aquests processos poden ser llargs i això em crea un bon enrenou, perquè es tracta d'un home força intel·ligent i d'un bon comerciant. A més, va ser detingut quan encara no havíem tancat un préstec que la corona ha de menester amb urgència per poder pagar bona part de la tropa. En cas contrari, no els puc exigir que em serveixin —va fer un curt silenci. Calia que el de Penyafort entengués tot allò que s'amagava darrere de les seves paraules—. Jo us pregaria que fóssiu diligents amb aquest assumpte.

Ramon de Penyafort es mossegà el llavi. Allò no s'ho esperava. Havia vingut a demanar i no pas a atorgar. Però, com pots demanar si no pagues el servei? Al rei Jaume li havien fet pagar tots els favors que havia sol·licitat i, com és natural, el monarca no estava disposat a ser menys que ningú.

—Me n'ocuparé personalment —inclinà la testa Penyafort.

—I jo us ho agrairé —va somriure Jaume—. Només heu vingut per comunicar-me la notícia? —va preguntar. Ara era el seu torn.

—També us haig de demanar que em deixeu alguns homes. Ponç d'Urgell s'ha fet fort i... —féu Ramon un lleuger moviment amb el cap, inclinant-lo a un cantó.

El rei se l'havia escoltat amb atenció. La Inquisició disposava de guàrdies per fer complir les sentències i procedir a les detencions, però no gaudia de soldats per a un assalt.

—M'ocuparé d'aquest afer personalment —li va respondre.

L'eclesiàstic va afirmar amb el cap. La frase de Jaume, repetició de la seva, era prou clara. Ben Halfà havia d'abandonar el calabós. I de pressa! De manera que el saludà i es retirà.

Un cop es van quedar sols, Alfons va mirar el seu pare. Esperava una explicació.

—Vós ja ho sabíeu? —demanà.

—Quan siguis rei, recorda que sempre has de saber allò que passa, fins i tot abans que passi —li va contestar Jaume—. Ben Halfà és un element molt valuós, però la Inquisició no depèn del poder del rei i presentar-se i demanar amb les mans buides no és assenyat. L'Església, tot i ser el regne de Déu i el regne de l'esperit, té una tendència molt marcada a negociar

41

afers terrenals. D'altra banda, quan més gran és el poder, més incòmoda es pot tornar una institució. L'Apostòlic persegueix els càtars, que són bons mercaders i millors comerciants, i això no agrada els nobles que hi fan tractes i obtenen bons beneficis. Si jo no hagués sabut que Ponç d'Urgell podia ser destituït i no conegués que Ramon de Penyafort no pot recórrer a Pere de Montcada, perquè hi ha un cert assumpte que els separa, com tampoc es pot dirigir a cap dels nobles importants, l'hauria deixat parlar fins al final i quan m'hagués demanat ajut i jo li hagués respost que a canvi volia Ben Halfà, es podia haver ofès, però com sóc jo qui ha demanat primer...

—Sempre pot dir que és culpable —apuntà Alfons.

—Sí —li va donar la raó, i afegí—: Però, llavors, jo no disposaré de diners per pagar la tropa i no els podré ordenar que l'ajudin.

—Els pot pagar ell.

—Seria una ofensa al rei. I ell així ho ha entès. Ja veuràs com Ben Halfà torna aviat —somrigué—. Ai, els clergues!

I no es va equivocar. Tres dies després el tribunal va dictaminar que no hi havia proves per jutjar el jueu i que, per tant, quedava lliure.

—Com pots veure, i malgrat tu en siguis un d'ells, ai els clergues! —rigué Jaume quan ho explicava a Martí de Perelló.

2.- ELS VELLS CONEGUTS

El grup de sarraïns va pujar el fort pendent que conduïa a l'Alhambra. Al front cavalcava un home cepat i fort com un brau. Anava vestit amb teles blanques, amb el cap cobert pel barret sarraí i una capa que queia per damunt de la gropa del cavall. L'escut rodó i amb una punxa al centre penjava de la sella. No duia llança, sinó l'alfange, l'espasa corbada que només talla d'un costat i d'ambdós a la punta, perfectament estudiada per atacar i ferir de valent.

Al-Azraq havia rebut el missatge de Muhammad. També estava al corrent de les novetats i també havia fet els seus càlculs. Alfons de Castella i de Lleó, al que ja havia conegut feia anys, era un home instruït, però no el considerava gaire intel·ligent. La cultura no sempre és sinònim de saviesa. «Al·là, possiblement, ens torna a fer costat», li havia dit l'oficial que l'acompanyava. Paraules de Muhammad. Assenyades paraules.

Els soldats van creuar el pont que travessava la muralla de la gran fortalesa que servia de residència al monarca d'aquelles terres. Imponent i grandiosa, s'alçava damunt del penya-segat i dominava tota la plana que s'estenia fins perdre's a la llunyania. Ni Múrcia ni València ni Almeria gaudien de tanta verdor i el seu viatge havia estat agradable, perquè era passar de la terra erma a les valls fèrtils, als boscos i als rius que baixen de la serra sempre nevada. Bona feina havien fet els seus avantpassats amb les terres de València i de Múrcia, arrencant fruit d'on no hi havia res. Un miracle! Però, cada cop que arribava a Granada, descobria el vertader prodigi que només Al·là, amb el seu poder infinit és capaç de fer, sense el concurs de la mà de l'home. Ell mai no havia contemplat tanta riquesa natural en cap dels llocs on havia estat. Algú li havia explicat que més al nord, cap als Pirineus, podia trobar valls com aquelles. Tanmateix, la frontera que havia barrat el pas dels grans conqueridors sarraïns quedava molt lluny i aquesta llunyania encara enaltia més la màgia de Granada.

Travessà els jardins i es dirigí cap al palau. Allà descavalcà i, abans d'entrar-hi, li van oferir aigua per rentar-se. Al-Azraq s'alliberà de la capa, que va prendre un soldat, i submergí les mans en aquella aigua fresca, pura i neta. Després, amb estudiada lentitud, es va mullar els ulls, el front i les galtes, procurant que la barba quedés seca, aquella barba negra que li conferia l'aspecte d'un guerrer i que el dia anterior havia retallat.

Sense pronunciar cap paraula, va seguir el servent que el conduí fins al pati dels tarongers, on l'esperava Muhammad assegut a l'ombra i envoltat pel cant alegre que l'aigua arrencava amb la seva caiguda. L'aigua, l'aigua... L'element més venerat pels seguidors d'Al·là, el líquid que permetia tots els prodigis d'una civilització que havia estat, i encara ho era, la més avançada de tota la Mediterrània. Per a ells els cristians representaven els bàrbars que des del nord els envaïen i els obligaven a acceptar la seva superioritat per la força de les armes. Ells ja feia anys i panys que havien conquerit aquelles contrades i les havien fet seves, quan la península no era altra cosa que un mosaic de regnes sense ordre ni concert. Ells havien dut els seus coneixements i els havien engrandit dia rere dia fins establir escoles, havien construït castells i fortaleses, havien llaurat els camps i els havien regat amb les aigües que els seus anteriors habitants semblaven no saber emprar o, fins i tot, semblaven menysprear, perquè no es rentaven com ells ni es purificaven, sinó que les ciutats cristianes eren brutes com la seva gent. I ara, després d'haver suportat la presència, la pudor i l'autoritat d'aquells homes vinguts del nord, que no podien comparar la seva cultura amb la sarraïna, per fi se'ls oferia una oportunitat de redreçar totes les tortes que ells mateixos havien posat en el seu camí.

—Al·là et beneeixi —el saludà el monarca granadí, i s'aixecà de la cadira de fusta i cuiro per abraçar-lo.

—Que les més dolces paraules del Profeta siguin reflex de tots els desigs de pau i de felicitat que el meu cor demana per al senyor de Granada —inclinà al-Azraq el cap amb respecte.

—Acompanya'm —el convidà a seguir-lo el rei de Granada.

Entraren a palau i travessaren els passadissos i les sales amb les parets i les sostres plens de colors i de formes exquisides que omplien de joia qualsevol racó i no s'aturaren fins arribar a una cambra on havien disposat un munt de coixins al terra. Allà es van seure.

Muhammad picà de mans i dos servents van entrar amb dues safates i es quedaren dempeus, a un costat. En una duien pa i fruita i a l'altra una gerra amb infusió de diverses plantes, que encara fumejava, i dues tasses decorades amb escriptures religioses.

El rei de Granada féu un gest amb la mà i els dos servents s'agenollaren davant dels dos homes i, mentre un servia la infusió i la tastava, l'altre tallava dues taronges, les dipositava en un plat i hi afegia el contingut d'una magrana que pelà i desgranà amb una habilitat envejable. Després tallà el pa a petits bocins i el deixà en un altre plat. Un cop acabada la curta cerimònia, que ambdós personatges havien observat com si fos un espectacle, o millor encara un ritual, els dos servents, sense aixecar-se, arrossegant-se com cucs, es retiraren cap enrere i desaparegueren.

Muhammad allargà la mà i prengué un bocí de pa, se'l va dur a la boca i el mastegà. Era el costum, per demostrar que els aliments que oferia no estaven emmetzinats i que el convidat podia menjar amb tranquil·litat. Llavors, va assentir lleugerament, amb un petit cop de cap, i al-Azraq somrigué i prengué un tros de pa.

Durant una bona estona es van interessar per les respectives famílies, mentre menjaven els aliments. Un cop acabat el refrigeri, tot plegat amb molta parsimònia, Muhammad mirà el seu convidat.

—Al·là ha disposat que Alfons succeeixi al seu pare Ferran —va dir.

—Al·là és bondadós —somrigué al-Azraq.

—Bondadós i savi, perquè coneix que aquestes terres han estat nostres durant segles i ara ens ofereix l'oportunitat de recuperar-les i expulsar d'aquí els infidels. Si unim les nostres forces, Alfons haurà de marxar.

—Gran senyor de Granada, el vostre interès és el meu, però no oblideu que, si el rei Jaume no ha arribat fins aquí és pel pacte que va signar amb Ferran i que, si fem fora Alfons, potser el tindrem a ell. I us puc assegurar que no serà el mateix. Jo vaig lluitar contra Ferran i us haig de dir que va ser un gran monarca i un gran guerrer, però també he lluitat amb el rei Jaume i haig d'acceptar, malgrat que em pesi, que no és per casualitat que li diuen el Conqueridor.

—Haig de deduir de les teves paraules que li tens por? —demanà Muhammad, i al-Azraq es posà tens.

—Només Al·là amb el seu poder infinit m'infon por, gran senyor —respongué. Es quedà un instant en silenci, i afegí—. Tanmateix, que no tingui por del rei Jaume no vol dir que no senti respecte per ell. El poble m'escolta, però no disposa d'armes. Cal, doncs, actuar amb astúcia.

—Llavors significa que ja has pensat la manera de lluitar i, tal vegada, de desfer-te dels dos perills que ens amenacen —somrigué el rei de Granada.

—Així és, gran senyor —assentí al-Azraq amb un fort cop de cap—. Diu el Profeta: *cada nació té la seva fi i quan hagi arribat, els homes no podran ni retrocedir ni avançar*. Al·là, de vegades, tria camins força estranys. Fins i tot pot decidir que la feina la facin els mateixos infidels. I nosaltres, quan escoltem la seva paraula, l'hem de servir.

—Escoltaré la paraula d'Al·là en boca teva —afirmà Muhammad amb un gest de satisfacció, i va fer el cos enrere per recolzar-se als coixins.

*** ***

Àlvar d'Urgell es va casar amb Constança de Montcada i el rei va assistir a la boda. El convit va ser fastuós, però Guillem Bernat d'Entença no estava content. Aquest home també gaudia d'una bona intuïció i amb el temps Jaume havia après que hi ha persones especialment dotades per veure-hi molt més enllà i que quan aquestes persones es mostren neguitoses significa que hi ha alguna cosa que no rutlla. El problema, que havia pogut constatar en vida de la seva estimada

Violant, és que la intuïció no és capaç de determinar amb exactitud en quin moment tindrà lloc l'esdeveniment que els obliga a posar cara de pomes agres i, per tant, el temps va diluint els seus temors i de nou tothom es confia. Jaume prou que sabia que aquella unió no era del gust de cap dels nobles d'aquelles terres, però ni el bisbe d'Urgell ni el vescomte de Castellbó ni el vescomte de Cabrera ni el comte de Foix van badar boca. Tanmateix, això no sempre és sinònim d'acceptació.

El fet és que l'estiu va transcórrer sense cap novetat. S'encetava la tardor i res no destorbava la pau que semblava haver-se establert al regne. Jaume va poder dedicar-se a viatjar per terres aragoneses i la més important de totes les visites va tenir lloc al monestir de Pedra, on es va quedar bocabadat davant la riquesa que els monjos procedents de Poblet havien sabut arrencar a un riu que sembla rememorar el cas de l'esposa de Lot, quan Déu la convertí en estàtua de sal, perquè tot allò que toquen les seves aigües pren el color de la pedra. D'aquí ve el seu nom.

Malgrat que ja hi havia estat, feia temps que no hi anava. I aquell monestir ocupava un lloc important dins del seu cor. Va ser fundat pel seu avi Alfons i engrandit pel seu pare Pere, i ell volia coronar-lo i deixar-lo enllestit. De manera que va fer generoses donacions per tal que continuessin amb el treball endegat, que ja era prou important. Una bona tasca sostinguda per la bona gent de Calataiud i, a més, va acordar que quedessin exempts d'impostos i va afegir-hi el dret exclusiu per tal que pesquessin al riu Jiloca i disposessin del monopoli de certes indústries, com la dels tints. La gent de la terra vivia contenta sota la direcció dels monjos i la riquesa d'aquelles contrades creixia i creixia sense parar.

Sempre és agradable deixar de banda les conquestes i dedicar-se a construir coses noves i a engrandir allò que és fet. I, també és cert, aquestes donacions permeten obtenir favors que només s'han d'insinuar.

De retorn, es va aturar a Lleida i allà va aconseguir que el seu fill Sanç, que només comptava set anys, fos nomenat canonge i sagristà de la ciutat. Li havia promès, a Violant, que tindria cura de llurs fills i havia de ser conseqüent amb la seva paraula. Sempre és interessant tenir un peu a cada ciutat important.

Cap a començaments d'octubre va tornar a Barcelona. El comerç creixent de la ciutat havia estès les cases fora de les muralles i ja feia dies que pensava que els havia de protegir. Tot creixia i el port necessitava d'unes drassanes grans que permetessin construir nous vaixells i reparar els ja existents. Aquí no va tenir cap mena d'entrebanc. Tothom, des dels nobles als comerciants, el van recolzar i fins i tot li van oferir diners per a la magna obra que convertiria la ciutat en un dels ports més importants de la Mediterrània. I pel que feia a les noves muralles, tampoc no va trobar oposició. S'engrandirien cap a la platja i cap a muntanya de Montjuïc. D'aquesta manera la protecció seria total. Tothom ho va entendre de seguida.

Els arquitectes i els mestres d'obres van estudiar els nous projectes i van començar a dissenyar els plànols i a calcular els pressupostos. Era una obra de molta envergadura i caldria parlar amb els prestadors jueus i batre nova moneda. Els temps de pau s'han de saber aprofitar per fer créixer l'economia.

Tanmateix, ni la pau sempre és total ni la felicitat complerta.

Durant aquells dies Alfons mirava d'ajudar-lo i reclamava més poder i més autonomia. Però Jaume va cometre l'error de no escoltar-se'l.

—Es pensa que encara sóc el nen que sortia a caçar amb ell a Osca, que se'l mirava com a un déu i que rebia els seus ensenyaments —es queixà Alfons durant una conversa amb Guillem Bernat d'Entença.

—L'heu d'entendre —procurava calmar-lo el noble. Aquesta qualitat, d'intentar raonar sempre, l'havia convertit en el millor dels consellers del rei, tot i que en certes ocasions també s'havien enfrontat—. Ho ha construït tot, ell sol, i li costa delegar.

—I d'acceptar que els altres també podem pensar —afegí Alfons amb un deix de vehemència.

—Però us estima de debò.

—No n'hi ha prou amb l'estimació. Cal afegir-hi el respecte. He lluitat al seu costat a València, he conquerit places per a ell i sempre l'he recolzat. No para de repetir-me que qui ha de governar ha de saber prendre decisions, i jo em pregunto: com es pot aprendre si no et deixen exercir?

—La vida ha estat molt dura per a ell i desitja ser prudent —seguí Guillem Bernat disculpant el seu senyor —. No vol que certs nobles puguin dominar cap rei i vol estar molt segur que sereu un gran monarca. No obstant això, no significa que no us tingui confiança. Recordeu que us va enviar per tal que ajudéssiu el rei de Castella i Lleó a conquerir Múrcia.

—Alfons de Castella sí que em té respecte —respongué Alfons, i marxà empipat.

Els mesos següents també van ser de calma i Jaume va viatjar a Terol, va pujar fins a Daroca, seguí cap a Saragossa i arribà a Osca, on va trobar una vella coneguda.

Esther Montagut havia quedat vídua feia pocs mesos i havia tornat a Osca, on s'estava en companyia d'una dona jove, que era navarresa. Teresa Gil de Vidaura era el seu nom, també vídua des de feia un any. El seu difunt marit, Sancho Pérez de Lodosa, havia mort quan ja era gran i no havien tingut descendència. No era gaire alta, però sí ben proporcionada. El seu rostre lluïa un mig somriure un xic trist, que li conferia una aurèola de misteri, i uns ulls foscos que encara contribuïen a engrandir un secret que tot home desitja conèixer. I Jaume, naturalment, no escapava als seus encants.

Durant els dies següents Jaume va haver de lluitar entre el record de Violant i els sentiments que s'obrien pas en mig de la penombra. No havia estat fidel a la seva esposa durant el matrimoni, però des que la reina havia mort no havia tocat cap altra dona, detall que els bisbes prenien com mostra i prova que Déu havia fet reflexionar a un rei llicenciós i, fins i tot, comentaven que havia pronunciat un vot secret de castedat. Tanmateix, mai no ho havia fet.

No va ser com altres vegades. No va convidar Teresa a visitar el seu llit de seguida ni ella va acceptar la proposició quan el rei va tenir prou coratge per parlar-li obertament.

—Ja fa més d'un any que sou vídua —li va dir.

—El dol no té temps ni mesura, perquè és el cor que mana —va respondre ella.

I encara va haver de pregar i emprar el concurs d'Esther per tal d'enderrocar el mur que s'interposava entre ambdós. Teresa no acceptava les seves invitacions per tal que visités palau i va trigar dues setmanes senceres en consentir que la visités a casa de la seva amiga. Només visitar-la, però.

Les setmanes següents esdevingueren una nova experiència per a ell, que va encetar un camí inexplorat. Estava acostumat que totes les dones se li pleguessin a la més petita de les insinuacions. Però ella no va consentir. Cada tarda Jaume anava a casa d'Esther i es passava llargues estones conversant amb Teresa, omplint-la de dolces paraules i intentant arrencar-li promeses que ella no pronunciava. Un setge que se li feia etern, però que ella sabia adobar amb petites espurnes per tal d'esperonar-lo i després deixar-lo a l'escapça, mentre la seva amiga romania present i callada.

Un dia Esther i Teresa van marxar cap a Calataiud. Quan el rei es va assabentar, l'endemà mateix, les va seguir, empipat i furiós, i les va anar a trobar.

—Tanta por us faig que fugiu de mi? —es va queixar.

—No em feu por —respongué Teresa.

—Llavors, per què heu fugit?

—Només fuig el presoner i jo us recordo que sóc una dona lliure. Bé puc viatjar.

—I si no em teniu por, què sentiu per mi?

—Respecte, que és el que correspon a la vostra alta persona.

—Respecte? —va abaixar el cap el rei—. Tal vegada, una forma molt subtil per dir que us faig fàstic?

—No hi ha cap dona al món que pugui dir això d'un home com vós. Ben al contrari... —i Teresa també abaixà la mirada.

—Llavors, per què manteniu aquest posat tan distant? —la mirà ell.

—Perquè no sóc ni vull ser l'objecte d'una aventura —respongué ella amb fermesa—. El meu difunt marit, a qui he respectat profundament, s'alçaria de la tomba en veure que arrossego el seu nom pel fang.

—Si per a mi representéssiu una simple aventura, ja fa dies que hauria marxat i no us hauria seguit fins aquí, perquè hi ha afers del regne que m'obliguen a deixar de banda la cacera. Teniu la meva paraula de rei i de cavaller que els sentiments que m'empenyen cap a vós són nets i lleials.

—És net i lleial que un rei demani a una dona honrada que visiti la seva cambra sense que hi hagi cap compromís pel mig?

—Teniu la meva paraula que els nostres fills seran reconeguts com a meus —va dir Jaume. «Amb això ja n'hi haurà prou», pensava.

—Senyor, dones té el regne que acceptarien gustoses ser l'amant del rei —li contestà Teresa—. Dones que gaudeixen de més favors que jo i que poc que us farien perdre el temps. Vaig ser esposa del meu marit, que no amant, i no seré amant de ningú. De manera que ningú no podrà dir: guaita l'amistançada del rei. Perquè tinc en major vàlua ser l'esposa d'un simple cavaller que la dona que escalfa el llit d'un monarca. I, si molt m'apureu, la meva condició de vídua sempre serà més alta que la condició de concubina, malgrat que no tingui fills.

Dos dies després d'aquesta conversa va arribar un missatger de València. Duia una carta d'Eixemén Peres d'Arenós, gendre d'Abu Said i lloctinent al regne del sud. Les notícies eren desastroses. Al-Azraq, aquell malparit que va escapar a Granada, havia tornat a entrar a Múrcia, havia pujat cap al nord i havia atacat Penàguila, amb la qual cosa Biar també s'havia revoltat. Quatre mil cristians se li havien enfrontat i havien estat vençuts. Cinc-cents homes havien perdut la vida a la batalla.

Jaume va cridar Ramon de Cardona, Guillemó d'Anglesola, Guillem Bernat d'Entença, Pere de Montcada i l'infant Alfons.

—Si al-Azraq es fa amb Penàguila, dominarà Cocentaina, Alcoi, Xixona i Alacant —va dir Pere de Montcada.

—I si no recuperem Biar, tot el sud s'haurà perdut —afegí Ramon de Cardona, força preocupat.

—Al-Azraq —mormolà Jaume. Llavors va aixecar la veu—: Maleït! Si hagués acabat amb aquest desgraciat, ara no tindríem problemes —va fer un gest amb la mà, com si espantés mosques. El feia força sovint, cada cop que volia apartar un pensament del cap—. Envieu missatgers a València. Que es preparin els homes i que es dirigeixin cap al sud, que protegeixin Dénia i Xàtiva mentre nosaltres arribem.

—Podem enviar cartes a Alfons de Castella i demanar el seu ajut —digué el seu fill—. Ell és el nostre amic i aliat.

—Amic? —el va mirar fit a fit—. Ell, en el seu dia, em va demanar que no ataqués al-Azraq i les notícies que ens arriben no diuen res de Múrcia ni dels dominis d'Alfons, que han estat respectats. Al-Azraq ha passat per les seves terres i Manuel, germà del rei de Castella i casat amb la teva germana Constança, no l'ha aturat. A això li dius ser un aliat?

—Alguna explicació ha d'haver —digué Alfons.

—Sí —va replicar Jaume amb força—. Que ambdós van a una.

—Això és impossible!

—De debò? —somrigué el rei amb ironia—. Tan impossible com que el teu estimat sogre, el vescomte de Bearn, està lluitant contra els anglesos en favor dels francesos per ordre i consell d'Alfons de Castella a qui, com ja saps, va visitar fa un parell d'anys a Sevilla. Tan impossible com que el teu estimat amic va ser a punt de repudiar Violant, acusant-la de no ser fèrtil, i va arranjar la seva boda amb Cristina de Noruega. Sort que Violant ja estava embarassada i va parir Berenguera. Ja tinc una néta, però necessito un nét que asseguri la nostra continuïtat. De manera que, enlloc de cercar excuses i disculpes per al teu amic, podries deixar prenyada la teva dona, parlar amb el teu sogre i fer-me costat. No m'aniria pas malament ser avi d'un nen. Em sentiria més tranquil sabent que Gascunya ens mira de bons ull perquè la nostra sang hi és present.

Tant li costava d'entendre a Alfons allò que era evident? Doncs, pel moment, havien pagat un preu ben alt. Cinc-cents homes!

Aquella mateixa tarda, just abans de marxar, va anar a visitar Teresa i la va trobar sola. Esther havia sortit.

—Me n'haig d'anar i no vull marxar —li va dir.

—Una cosa és allò que volem i una altra de ben diferent allò que hem de fer —respongué ella. Es quedà callada un instant i, amb tristor als ulls, afegí—: I us ho dic perquè jo tampoc voldria veure-us marxar.

—Acompanyeu-me —li va implorar.

—Per què?

—Per l'amor que sento per vós.

—Us acompanyaria de bon grat, però el record del meu marit...

Ja no podia més. Totes aquelles setmanes, mesos!, amb el deler de ser amb ella; tot aquell temps perseguint-la, dedicant-li totes les estones lliures; totes aquelles mirades, aquelles paraules d'amor que ella escoltava i no retornava...

—Us estimo i us necessito —la va tallar—. No puc casar-me amb vós, perquè crearíem un problema de successió, però signaré un contracte de concubinatge en els termes que vós mateixa decidiu i juro que tothom us tractarà com la meva reina. I pobre d'aquell que gosi posar-ho en dubte!

*** ***

Cinc mesos va durar el setge de Biar. Cinc llargs mesos amb continus assalts que els seus estadants repel·lien una i altra vegada. Els sarraïns es defensaven com gats panxa enlaire.

Teresa el va acompanyar camí de València, però es va quedar a Burriana, i mentre ell preparava l'assalt a Biar i rebia l'alcaid de Xàtiva, tenien lloc uns altres preparatius que es van enllestir en ben pocs dies, el temps necessari per preparar els contractes. Després Teresa se li lliuraria. No abans, però. Això ho va deixar prou clar i aquelles negatives encara esperonaven més el desig del rei. En sabia molt aquella dona! I ell, la veritat, ja feia temps i temps que patia massa fam.

—És formosa com una flor i la desitjo com mai no he desitjat cap altra dona —va dir el rei, un dia, a Guillem Bernat.

—L'amor és perillós —va fer el conseller—. No permeteu que us enterboleixi el pensament. Reflexioneu abans de signar res.

—El regne necessita una reina i el rei una dona. Faré el que sigui per obtenir-la —respongué Jaume.

I així va ser. El regne ja tenia una nova reina, encara que no ho fos de ple dret. Tanmateix, el contracte era prou clar, perquè els procuradors de Teresa s'hi van abocar, i deixava la porta oberta per a una futura boda reial. Els fills d'ambdós obtindrien títols nobiliaris, terres i diners, gaudirien de l'estima del rei i serien tractats com a descendents reials.

El rei va signar sense ni tan sols llegir-ne el contingut i ella li ho va concedir tot. Era tendra i afectuosa i va respondre a les seves carícies sense posar-hi cap impediment. Ell va gaudir d'ella com el nàufrag que arriba a una illa i troba aigua i aliment. La memòria de certes coses mai no es perd, però el pas del record a la realitat sempre sorprèn. Ara es feia creus, quan pensava que durant uns anys havia viscut sense que ningú li escalfés el llit. Li semblava impossible.

L'alegria retornà als ulls del rei i tot anava bé, però en mig de la refrega, com sempre passa, algú va aprofitar l'avinentesa i va fer de les seves.

—Mare de Déu! No n'aprendrem mai! Ja ho deia el meu oncle Ferran, el finalment assenyat abat de Montaragó. «Si sempre ens trobem amb els mateixos problemes, significa que és una lliçó que no hem après» —va fer Jaume, quan es va assabentar de la notícia.

I tenia raó en part, va pensar Martí de Perelló, quan va escoltar el relat del rei, perquè ell havia descobert que no n'hi ha prou amb què un de sol aprengui la lliçó, sinó que cal que tothom en prengui consciència. Després de tot el que havia llegit sobre el monarca i de tot el que havia escoltat dels seus llavis, després de veure com ensopeguem amb la mateixa pedra, una i altra vegada, havia arribat a veure clar que la frase pronunciada per Lluís d'Estemariu és or pur. *Virtus unita fortior*. La unió fa la força. Tanmateix...

De manera que Jaume va haver de desplaçar-se fins a Montpeller, a l'altre extrem del regne i va deixar el seu fill Alfons al front de les forces. Aquella mostra de confiança va ser molt positiva. L'infant s'ho va prendre amb molt d'interès i hi va posar més coratge del que habitualment se li podia demanar. Volia, tant sí com no, demostrar que era digne fill del seu pare.

Feia molt temps que el rei Jaume no hi anava, a Montpeller. No hi havia tornat des que Violant l'havia deixat. No seria capaç d'explicar la raó exacta. Potser perquè tenia por d'enfrontar-se al record de la seva absència, al temps del naixement de l'infant Jaume, i que aquells records aixequessin altres que són punyents. També arribava amb el cor una mica encongit, com si hagués trencat un jurament sagrat en casar-se de nou. Durant aquells anys havia cregut que mai no arribaria a estimar cap altra dona i el seu concubinatge amb Teresa li semblava una traïció. Per això havia escollit Burriana per signar el contracte, un lloc on Violant no hi havia estat, i la celebració no va ser fastuosa, sinó una cerimònia senzilla i ràpida, amb un banquet íntim al qual només hi van assistir uns quants nobles. Havia posat per excusa que la guerra no permetia gaire alegries. Poc que volia recordar que es va casar amb Violant mentre la campanya de València era encetada i la conquesta d'Eivissa en marxa. Tanmateix, ara viatjava a una ciutat que era tot un símbol. Montpeller, el seu bressol i del seu fill Jaume, dot que va atorgar en el seu matrimoni anterior, feu de la seva mare, senyoria que li va obrir les portes del regne d'Aragó i de Catalunya.

Sortosament no va tenir temps per dedicar-se als seus records, perquè tan bon punt va posar els peus a la ciutat va descobrir que Lluís de França seguia instigant els nobles i reclamava la possessió d'aquelles terres, però, per fortuna, no anava més enllà de les paraules. Si més no, pel moment. No obstant això, el vescomte de Narbona reclamava, i amb paraules molt més fortes que les del rei Lluís, una república independent a Montpeller. Era el mateix que Violant li havia demanat per al seu fill Jaume molt temps enrere, quan les relacions entre ambdós no eren el bo i millor que calia esperar, i que ell li hi havia negat adduint que ningú no acceptaria que d'aquelles terres sorgís un regne.

No, no va tenir-hi temps i havia de confessar que, si hagués pogut, l'hauria trinxat, al vescomte de Narbona, però no disposava de prou homes. Els tenia a Biar i aquell desgraciat havia aprofitat l'ocasió. I les paraules que va dedicar a Alfons de Castella no van ser gaire més amables. A ell, el culpava de tot aquell desastre, perquè si el seu germà Manuel no hagués respectat i acollit al-Azraq, res d'allò no hauria passat. I, evidentment, el germà del rei de Castella i de Lleó no hauria permès el pas del sarraí sense el consentiment de qui mana de debò. De manera que el seu fill Alfons estava ben equivocat amb la valoració que feia de la seva amistat amb el seu homònim del regne veí.

Sigui com sigui, no li va quedar més remei que negociar amb el vescomte de Narbona i els seus seguidors i atorgar-los un govern propi, reservant-se per a ell el títol de cap representatiu. No era una bona solució, però en aquells moments era l'única que existia i cap dels seus consellers no va ser capaç de torbar-ne una altra de menys dolenta. Tot i així, va marxar amb el cor encongit i l'estranya sensació que allò no representava més que l'allargament d'una agonia. Si hagués tingut Violant al seu costat —reflexionava— tal vegada ella li hauria ofert un dels seus valuosos consells, però Teresa era ben diferent. La seva intuïció no tenia res a veure amb la de la reina hongaresa. Es bellugava bé entre les dames nobles i sabia com organitzar un palau, però no li oferia els mateixos consells que la seva anterior esposa.

Feia uns dies, quan explicava a Martí de Perelló la conversa amb Ramon de Penyafort, havia exclamat «ai els clergues!». Ara, hauria de fer: «ai, els nobles!»

Gent d'església hi ha hagut que eren bons homes. Gent d'església que l'havia ajudat. Recordava l'immens favor que li va fer Vidal de Canyelles i com l'havia salvat amb l'ajut del rabí Ben Nahman del desastre total. I també nobles que havien fet honor a la paraula. I també hi havia reis que li havien ofert bons consells i la seva amistat. Tanmateix, eren molts més aquells que cercaven el seu propi profit i, a desgrat de ser injust amb alguns, havia exclamat:

—Sí! Ai, els nobles! I ai, els reis!

En tornar al regne de València es va aturar a Tortosa. Per aquella època era bisbe de la ciutat Bernat d'Olivella, un home de grans virtuts que gaudia de la seva confiança.

—Tenim notícies del sud-oest d'Aragó que no acabo d'entendre —li va comunicar el bisbe Bernat—. Diuen que Enric, el germà del rei de Castella, es vol alçar contra el seu sobirà.

—Doncs ja ens està bé —va respondre el rei—. Així Alfons sabrà què cosa és bona!

—No és bo per a ningú que lluitin germans contra germans —negà el bisbe.

—I és bo que Alfons recolzi al-Azraq contra mi?

—Porto dies i dies pensant en el tema i tampoc ho entenc. Hi ha alguna cosa que se m'escapa. El rei de Castella és un home intel·ligent i instruït i aquesta història no va amb el seu tarannà.

L'hauria d'haver escoltat, però no ho va fer. Alfons de Castella ultrapassava amplament el concepte d'instruït per endinsar-se en l'erudició. El rei Jaume, que no va tenir temps per rebre una formació acurada en les arts i les lletres, es meravellava de l'activitat que aquell monarca desplegava. Fins i tot, sentia enveja d'ell. Dins la gran obra literària d'Alfons es comptava la redacció del *Septenari*, un tractat polític, moral i religiós del qual Jaume tenia notícia i, fins i tot, l'havia fullejat, el *Fur Reial*, l'*Espéculo*, sobre dret canònic i romà, *Les Set Partides*, la *Crònica General* i tants i tants escrits que el rei de Castella i de Lleó va dictar i altres que va encarregar. Traduccions de contes orientals, tractats sobre el joc dels escacs, que tant agradava als sarraïns instruïts i que Jaume mai no havia pogut aprendre; el joc de daus i de taules; i no havia d'oblidar que aquell monarca havia creat l'escola de traductors de Toledo.

El bisbe de Tortosa no anava lluny d'osques. Devia existir alguna raó per a tanta disbauxa, però el rei Jaume, lluny d'escoltar les seves paraules, encara havia prohibit el seu fill que parlés amb el rei de Castella i de Lleó i que emprés la seva amistat per tal d'esbrinar què s'hi amagava al darrere de tot allò. Només recordava el seu enfrontament per causa de Xàtiva i vivia convençut que Alfons de Castella i de Lleó perseguia obtenir-la a qualsevol preu i emprava els serveis d'al-Azraq. Per desgràcia no va tenir presents les paraules de Violant ni les llargues converses posteriors amb el que aleshores encara no era rei.

—Malament quan no s'escolta la veu del seny! I pitjor quan no es parla! —S'havia penedit tantes vegades!, no parava de repetir a Martí de Perelló. Perquè, en aquella ocasió, no va tenir orelles per a ningú, malgrat que tenia força confiança en el bisbe de Tortosa, però s'havia encegat. Arribava furiós per totes les concessions que s'havia vist obligat a fer a Montpeller i cap argument el podia fer raonar. De manera que abandonà la ciutat i es dirigí a València.

Només arribar-hi, l'esperava un missatge d'Alfons de Castella i de Lleó. Li demanava que signés una treva d'un any amb al-Azraq.

—Una treva? Per què? —es va preguntar.

«I és clar! El seu germà Enric possiblement ja s'ha revoltat i Alfons necessita tenir les mans lliures per defensar el seu tron», va concloure Jaume.

Durant uns dies va estar dubtant. Potser era el moment de llençar-se damunt d'aquell cretí d'al-Azraq i acabar amb ell, perquè no rebria cap ajuda de Castella i de Lleó. Tanmateix, finalment, va decidir parlar amb l'infant Alfons, que havia demostrat a bastament que era un bon guerrer i, per tant, podia ser un bon governant.

—El teu amic, el rei de Castella i de Lleó, em demana una treva d'un any amb al-Azraq. Per què creus que la demana?

—No puc respondre aquesta pregunta, si no puc parlar amb ell —respongué l'infant.

—Què en saps, de les seves desavinences amb el seu germà Enric?

—Sé que s'han enfrontat verbalment en diverses ocasions. El seus punts de vista són força diferents.

—Fins a l'extrem que podrien acabar al camp de batalla?

Alfons es va quedar en silenci. Prou que sabia que quan el seu pare emprava aquell to, darrere venia la revelació.

—Sabeu alguna cosa? —preguntà l'infant.

—Ja et vaig dir que un rei ha d'estar al cas d'allò que passa, fins i tot abans que passi —somrigué el rei—. Alfons encara lluita amb Portugal per la possessió d'Algarve, però s'ha trobat amb un altre Alfons i ho té magre. Alfons III de Portugal és tan fort com ell. I ara se li obre un altre front al nord del regne amb una revolta encapçalada pel seu germà Enric. Per si fos poc, Granada ja no li ret el mateix respecte que tenia pel seu pare Ferran. Per això vol començar a signar treves, perquè sospita que, si jo derroto al-Azraq, després li passaré comptes a ell. Ho has entès, ara?

—Si vós no signeu la treva, el rei Alfons sempre us tindrà per enemic, malgrat que sigui el vostre gendre —respongué l'infant Alfons—. Però, si ara accediu a les seves peticions, ell s'adonarà que sou noble i honrat i quan hagi enllestit els seus afers, el tindreu de nou com aliat i res no haureu de témer.

Alfons seguia pensant el mateix, malgrat tots els raonaments i arguments, i tant i tant insistí que el va fer dubtar.

—Espero que no t'equivoquis —acceptà finalment Jaume, i decidí signar aquella treva.

3.- APRENDRE A JUGAR

Teresa es va establir a Barcelona i la cort adquirí de nou la vida d'altres temps. El seu tarannà era diferent del de Violant i les dones dels nobles van rebre amb alegria que les portes de palau s'obrissin de bat a bat per permetre la seva entrada, mentre la nova sobirana (el rei havia deixat prou clar que ho era, malgrat que fos concubina) els atorgava una llibertat de moviments llargament sospirada i mai assolida. Fins i tot tenien accés a les habitacions reials.

Jaume no s'hi oposà. «Això és cosa de dones», deia.

Nous canvis, nous costums i nova decoració. Teresa procedia de Navarra, una terra més propera que no pas

Constantinoble, amb uns hàbits més acords amb el caràcter d'aquestes contrades i més agradables als estadants de les grans cases de Barcelona. Si més no, als que prenien decisions. I el poble planer, tot i que havia plorat la mort de Violant i l'havia considerada la millor reina de tots els temps, va acceptar Teresa amb mostres d'afecte. Era jove, ben plantada, parlava amb tothom i somreia amb simpatia. I el rei, en aquell temps, tornava a ser un home enamorat que només té ulls per a la seva nova esposa i també tornava a ser el de sempre, el sobirà que rep els seus vassalls i dialoga amb ells.

Rostres ja coneguts van tornar a aparèixer i Joana de Mediona s'oferí com la millor amiga i confident de la sobirana, tot aprofitant que Esther de Montagut havia tornat a Osca per tal d'enllestir alguns afers. Anna d'Entença, l'esposa de Guillem Bernat també s'hi afegí, amb Genoveva, l'esposa de Guillem de Montcada, i Elvira, la vídua de Guillem de Cervera. Altres cares havien desaparegut per sempre més. Maria de Lliçà havia mort feia uns mesos. I, finalment, algunes van ser apartades. Blanca d'Antillon i Berenguera Fernandes no van rebre cap invitació per formar part del grup selecte. Teresa, a l'igual que tota la cort, va considerar que ja en tenien prou amb els favors rebuts del rei. I va quedar prou palès que ella també venia disposada a menjar-se tot el pa que hi havia damunt la taula i a escombrar les engrunes, si calia. Només que l'estil era, tal vegada, més subtil, menys directe i més en consonància amb les regles de la cort. Què diferent que era, de Violant!

La nova senyora de palau va prendre el comandament i va parlar amb els preceptors dels fills del rei. De sobte, aquella dona que encara no havia tingut descendència, es trobava amb una nombrosa família, tot un seguit de fills adoptius que la miraven amb recel. I és que Violant havia estat massa dona, massa mare i massa reina com per ser desbancada en un tres i no res.

Pere, el més gran dels nois ja tenia quinze anys i guardava les distàncies; Jaume, el segon, imitava en tot el seu germà gran i procurava comportar-se com un adult, per la qual cosa la va saludar amb correcció, però sense gaire entusiasme; Sanç, amb vuit anys, dubtava. Es demanava si era l'esposa del seu pare. Ell encara no comprenia ben bé aquells enrenous dels contractes.

Entre les filles, Violant, la reina de Castella i de Lleó, els va enviar una carta de felicitació cordial i regals, tal com correspon als costums d'amistat de dos regnes que havien nascut amb vocació d'entendre's. Però no passava de ser cordial. Constança, la segona filla del rei, amb divuit anys i casada amb Manuel, també va enviar una carta i regals. Només que no era ni de bon tros tan cordial com la de la seva germana. No podia dissimular que aquella unió no li feia el pes i que la substitució de la seva mare, encara que no havia estat total, no rebia el seu suport. Però qui va reaccionar amb més vehemència va ser Sança, que abandonà el monestir de Vallbona de les Monges tan bon punt es va assabentar de la notícia per dirigir-se a Terra Santa i dedicar-se a tenir cura dels malalts. Ni tan sols va disposar de temps per saludar la seva nova mare adoptiva. L'única que va fer costat de debò a la sobirana va ser Isabel, amb deu anys. Ella necessitava algú que li fes de mare, perquè l'ama Gertrudis havia mort. De febres, deien. De pena, mormolaven.

—És trist —va dir el rei a Martí de Perelló, quan li ho explicava—, però força sovint els fills, dels que esperes recolzament, representen un entrebanc.

*** ***

Aquell matí, com sempre, Joana de Mediona va ser qui va dur la notícia. Arribà a casa d'Anna d'Entença quan les altres ja hi eren. Li agradava entrar la darrera i no haver de mossegar-se la llengua fins que no estaven totes reunides. De manera que, només traspassar la porta, fins i tot sense haver-les saludat, les hi abocà.

—La reina està embarassada.

—Sembla que el rei no ha perdut la força —somrigué Genoveva, la primera de reaccionar.

—És normal. El dol ja durava massa temps i un home, tard o d'hora, acaba caient —digué Elvira.

—L'haurem de felicitar —afirmà Esther amb un deix de malenconia. No podia amagar que estava un xic molesta, perquè ella era l'amiga de la reina i havia d'assabentar-se de la notícia per boca de Joana. I és clar que també hauria de pensar que havia arribat el dia anterior i encara no s'havien vist. De manera que internament la disculpà i canvià el to de la seva veu—. És una bona notícia.

—Sobretot hem de felicitar al rei —se la mirà Joana —. Ha tingut l'encert de no fer-la reina —afegí—. Ho dic perquè, si és un fill baró i el rei decidís seguir amb els seus costums anteriors, no tindrem els problemes que va generar Violant —aclarí.

—No crec que la causa dels problemes fos la reina Violant, que Déu tingui a la seva glòria —li contestà Esther, i havia emprat el tractament reial perquè Joana havia pronunciat el nom amb un deix de menyspreu.

—La reina Violant, que Déu tingui a la seva glòria... —arrossegà les paraules Joana, i dedicà un somriure a Esther—... va capgirar tot el regne amb les seves exigències de mare dels seus pollets. Ara, per culpa d'ella, tindrem tres regnes.

—Vols dir que va ser ella? Només ella? —se li encarà Esther—. O alguna ànima plena de bones intencions...

—Això és aigua passada —la tallà Genoveva. Sabia que estava a punt d'esclatar una nova discussió, com ja era prou habitual entre aquelles dues dones—. Ara ens hem de dedicar a altres afers. La reina Teresa ens necessitarà i li hem de fer costat.

Joana va desviar la mirada. No pagava la pena discutir amb Esther. De fet, no paga la pena discutir amb ningú, si tens les idees clares i saps allò que vols obtenir, perquè els camins del Senyor són infinits. Teresa havia volgut deixar ben establert que ella també es menjava tot el pa, però Joana seguia recordant que la reina Violant, tot i tenir el caràcter molt més fort, no se'n va sortir. I quan les aigües baixen esvalotades, els bons pescadors hi fan l'agost. O millor dit: les pescadores.

*** ***

Va ser baró. Jaume, li vam posar per nom. De Xèrica el van nomenar. Baró de Xèrica. I tota la cort va celebrar l'esdeveniment. Un nou fill del rei. Bastard, però sense competència i a plena llum del dia, sense haver-ho d'amagar. Si més no, era una passa endavant.

Esther va ser la primera de felicitar els reis. Després s'hi afegiren les altres, i els nobles.

En aquells dies Jaume va tenir un pensament per a Aurembiaix, la comtessa d'Urgell que no li havia pogut donar cap fill. Ni a ell ni a ningú. Gairebé representava una maledicció, perquè l'Urgell seguia sent un problema que mai no havia pogut solucionar. També va pensar en Violant i es dirigí a la capella per estar a soles i pregar.

—Té els ulls castanys, com tu —li havia dit, a Teresa.

—I és fort i formós com tu —li havia respost ella amb satisfacció i orgull—. Digne fill d'un rei.

Ara s'estava a la capella, agenollat davant l'altar. Sentia remordiments i, alhora, felicitat. Era un nen preciós i tancava els punys amb força. Si Déu havia volgut que nasqués sa i fort, volia dir que Violant també el beneïa. A què treia cap, doncs, els remordiments? No havia fet pas res de dolent. Havia respectat la seva memòria durant anys i no gaudia d'altres amants. Va aixecar els ulls enlaire, cap a la creu, i preguntà:

—Ho estic fent bé?

En aquell precís instant la llum del sol entrà per la petita finestra que hi havia darrere de l'altar i es fixà damunt de la creu.

El rei va respirar fondo i va somriure. Necessitava creure que allò era un senyal i ho va creure fermament, perquè era com si Déu li hagués parlat, com si la seva llum divina l'il·luminés i li atorgués la seva benedicció. Llavors va concloure que podia tornar al costat de Teresa i viure en pau.

*** ***

Eren a Lleida. L'infant Alfons va entrar a la sala gran, la que mirava cap a l'altre costat del Segre. El seu front mostrava les arrugues que se li feien quan estava preocupat i neguitós. Les notícies que li havien arribat de la frontera de l'Aragó no eren bones. Enric, el germà revoltat del rei de Castella i de Lleó, havia establert allà el seu quarter general i feia incursions per atacar les posicions castellanes i retornar a la seguretat del seu cau, lluny de la grapa del seu germà. L'infant hauria volgut enviar forces i fer-lo fora, però les ordres del seu pare l'havien aturat. No havia de fer cap moviment en contra d'Enric. Així li ho havia manifestat el rei Jaume, paraules que el mantenien quiet, però força preocupat.

Per això havia viatjat a Lleida, on es trobava el rei, i havia demanat audiència.

—Senyor, no ho entenc —va fer l'infant Alfons, només entrar-hi, després de dedicar una reverència al monarca.

—Què és el que no entens? —va preguntar Jaume.

—Per què em prohibiu d'atacar Enric?

—Faig el mateix que el rei de Castella i de Lleó amb al-Azraq —respongué en un to sec el monarca d'Aragó i de Catalunya, de Mallorca i de València—. Si Manuel dóna asil a un sarraí, amb més motiu jo ofereixo protecció a un cristià. No és això un tracte just?

—Però Alfons de Castella i de Lleó és el vostre gendre, mentre que Enric és un usurpador —replicà el seu fill.

—I Manuel, germà i vassall del rei, també és gendre meu. No oblidis que s'ha casat amb una germana teva —es va empipar Jaume. «No hi ha més cec que aquell que no vol veure», pensava—. No ho oblidis —repetí—. I tampoc no oblidis que aquest detall no l'impedeix de fer-me la guitza i acollir un infidel que és el més gran malparit que hi ha damunt de la terra.

—Enric de Castella us enganya, senyor —aixecà la veu Alfons—. No és home de fiar. Vol fer-se amb el regne i matar el seu germà.

—I què vol fer al-Azraq? —li contestà el rei, també aixecant la veu—. No em vol prendre terres que són meves?

—Al-Azraq s'ha aturat.

—Sí, però segur que en prepara alguna de grossa.

—Com ho podeu afirmar?

El rei va somriure divertit i va negar amb el cap. Alfons no n'aprendria mai. Com ho podia afirmar?, demanava.

—Ja et vaig dir que un rei ha de saber allò que passa, fins i tot abans que passi —respongué—. Haig d'anar a València. Si em vols acompanyar, sabràs allò que jo sé i tal vegada obriràs els ulls i ho entendràs.

—Us hi acompanyaré.

—Llavors t'explicaré que al-Azraq ha emprat tot aquest temps per fer diners i ara el teu amic, el rei Alfons, em demana una nova treva d'un any. Diu que és per tal de poder buscar una solució a aquest afer, però jo sé que la vertadera raó és que el sarraí encara no ha pogut reclutar tots els homes que ha de menester i empra totes les astúcies que és capaç de trobar. Fins i tot al-Azraq li va enviar una carta en la qual li deia que es vol fer cristià i que vol prendre per muller una de les filles de Carròs.

—Això és una prova de la seva bona voluntat.

«Mare de Déu! No hi ha res a fer», va pensar Jaume. I va dubtar que algun dia Alfons pogués arribar a ser un bon rei.

—Ets un home que encara no ha après a jugar —va negar de nou amb el cap—. Mentre tu t'estaves a l'Aragó, jo era a València i, creient en allò que tu nomenes bona voluntat, vaig acceptar la invitació d'aquest malparit d'al-Azraq. Volia entrevistar-se amb mi, deia. Em vaig dirigí al castell de Rogat acompanyat per uns cavallers i allà ens va trair. Encara no sé com ens en vam poder sortir. Millor dit: sí, que ho sé. Per fortuna un sarraí ens havia avisat de les intencions d'al-Azraq. No me'l vaig acabar de creure, però, si més no, anava preparat. Però el que vam trobar va ser molt pitjor del que ens imaginàvem i va faltar ben poc per deixar-nos-hi la pell. Si no marxem a cuita-corrents, hauríem perdut la vida —el va mirar directament als ulls, a ben poca distancia —. Aquesta és la bona voluntat del traïdor —va fer amb ràbia.

—No crec que Alfons n'estigui al corrent —encara replicà l'infant Alfons, incrèdul—. Ell mai no ho permetria.

—Vaig acceptar la primera treva perquè tu m'ho vas demanar i vaig pregar per tal que no t'equivoquessis —va dir el rei, amb duresa als ulls. Sempre el posava malalt que no l'escoltessin i més encara que li duguessin la contraria quan les proves eren evidents—. Aquest mateix matí he tingut notícies d'al-Azraq —li va dir, es dirigí cap a la porta, l'obrí i va cridar—: Porteu-me Miquel Garcés.

Poc després la porta s'obrí de nou i aparegué un cavaller. L'infant Alfons el va mirar. El coneixia, perquè l'havia vist en alguna ocasió al costat del rei de Castella i de Lleó.

—Expliqueu al meu fill el que m'heu explicat a mi —ordenà el rei, amb un tret de desesperació.

Miquel Garcés va fer una inclinació amb el cap i saludà l'infant, que se'l mirava amb interès.

—El meu senyor, el rei de Castella i de Lleó, ha viatjat a Alacant i està caçant. Fa uns dies es va presentar al-Azraq i durant la cacera li va dir que, si ell volia, enlloc de conills podia caçar castells. Que ell els caçaria per al rei de Castella i de Lleó.

—I ell què va contestar?

—Que s'ho havia de rumiar.

—I vós, perquè ens ho expliqueu? No esteu traint el vostre senyor? —preguntà Alfons.

—He mirat de raonar amb el rei de Castella i de Lleó i fer-li veure que s'equivoca, que el sarraí el trairà a ell també, però no m'escolta. Diu que els vertaders traïdors sou vosaltres i que recuperarà tot allò que és seu. Tinc parents i amics entre vosaltres i no vull un enfrontament. Per això he vingut, per aconseguir que parleu amb el meu senyor.

—Ho veus? —va fer el rei.

—No pot ser. Alfons de Castella no és així.

—Voleu dir que sóc un mentider, senyor? —es posà en guàrdia Miquel Garcés, i Alfons s'avançà.

—No —s'interposà Jaume—. El meu fill sent una gran devoció pel vostre rei i no veu més enllà del seu nas. Però ha donat paraula que vindrà amb nosaltres i així, plegats, podrem ensenyar a aquest maleït d'al-Azraq com s'han de caçar els castells i demostrar al rei Alfons que el seu aliat és un traïdor —llavors va mirar el seu fill—. I espero que tu també en treguis alguna cosa de profit —li va dir.

Setze places van caure en uns dies i totes les veus cantaven que mai no s'havia vist cosa igual en tota la cristiandat. Els habitants d'aquelles contrades cridaven esparverats «Que ve el Conqueridor!» i algunes de les places fortes van obrir les portes i es van rendir sense lluitar. Les forces del rei d'Aragó i de Catalunya, de Mallorca i de València, van arrasar bona part de les terres d'al-Azraq, fins que Jaume va considerar que ja n'hi havia prou, perquè ja estava a les portes del regne de Múrcia. Llavors es va aturar i va enviar una carta al rei de Castella i de Lleó en la que, en un to foteta, li explicava com s'havien de caçar castells.

Alfons va rebre la notícia a Toledo i va guardar silenci. Per segon cop s'adonava que Jaume l'havia tornat a vèncer i que no podia competir amb el Conqueridor, perquè els seus homes ja anaven prou de corcoll amb la revolta del seu germà Enric. El rei d'Aragó i de Catalunya, de Mallorca i de València, senyor de Montpeller, havia jugat les seves cartes i li havia tornat l'ofensa. Però Alfons, lluny d'entendre la lliçó, dins del seu cor va jurar que allò no s'acabaria d'aquella manera. Les ofenses a un regne es paguen amb sang. Aquesta és la llei. Tanmateix, pel moment, havia de callar.

Després d'aquella acció la pau, una pau precària, s'establí al regne de València. Al-Azraq encara s'estava a Múrcia, però la lliçó havia estat prou gran i romania quiet. Així i tot, de tant en tant es produïen alguns atacs, petites incursions que no anaven més enllà de tímides provocacions per tal que les forces del rei de València entressin al regne de Múrcia i li atorgués una bona excusa per engrescar Alfons i Manuel a una guerra oberta. Jaume va descobrir el parany i va ordenar els seus homes que perseguissin els intrusos fins la frontera, però que sota cap circumstància l'havien de traspassar.

Els atacs es repetiren, cada cop amb més freqüència, fins al punt que Jaume va sentir temptacions d'acabar amb al-Azraq a qualsevol preu, però un nou problema es va generar quan Àlvar d'Urgell decidí casar-se. Allò va representar un bon i inesperat daltabaix.

—On va aquest sonat, si ja està casat amb Constança de Montcada? —va cridar el rei.

—L'ha repudiada argumentant que el primer matrimoni no va ser vàlid —explicà Guillem Bernat d'Entença.

—Per què?

—Perquè ella tenia dos anys i ell encara era un marrec. Ningú no li va demanar el seu parer ni el seu consentiment —va dir Guillem Bernat, i en la seva veu s'endevinava que ell ja havia previst un desastre i que retreia al rei que no l'hagués volgut escoltar—. I ell, com a noble i sense pares, tenia dret a dir la seva. Per tant, considera que no s'han complert els requisits —afegí.

—Quins requisits? —demanà el rei.

—La consumació del matrimoni.

—I és clar que no s'ha consumat —féu Jaume—. Ella és una criatura.

—El cert és que s'ha casat amb Cecília, la germana de Roger Bernat de Foix, i aquest cop sí que ha consumat tot allò que havia de consumar i els requisits han estat complerts.

—Els requisits? —bramà el rei—. Amb quin dret ha pres aquesta decisió sense comptar amb cap resolució de cap tribunal eclesiàstic? —es va quedar en silenci uns instants—. Això no m'agrada gens ni mica —va dir, finalment—. Segur que darrere d'aquesta història s'amaga la mà d'algú.

I va cridar Pere de Montcada, que treia foc pels queixals. Àlvar havia gosat trencar tots els pactes i havia ofès greument la seva germana i la seva casa amb un repudi il·legal i un nou matrimoni que no era altra cosa que una bigàmia.

—He complert, fil per randa, tots i cadascun dels pactes, però el malparit diu que el matrimoni no és vàlid, perquè Constança no li pot donar fills i ell en necessita un amb urgència. Però el més greu és que no vol tornar-me el dot —es queixà el de Montcada.

—Qui hi ha al darrere? —va tallar el rei el rosari de planys. A què treia cap el dot, si era el més menys important de tot?

—Roger Bernat de Foix, sens dubte —digué el de Montcada.

—Què persegueix? —més meditació que no pas pregunta.

—Porta anys disputant les terres d'Andorra al bisbe d'Urgell i ha trobat la manera de fer oficial les seves pretensions. Si ambdues cases s'uneixen... —respongué Pere de Montcada. Deixà la frase penjada, i afegí—: És més clar que l'aigua. El rei de França punxa als nobles de Provença. Foix és a un costat dels Pirineus i l'Urgell a l'altre. Segur que ha convençut Àlvar que li convé més una aliança amb Foix que no pas amb Montcada, perquè poden arribar a establir un regne propi. Les muntanyes són altes i farcides de valls i els Pirineus ja constitueixen per ells mateixos una fortalesa fàcil de defensar i difícil de prendre.

—De l'única cosa que l'ha convençut és que Cecília té un cony entre les cames que li dóna plaer! —va cridar Jaume—. Àlvar és massa jove com per poder pensar amb tanta lucidesa i Roger Bernat és un gat vell. No ho acceptaré de cap de les maneres —negà amb força.

—Si decidiu atacar, seré al vostre costat —s'oferí Pere de Montcada.

—Senyor, abans d'atacar hauríem de parlar —intervingué Guillem Bernat.

—Amb qui? Amb Roger Bernat de Foix, que s'acosta al sol que més escalfa? O amb el babau d'Àlvar d'Urgell? Un marrec que ha vist el món per un forat. Només que és un forat ben petit entre dues cuixes —va replicar el rei. Estava particularment furiós. Havia cregut que per fi havia trobat la solució per a l'Urgell i tot se n'anava en orris per culpa d'un adolescent enamorat.

—Si ataquem, el problema persistirà. A més, el vescomte de Castellbó els farà costat i encetarem una guerra civil. Això sense comptar amb la posició que adopti el vescomte de Cabrera —explicà Guillem Bernat—. No és moment de guerres civils. Encara no hem acabat amb al-Azraq, estem enemistats amb Alfons de Castella i de Lleó i seria una bona ocasió perquè Roger Bernat obrís les portes a Lluís de França.

—Disposeu d'alguna sortida millor? —el va mirar Jaume.

Guillem Bernat tenia raó. Com sempre. Perquè era assenyat i prudent.

—Que siguin els tribunals, els que decideixin sobre aquest afer —suggerí el noble conseller—. Amb una sentència favorable als nostres interessos, un atac estaria justificat i ningú no gosaria aprofitar l'ocasió i moure's. Sobretot si la sentència prové de l'Església.

Guillem Bernat, l'home eternament reflexiu, li oferia una bona solució. Amb una sentència d'un tribunal eclesiàstic, tot estaria justificat i el comte d'Urgell s'hauria de plegar, perquè Roger Bernat de Foix no es podia permetre un enfrontament amb l'Apostòlic. Menys encara tenint en compte que els seus avantpassats havien protegit els càtars i havien lluitat contra Roma.

—Qui podria instruir la causa? —preguntà Jaume.

—Ramon de Penyafort. La Inquisició sempre infon respecte —proposà Guillem Bernat.

—També haurem de buscar algun bisbe —assenyalà el de Montcada—. No ens convé deixar-ho tot en mans del cap de la Inquisició.

Era evident que les diferències entre els de Montcada i Ramon de Penyafort seguien vives i, tot i que el cap de la Inquisició era un home just, prou que podia sentir temptacions de fer pagar a Pere certes ofenses del passat.

—Què us sembla si proposem el bisbe d'Osca? —digué Guillem Bernat. Aquell dia estava especialment inspirat.

—És una bona idea —aplaudí Jaume—. Ens és lleial.

I aquí es va acabar la conversa.

L'endemà el rei va parlar amb Ramon de Penyafort, que va acceptar l'encàrrec i també acceptà la companyia del bisbe d'Osca. Àlvar d'Urgell havia obrat a la lleugera, havia pres decisions que no podia prendre i l'Església no ho podia consentir.

Jaume es va sentir alleugerit en escoltar les paraules de Ramon de Penyafort.

4.- ELS NOUS PROTAGONISTES

Els seus ulls negres brillaven, mostra indiscutible de l'orgull i de la satisfacció amb què va acceptar el nomenament. Acabava de complir disset anys, havia rebut una educació acurada i bons consells i tothom deia que seria un gran procurador. L'infant Pere, el primer baró que Violant va donar al rei Jaume, acabava d'entrar dins de l'escena política tot encetant el seu camí amb el títol de procurador i es preparava per esdevenir rei de Catalunya.

Jaume havia decidit envoltar-se dels seus fills, els únics en qui podia confiar, malgrat que la vida li havia demostrat amb escreix que la confiança cega és perillosa i sempre mantenia un ull obert. Ferran Sanxís, baró de Castre, fill hagut de la seva relació amb Blanca d'Antillon, també acabava de complir disset anys i també havia rebut una educació d'acord amb el seu rang. Ell representaria un bon puntal per afegir als altres. Per això havia decidit nomenar-lo oficial de l'exèrcit reial.

—Pariré per a tu tants fills que podràs formar el teu propi exèrcit —li havia dit Violant, anys enrere, molts anys—. En ells podràs confiar.

L'infant Jaume ja tenia catorze anys i d'aquí poc engreixaria les files d'aquest exèrcit personal, juntament amb un altre Pere, el baró d'Híxar, el fill que li va donar Berenguera Fernandes, que aviat compliria els dotze. Finalment Sanç, amb deu anys, s'estava a Lleida, on era educat en afers religiosos. Ell també seria un bon oficial, només que destacat a l'exèrcit de Déu. «No s'ha de descuidar cap front», repetia el rei.

Llàstima que Alfons encara no tenia fills. I Jaume va recordar Elionor. Evidentment el seu fill no havia heretat la seva aversió pel sexe. En tenia proves més que evidents de les dones nobles que li escalfaven el llit en absència dels marits, o de les criades del palau d'Osca, perquè Alfons no feia gaire compliments ni posava entrebancs a la procedència. Però sí que semblava que la poca afecció per tenir fills formés part del seu bagatge. Si ell portés la mateixa vida que el seu fill, el regne sencer estaria ple de marrecs amb els seus mateixos ulls. A més, en altres terrenys Alfons també igualava la seva mare i, fins i tot, la superava. Segurament per aquesta raó discutien més que no pas parlaven. No estaven d'acord en gairebé res i cada dia la distancia s'engrandia. Alfons reclamava més poder, però el rei no el veia prou preparat, tot i que era un bon oficial i un valerós soldat. D'això també en tenia proves. Múrcia i València van ser-ne testimonis.

—Deixeu Aragó a les meves mans i us demostraré... —insistia l'infant Alfons.

—No —negava Jaume—. Mentre jo sigui viu, el regne serà un de sol. I després també ho ha de ser, malgrat que sereu tres reis.

Què passaria amb Enric de Castella, si deixés Aragó en mans d'Alfons i amb total llibertat?», es demanava el rei. «I si Enric queia, què passaria amb al-Azraq i amb València?»

«Si Alfons tingués un fill, tal vegada s'arrelaria més a la terra i deixaria de banda el gran afecte que sentia per la corona de Castella i de Lleó», meditava Jaume. Les relacions amb el rei que havia substituït el seu gran amic Ferran no eren bones, malgrat que era el seu gendre i compartien moltes coses: des de Violant, una filla que Jaume i la reina hongaresa van sacrificar per bé de la pau, fins als fills que havia donat al seu marit, i que eren els seus néts. Violant era digna filla de la reina hongaresa, coratjosa i fèrtil. Tanmateix, cap d'aquests llaços era prou fort per reprendre el camí de la concòrdia. I aquesta situació empitjorava a cada passa, perquè Alfons de Castella feia responsable el rei d'Aragó i de Catalunya de molts dels atacs que el seu regne rebia des de terres aragoneses. Jaume, per contra, vivia convençut que allò era el resultat de l'absurda política d'un rei que no havia estat capaç d'aprendre la saviesa del gran Ferran de Castella i que s'havia enfrontat al seu germà i l'havia ofegat tot relegant-lo a un segon terme. Massa segon terme!

—Sempre he cregut que Ferran de Castella havia mort amb la tasca feta —va dir un dia el rei—. Ara penso que no és cert, que va morir quan encara havia de viure, quan encara no ens havia ensenyat tot el que sabia. Deia que Déu ens permet repetir els errors amb una paciència infinita, però crec que es va oblidar d'afegir que, a mesura que creixem, els nostres errors són cada cop més grans. I les conseqüències, pitjors.

*** ***

Un dia Jaume estava a València, al palau sarraí, a l'habitació que havia ocupat Violant. No sabia ben bé la raó, però aquell matí havia entrat en aquella cambra i s'havia assegut al llit. Parlava tot sol, com si esperés que la seva reina hongaresa aparegués d'un moment a l'altre i li respongués. Teresa no l'havia acompanyat.

—Haig de tenir cura del nostre fill —li havia dit—. I dels altres —havia afegit.

«I és clar!», va pensar Jaume. Una raó de pes. De tota manera li hauria agradat tenir-la a la vora, però s'havia de conformar.

—Lluís! —va fer, de sobte, en veu alta i amb tristor —. Tu també em vas abandonar i no vas poder ensenyar-me com es pronuncia la darrera de totes les lletres — respirà fondo i va acaronar el llençol—. Ara podria saber com haig de parlar amb els vostres esperits i rebria les vostres respostes —guardà un curt silenci, i afegí—. Potser Déu sempre deixa alguna cosa pendent per tal que nosaltres mateixos trobem la solució.

S'estirà damunt del llit i tancà els ulls. Se la imaginava dreta, a Violant, davant de la finestra, contemplant la ciutat i mirant cap al mar, tal com la recordava. Volia sentir de nou l'escalfor del seu cos, però no va poder. Desitjava tenir-la al seu costat, i sabia que demanava un impossible. Per què la desitjava a ella, es preguntava, si ja tenia una altra esposa? Per què la imatge de Violant se li apareixia en somnis, cada cop més sovint?

—Sóc una pobra dona i poc que hi entenc d'afers d'estat —li responia Teresa quan li demanava el seu parer sobre algun assumpte de govern.

—Bé has de tenir-ne alguna opinió —li deia ell—. Si més no, què et diu la teva intuïció femenina?

Llavors Teresa li oferia la seva visió. Era diferent de Violant en gairebé tot. La reina hongaresa responia de seguida i no es feia pregar, sinó que li parlava obertament, sense embuts, i sempre d'una forma directa i precisa, mentre que la nova reina emprava paraules ben destriades i l'observava constantment per encetar un nou camí si s'ensumava que el que havia triat no agradava al rei. A Violant no li importava si les seves paraules li agradaven o no, quan li havia de cantar alguna veritat. Un estil ben oposat, però també era cert que Teresa l'escoltava i el feia reflexionar.

En aquells dies va arribar una notícia força agradable i esperançadora. Violant, la reina de Castella i de Lleó acabava de parir un fill baró. Ferran li van posar per nom. El rei castellà ja tenia un hereu i Jaume un peu en aquell regne, perquè confiava plenament en la seva filla i sabia que l'educaria per tal que aquell nen, que duia el mateix nom que el seu gran amic, estimés la terra que era el bressol de bona part dels seus avantpassats.

I en aquells dies també va descobrir un fet important. O millor dit: va constatar de nou un fet que ja s'havia repetit mil vegades. Els nobles tornaven a fer de les seves i es disputaven parcel·les de poder, fins al punt que la seguretat interior tornava a perillar i amb tot l'enrenou d'al-Azraq, els problemes a Montpeller i el seu recolzament a Enric de Castella, no es podia permetre el luxe de descuidar un punt tan cabdal. Tanmateix, el tresor de la corona havia patit un bon daltabaix amb tantes lluites exteriors i Jaume no disposava de prou homes ni de prou diners per garantir la pau. I d'això, per desgràcia, tothom n'era conscient i, per tant, el perill era cada cop més gran.

—Les arques reals són buides —li va dir Guillem Bernat una tarda que es trobaven reunits amb diversos nobles i discutíem sobre noves vies de finançament—. Tanmateix, no podem demanar més impostos.

—Per què?

—La guerra amb al-Azraq ja s'ha endut un bon pessic i bona part dels nobles estan descontents —va dir

Pere de Montcada—. Jo no puc oferir-vos més homes. Si el tribunal eclesiàstic dicta sentència favorable a la meva filla i Àlvar d'Urgell no la vol acatar, els necessitaré.

—Només us queda una sortida —apuntà Artal d'Alagó—. Deixeu que alguns nobles adquirim carta d'autonomia a canvi d'homes per al vostre exèrcit. Els pagaríem nosaltres mateixos i ells us servirien a vós.

—Qui paga, mana —respongué el rei amb un somriure que deixava ben clar que no s'ho empassava—. I els homes ho tenen ben present.

—Nosaltres us som lleials —s'avançà Pere de Montcada.

—Sí —va fer el rei, amb mesurats cops de cap. «I és clar que sí!», va pensar. «L'experiència ho demostra fora de tot dubte», seguí movent el cap amunt i avall.

—I vós necessiteu més homes per lluitar a les fronteres i mantenir la pau del regne —insistí Artal.

—Amb els que tinc puc lluitar, perquè us recordo el vostre compromís sagrat, segellat amb un jurament, segons el qual m'heu de deixar homes per lluitar contra els sarraïns i contra tot aquell que atempti la seguretat de les fronteres —li respongué Jaume.

—Hem complert aquest jurament cada cop que l'heu hagut de menester, però us recordo que el compromís només afecta a les fronteres exteriors —es posà tens Artal.

—Per això he pres una decisió —respongué el rei. Guardà un instant de silenci, tot esperant aquella mirada de sorpresa per part dels nobles, i llavors afegí—: Vull crear un sagramental.

—Un sagramental? —s'estranyà Pere de Montcada, i es mirà els seus companys, que tampoc entenien res.

—Ja fa temps que els pobles de la frontera amb Castella demanen una força popular. Un sagramental, l'anomenen —aclarí el rei.

—Una força interior, tal com diuen —els va refrescar la memòria Guillem Bernat i tothom va entendre que el conseller estava al cas—. Cada home major de setze anys i menor de seixanta estarà obligat a disposar d'armes i vestits que pagarà ell i que guardarà a casa seva, i no estarà obligat a abandonar el regne ni a lluitar fora de les fronteres, perquè la seva tasca consistirà a garantir la seguretat dels pobles interiors.

—Com s'organitzaria i qui comandaria aquesta força? —s'interessà el de Montcada.

—Un sagramental aplegarà diversos pobles sota un sol cap, que organitzarà i dirigirà els responsables de cada poble que l'integren. Només es posarà en marxa quan escolti el so del corn, el repic de campanes o la crida de la trompeta reial. Aquest senyal serà el sometent —explicà Guillem Bernat.

—Com podeu pensar a crear un exèrcit interior? —demanà Artal—. Les arques de la corona estan eixutes fins a l'extrem que amb prou feines podeu pagar els vostres propis homes.

—Només els pagaré quan els cridi —respongué el rei.

Guillem Bernat va somriure. «No és cap mala idea», devien pensar els nobles. I tant que no! Pel sol fet d'existir, ja representaria una garantia. Si tothom tenia clar que el sometent aixecava un exèrcit, tal vegada reflexionarien abans de prendre algunes decisions. I, potser, el compte de Foix i Àlvar d'Urgell s'ho haurien repensat abans de posar en marxa les seves iniciatives. Tanmateix...

—Heu parlat d'un cap. Qui en seria? —preguntà el de Montcada.

—Un de nosaltres pot fer-se'n càrrec —respongué Artal. Llavors es dirigí al rei—. Ens reunirem i us proposarem un nom.

Guillem Bernat ja s'ho havia imaginat, i en la conversa que havia tingut amb el rei, així li ho havia advertit. Un exèrcit que no costés diners als nobles, perquè el pagaria les arques reals, era un pastís molt llaminer. No mancarien homes disposats a fer-se'n càrrec. O, si més no, ja els triarien ells. I què passaria quan un dels nobles, el que manava, decidís no seguir les ordres del rei? Sempre igual. Volien poder i més poder i més poder... Sempre igual.

—Si ha de ser un exèrcit reial, bo serà que el mateix rei esculli qui l'ha de manar, sense cap mena de pressió —s'hi va oposar.

—Així serà —digué Jaume—. El nomenaré personalment i només dependrà de mi —va somriure—. I tant podrà ser noble com no.

—Senyor, això... —va intentar protestar el de Montcada.

—Vós i els altres nobles ja teniu prou mals de cap. M'ho acabeu de dir. I no sempre esteu a casa vostra, mentre que qui viu constantment en aquestes contrades és la persona adient per fer-se'n càrrec. A més, triaré algú que conegui tothom i que gaudeixi del respecte dels seus veïns —el va tallar—. Començaré pels pobles del pla del Llobregat —mirà a Guillem Bernat—. Hi ha un home que respon al nom de Mateu Anglada...

—El conec, senyor —afirmà Guillem Bernat amb el cap—. És un jutge.

—Poseu-vos en contacte amb ell i que organitzi aquesta força interior. Que triï homes i me'ls proposi com a caps. Però que miri bé que siguin homes com cal i no pas sants de la devoció de ningú —conclogué Jaume, i abandonà la sala.

Encara no s'havia tancat la porta que Artal s'encarà a Guillem Bernat.

—Ets boig? —féu—. Com has pogut recolzar aquesta estúpida idea del sagramental?

—No et semblava pas malament, mentre creies que hi havia una possibilitat que tu fossis qui l'havia de manar —somrigué Guillem Bernat.

—Te n'adones del poder que tindrà aquest... aquest jutge... Com es diu? —intervingué Pere de Montcada.

—Tot el que el rei li vulgui atorgar —contestà Guillem Bernat—. Trobo que, si nosaltres estem massa enfeinats amb els nostres problemes, el sagramental és una bona idea —féu una lleugera reverència i abandonà els dos nobles.

I és clar que era una bona idea! Per part de Jaume representava una manera intel·ligent d'allunyar-se de la dependència dels nobles. Sagramental. Bon nom. I encara era millor era el nom que emprarien per a la crida. Sometent! És a dir: que se sotmetien al rei. Però, allò que li feia més el pes era que no significaria una sangonera per a les arques reials. La corona no els hauria d'equipar ni d'armes ni de vestits, ni els hauria de mantenir cada dia. Només els pagaria quan els hagués de menester. I és clar que també havia d'acceptar que una mateixa idea tant pot ser bona com no ser-ho. Tot depèn del costat on te trobes tu.

La història canviava, s'incorporaven nous protagonistes i ningú no havia de restar al marge. Menys encara els comerciants, els camperols i el poble planer. Era l'única forma de diluir el poder dels grans senyors. I, evidentment, Pere de Montcada i Artal d'Alagó també ho van copsar, però, malgrat que no els va agradar, van haver de callar.

*** ***

Llàstima que no tot és com un voldria. Alfons s'enfrontava força sovint al rei, cada cop més, però per sort Jaume tenia Pere al seu costat.

Aquells ulls negres, herència del seu avi, miraven amb passió. Pere era alt i fort i havia despuntat com un jove ple d'energia. Des de feia temps conversava amb ell i Jaume li demanava el seu parer sobre afers del regne. En aquelles converses havia descobert que el seu fill

95

també sentia certa desconfiança, per no dir aversió, cap als nobles. I això li era agradable. Seria un bon rei, n'estava convençut. Escoltava amb atenció els seus consells i no discutia les seves decisions, malgrat que no s'estava de manifestar el seu punt de vista quan no ho veia clar. Però el més important és que escoltava. I escoltar és vital.

En aquells dies el rei estava trist. Meditava que ens imaginem que els temps passats es poden repetir i que la substitució d'una persona per una altra significa la continuïtat, quan força sovint és una trencadissa. Pensava en Teresa. La seva esposa era una dona ideal com amfitriona d'una festa i un remei infal·lible per escalfar-li el llit i descarregar l'excés d'energia del cos. Es desenvolupava bé a palau, mantenia a ratlla les esposes dels nobles i li aportava moltes confidències. Violant també ho havia fet en el seu temps, però, al contrari que Teresa, les destriava i procurava que no hi hagués tafaneries buides, detalls estúpids sobre afers domèstics o baralles de dones. A més, la reina hongaresa sempre que li aportava una d'aquelles confidències l'acompanyava d'un consell assenyat. Teresa li ho explicava tot i la tria l'havia de fer ell. El rei, sense voler, les comparava i en tota comparança, i més si és amb un record, hi ha algú que sempre surt perdent. Amb Violant mai no havia tingut la sensació de sentir-se sol. Si més no, no ho recordava. Però amb Teresa hi havia moments que la soledat se'l menjava. Sobretot quan, cada cop més sovint, la reina sempre trobava una excusa per no acompanyar-lo en els seus desplaçaments.

—El poder és ingrat. Llaminer, però pervers —deia el rei a Martí de Perelló, mentre exhibia un somriure mig trist— Quan més amunt hi ets, més sol et sents. La gent que t'envolta persegueix el seu profit i tothom vol escalar llocs i ser el més gran. Te n'adones, del que representa ser rei? Una presó amb barrots invisibles que cada dia que passa t'ofega més i més.

I el fidel Martí assentia amb el cap, mentre el seu cervell emmagatzemava dades i més dades.

*** ***

Alfons de Castella va aconseguir expulsar el seu germà Enric, que abandonà la península per posar-se al servei del califa de Tunis. Llavors va tenir les mans lliures per ajudar al-Azraq, que es va aixecar de nou i Jaume va haver de desplaçar el gruix de l'exèrcit cap al sud. I, evidentment, quan algú veu una porta oberta, hi entra. Aquesta lliçó ja l'havia estudiada en altres ocasions, però mai no havia trobat una solució adient. De manera que va contemplar amb impotència com Occitània es removia inquieta i Lluís de França jugava amb ells i els esperonava. Per si era poc, la distància que el separava del seu fill primogènit encara s'engrandí més. L'infant Alfons li havia demanat que concedís una segona treva a al-Azraq, que Jaume va negar, i ara el seu fill el feia culpable de la nova situació.

—Déu meu! Com pots estar al cas de tot, quan tens l'enemic a casa teva? —cridà el rei a València.

El comte de Narbona tornava a fer de les seves i reclamava la seva independència. Després, gairebé segur, s'uniria al rei de França.

—Una muntanya sempre serà frontera i mai unió —li va dir Teresa, quan li va demanar el seu parer—. Occitània és a l'altre costat dels Pirineus i ben a l'altre costat. No pots lluitar pertot arreu.

Sí, tant a l'altre costat que Teresa mai no hi havia anat. Però tenia raó en una cosa, que Violant ja li havia fet veure anys enrere, en aquelles mateixes terres valencianes, quan es dirigien a entrevistar amb Alfons de Castella, a Almirra.

—Si lluites contra tothom, només et quedarà el mar com aliat. Què faràs, llavors?

Violant, el seu esperit, el seu record, seguia tenint raó, i Teresa li deia el mateix. Ja només li quedava el mar com aliat. I allò s'havia d'acabar.

Perdut, sense el recolzament de ningú, perquè Pere, tot i ser intel·ligent, encara era massa jove per prendre segons quines decisions i per entendre d'altres, amb el seu fill Alfons que seguia mirant-lo amb recança i amb una esposa que no l'acompanyaria enlloc perquè tornava a estar embarassada i es passava el dia mirant-se la panxa i somiant amb un altre baró, Jaume va haver de prendre la decisió tot sol.

Hauria de confessar que la situació era tan greu que en aquells dies va pensar que encara devia estar pagant pels seus pecats anteriors. Cada dia se sentia pitjor, més ensorrat, i anava a la capella per resar i demanar a Déu que li indiqués el camí. Però cap raig de llum va entrar de nou pel finestral ni va il·luminar la creu ni va obrir cap porta dintre seu. I les arques de palau seguien buides i cap dels nobles ni dels prelats no volia fer-li costat. Es queixaven contínuament de la inseguretat del sud, del nord i de l'oest. Deien que Barcelona no podia comerciar amb França i a ells se'ls sumaren els comerciants que cridaven que els seus productes eren rebutjats, quan no espoliats.

Què podia fer?, es demanava a totes hores. I va prendre la decisió que li va semblar més assenyada, encara que no li agradés. De manera que va escriure a Lluís de França i li va proposar un encontre.

La resposta no va trigar gaire temps en arribar. Lluís el citava a Corbeil.

—Senyor, proposeu-li un altre lloc. Trieu una ciutat neutral —li va dir Guillem Bernat.

—Ja n'hi ha prou —contestà Jaume—. Estic fart i això s'ha d'acabar per sempre més.

A més, Jaume se sentia dèbil i malalt i al-Azraq representava un perill massa gran, sobretot ara que tornava a gaudir de l'ajut d'Alfons de Castella i de Lleó. De manera que no va escoltar la veu del seu conseller i va acceptar sense ni tan sols discutir.

—Sento dir-vos, senyor, que la impaciència és mala consellera —encara va intentar dissuadir-lo Guillem Bernat.

—Mala o bona consellera, ja n'estic fart —li repetí el rei.

El d'Entença li hauria volgut dir que la seva intuïció li cridava que Lluís de França era intel·ligent i que Jaume no es trobava en condicions per negociar. Però un altre pensament, tant o més intuïtiu que l'anterior, li deia que no hi havia res a fer, excepte resar.

*** ***

El rei d'Aragó, de Catalunya, de València i de Mallorca, el Senyor de Montpeller, va arribar cansat a Corbeil, malalt i amb ganes d'enllestir ben aviat. Lluís era un home d'exquisides maneres i s'havia envoltat de força consellers, mentre que Jaume arribava gairebé sol, perquè no volia escoltar les veus dels que havien discutit amb ell i li retreien que havia acceptat un encontre en territori de l'adversari, però que en cap moment li van oferir diners i homes per acabar amb al-Azraq. Protestes i més protestes i cap solució.

—No prengueu decisions —li aconsellava Guillem Bernat—. Establiu les bases d'un diàleg i tornem a casa. Reflexioneu amb calma i ja decidireu.

—Ja n'hi ha prou de reflexionar. Ara és hora d'actuar —li responia Jaume, invariablement.

Lluís va ser molt hàbil. Va copsar de seguida la impaciència de Jaume. Prou que coneixia la situació del regne i les diferències que el rei guardava amb Alfons de Castella i de Lleó, així com els entrebancs que representava al-Azraq. Va allargar l'encontre i els va observar a tots plegats fins que va descobrir el punt feble per on podia atacar.

—Estimat Jaume, Aragó i Catalunya és un regne amic de França que roman perpètuament en el meu cor —va encetar el seu discurs Lluís, quan la paciència de Jaume ja arribava al límit—. Molts llaços ens uneixen, perquè la meva corona té drets sobre els comtats de Barcelona, de l'Urgell, de la Cerdanya, del Rosselló, d'Empúries i altres més. Em sento segur sabent que aquelles terres són a les teves mans, perquè has conquerit València i Mallorca i has allunyat els sarraïns. Tots sabem que el teu prestigi atrapa les fronteres més allunyades d'Europa i jo vull oferir-te el meu ajut.

Jaume mig se l'escoltava. Se sentia malalt, amb febre, i no es va adonar que Lluís havia esmentat els seus drets sobre aquells comtats després de comprovar que Pere de Montcada l'acompanyava. Per això havia començat per Barcelona.

—Si unim les nostres forces, el món cristià serà inexpugnable —va seguir parlant el rei de França—. És tanta la confiança que diposito en tu que renunciaré gustosament als meus drets sobre tots aquests comtats a canvi que tu confiïs en mi i em permetis establir les meves defenses als Pirineus. D'aquesta manera, si haguessis de menester el meu ajut, podria arribar de seguida.

Allò va ser música celestial per a les orelles del de Montcada. Per fi podia trencar qualsevol lligam amb França i quedar-se com únic senyor del comptat.

—Senyor, el bon rei Lluís té raó —va dir a cau d'orella del rei Jaume, tot aprovant les tesis del monarca francès—. Ara necessitem un aliat al nord, perquè el sud i l'oest ens són hostils.

—No ho veig clar —s'interposà Guillem Bernat—. Lluís obté terres i vós no obteniu res a canvi.

—Això no és cert —replicà el de Montcada—. El rei de França renuncia a tots els seus drets sobre tots els comtats a l'altre costat dels Pirineus. És un tracte just que demostra les seves bones intencions.

—Quines bones intencions? Els seus drets s'aniran diluint amb el temps, perquè cada cop hi ha més sang catalana i menys de francesa —insistí Guillem Bernat—. De fet, ben poca influència té a hores d'ara.

Jaume sentia les seves veus llunyanes. El cap li pesava i les idees se li enterbolien. Desitjava marxar d'allà com més aviat millor i acabar amb unes discussions que se li apareixien absurdes i inútils. Només pensava en descansar i en al-Azraq, en aquell malparit que bellugava els fils des de l'ombra.

—Prou! —va fer—. Acabem d'una vegada i tornem a València.

El rei d'Aragó i Catalunya, de Mallorca i de València, senyor de Montpeller, del Rosselló i de la Provença, va renunciar a Occitània. Només va conservar Montpeller, Carladés i Omeladès en record de Violant. Lluís, per la seva banda, va signar que renunciava als seus drets sobre Barcelona, l'Urgell, Osona, Cerdanya, Girona, Besalú, Rosselló i Empúries. Drets a canvi de terres, tal com deia Guillem Bernat. Terres a canvi de fum.

—Per primer cop a la vostra vida, heu deixat de sumar i heu començat a restar —li va dir amb ràbia Guillem Bernat.

—Era necessari —respongué el rei.

—Tingueu en compte que un cop s'ha fet per primera vegada, pot existir-ne una segona i una tercera —féu Guillem Bernat i, per primer cop, va marxar sense demanar permís.

Fins a la fi dels seus dies Jaume es penediria i recordaria aquell mes de maig com la primera de les grans derrotes. I no havia estat al camp de batalla!

Ja ho podia ben dir, que va ser-ne la primera, perquè n'hi va haver una altra. I tampoc no va ser al camp de batalla! I tot per voler arreglar allò que ja havia espatllat. No havia recordat que Lluís d'Estemariu li havia dit que sempre és més difícil redreçar un ferro que torçar-lo ni tampoc va tenir present la predicció de Guillem Bernat: quan hi ha una primera vegada, pot haver-n'hi una segona.

El mes de juliol d'aquell mateix any, més ensorrat encara i amb l'ànim decaigut, sense poder entendre què estava passant amb el seu fill Alfons, que cada dia s'allunyava més d'ell, amb les mirades que li dirigia un altre fill, en aquest cas Jaume, que malgrat la seva curta edat considerava que li havia furtat part del seu regne, va proposar un nou acord al monarca francès. Renunciaria a la Provença en favor de Margarida, esposa de Lluís, a canvi de la prometença de la seva filla

Isabel amb Felip, el fill del rei de França i l'hereu del tron. Així, va considerar, hi tindria un peu i semblava que havia corregit un error. Però, per segon cop, tornava a restar enlloc de sumar. De nou atorgava terres a canvi de drets.

—Aquest lligam ens ofereix un recolzament davant del rei de Castella i de Lleó —va dir quan Guillem Bernat li va retreure les seves decisions.

—També existeixen forts llaços entre Lluís de França i Alfons de Castella i de Lleó, perquè no heu d'oblidar que el rei francès era fill de Blanca de Castella, filla d'Alfons VIII, que va ser regent del regne de França a la mort del seu espòs Lluís VIII i durant la minoria d'edat de Lluís IX.

—No ho he oblidat! —li va respondre Jaume amb vehemència—. I no puc oblidar al-Azraq! Ho enteneu? Per això entraré a Múrcia i acabaré amb ell!

—I què fareu, quan el rei Alfons ens declari la guerra? Perquè, si entreu a Múrcia, no dubteu que el tindreu per enemic —li contestà Guillem Bernat, també amb força—. I quina serà la decisió de Lluís de França?

—Em va prometre el seu ajut —replicà Jaume.

Guillem Bernat el mirà, somrigué amb tristor i digué:

—Us equivoqueu senyor. Lluís no us ajudarà.

—És home de paraula! —féu Jaume.

—Mai no he dit el contrari, però jo us asseguro que es quedarà quiet i quan li demaneu on és l'ajut que us va prometre, respondrà: «Amic Jaume, et vaig prometre ajut per lluitar contra els sarraïns, no pas contra un cristià». I no haurà trencat la seva paraula —respongué Guillem Bernat, mirant el rei directament als ulls. Llavors, l'apuntà amb el dit índex—. Pel que veig, no només vau tancar les orelles als meus consells quan érem a Corbeil, sinó que tampoc vau escoltar les paraules exactes de Lluís de França. I poc que us heu llegit el tractat que vau signar.

Jaume es va posar tens i va prémer els punys. Com gosava Guillem Bernat? Però reaccionà i reflexionà. No hi havia cap noble al regne que fos tan noble com el seu conseller principal.

—Què puc fer? —demanà.

—Engolir-vos el vostre orgull i escoltar els vostres consellers —li contestà Guillem Bernat, sense apartar la mirada dels seus ulls.

Allò era massa. L'estava insultant a la cara. Jaume va fer una passa cap a Guillem Bernat. Però, de sobte, s'aturà.

—Si no us mato ara mateix és en record que vós em vau salvar la vida en certa ocasió, però més val que no n'abuseu —va dir—. Si vós no voleu donar-me cap consell, ja trobaré jo la solució.

—No patiu, senyor, que poc que m'haureu de veure i poc que m'haureu d'aguantar —respongué Guillem Bernat i, per segon cop, marxà sense demanar permís.

—Em podeu abandonar tots, però jo trobaré la solució —cridà el rei.

*** ***

Muhammad va aixecar els ulls quan el servent li va anunciar l'arribada d'al-Azraq. L'esperava des de feia dies. No podia ser d'altra manera, tenint en compte les notícies que corrien per tot el regne.

Al-Azraq va entrar a la cambra i s'agenollà. Havia arribat brut per la pols i li havien ofert aigua, però ell gairebé no s'havia rentat. Només les mans. Tenia pressa per parlar amb el monarca granadí.

El rei de Granada féu un gest i al-Azraq s'aixecà i es quedà dempeus. Aquest cop no hi havia ni fruita ni pa ni cap infusió calenta, perquè no havia estat convidat. Al-Azraq únicament es va trobar amb una mirada dura.

—Us demano perdó, però no he tingut altra opció que tornar —va dir, compungit.

—Has fracassat —respongué Muhammad, tens i amb una espurna d'odi als seus ulls.

—Gran senyor, qui podia imaginar que el rei Jaume es rebaixaria i demanaria perdó a Alfons de Castella?

—Una ment intel·ligent té cura de totes les possibilitats, i aquesta n'era una —replicà Muhammad.

—Jaume d'Aragó i de Catalunya mai no havia retrocedit, mai no havia cedit terres, mai no havia demanat perdó.

—Per això encara té més valor —digué Muhammad amb ràbia continguda—. Alfons de Castella no ha tingut altre remei que plegar-se i acceptar la bona voluntat del rei Jaume, que li ha pagat una bona compensació per haver donat asil al seu germà Enric.

—El pla era perfecte —es disculpà al-Azraq—. Lluís de França va saber aprofitar el nostre suggeriment. Amb el rei Jaume ocupat amb els afers del Rosselló i enemistat amb Alfons, era l'ocasió ideal per prendre València. Després cauria Múrcia, que quedava enmig i, finalment, vós hauríeu recuperat les vostres terres i engrandit el regne.

—No era un pla tan perfecte, en vist del resultat — negà Muhammad.

—Com podia preveure que el rei Jaume cedís amb tanta facilitat i, menys encara, que hi afegís Provença?

—La seva filla està promesa al futur rei de França — afirmà Muhammad amb el cap—. Què faràs ara?

— Diu el Profeta «Dóna'm treva fins al dia que els homes hagin ressuscitat».

—De quina treva estàs parlant? —se'n burlà Muhammad.

—Si Jaume hagués signat la segona treva...

—Però no ho va fer. I això és l'única cosa que has de tenir present: que no ho va fer! —cridà Muhammad— I, en veure la noblesa del rei d'Aragó i de Catalunya, Alfons ha callat i tu has perdut tota possibilitat de fer-te amb València.

—Encara no, gran senyor —negà al-Azraq amb forts cops de cap.

—Ah, no? Doncs, pel moment has estat vençut i jo he quedat com un babau. Problemes tindré per amagar la meva acció al rei Alfons. De manera que hauràs de marxar, perquè si t'ofereixo protecció significarà que t'he recolzat. Ves al Marroc i que ningú no et vegi.

—Juro per Al·là que tornaré i que ningú no m'aturarà —va fer al-Azraq, amb odi als ulls.

—La propera vegada ja serà la tercera, si de debò existeix, i a la tercera va la vençuda. De manera que rumia-t'ho bé, perquè has de vèncer o morir. Si tornes a aquestes terres amb la derrota a les esquenes, juro per Al·là que t'estalviaré la vergonya d'haver-ho d'explicar als teus néts —sentencià el rei de Granada, i abandonà l'estança.

*** ***

De retorn a Barcelona Jaume va prendre decisions que feia temps que duia al cap. La primera, fart de tants i tants nobles i prelats que volien ficar-hi cullerada, va ser limitar el nombre de consellers a dos-cents. I va aparèixer el consell de dos-cents ciutadans. Encara eren massa, però, si més no, ja no hauria d'aguantar aquelles reunions multitudinàries i inacabables on tothom se sentia obligat a dir la seva. I l'autoritat municipal de Barcelona, que també amenaçava d'anar pel mateix camí, va veure com quedava reduïda a vint-i-vuit consellers. Ja n'hi havia prou.

Aquell mateix any va néixer el segon fill de Teresa. Pere, li van posar per nom. I Jaume es va fer el propòsit d'educar-lo personalment. Ningú no el malmetria. Pere d'Ayerbe, el va nomenar amb aquesta secreta intenció. Creixeria i seria seu.

La història ja tenia nous protagonistes, nous rostres que s'hi afegien a l'escena política i que podien tallar la prepotència que durant tots aquells anys havia estat la senyera dels nobles. Tanmateix, Jaume sabia que no era l'única cosa que havia de canviar, si de debò volia guanyar, i el paper del rei havia de ser un altre de ben diferent.

La major part dels problemes s'havien resolt, però n'hi havia un que encara seguia present. Aquest problema duia per nom Alfons. L'infant Alfons d'Aragó.

—Déu meu! És que encara no he pagat prou pels meus pecats? —va fer Jaume.

5.- ELS FILLS DEL REI

No hi havia vent i el silenci era absolut. Les altes muntanyes dels Pirineus semblaven gegants pendents de l'escena. L'infant Pere descavalcà, lligà el cavall a un arbre i es quedà alerta. L'escuder que l'acompanyava també posà peu a terra, lligà el seu cavall i prengué la llança. No havia de ser gaire lluny, perquè les petjades eren clares i el bosc es queda mut sempre que tem alguna cosa.

On era el seu germà Alfons? Havien sortit plegats i s'havien separat feia una estona. Pere era partidari de pujar directament per la canal, però Alfons li havia dit que l'experiència demostrava que no era una bona idea. Per això cadascú havia triat el seu camí.

L'escuder es va plantar al costat del seu senyor. També escoltava amb atenció. No es movia ni una fulla.

De sobte, el soroll de la fullaraca els espantà i un brúfol esparverador els anuncià la imminent presència del porc senglar. Gairebé no havien tingut temps per reaccionar que ja el tenien al davant. Baixava com un torrent, directe cap a ells, i els cavalls renillaren i estiraren de les regnes, neguitosos i espantats. Pere va prendre una fletxa per carregar l'arc i l'escuder va baixar la llança per rebre l'envestida. Tanmateix, quan la bèstia era casi a fregar la seva roba, s'escoltaren uns xiulets i l'animal va caure als seus peus. Llavors Pere alçà els ulls i va veure Alfons i els altres tres escuders. Les seves sagetes i les seves llances havien abatut el porc senglar.

Pere va contemplar aquell cos als seus peus i va respirar fondo. S'havien lliurat per pèls i les cames li tremolaven. Al seu costat, l'escuder estava blanc i va haver de recolzar-se en un arbre per no caure rodó.

Alfons va baixar fins a la canal i va mirar el seu germà amb un somrís de superioritat als llavis.

—Ja t'he dit que el bosc és viu —féu—. Tu no els veus, però hi ha centenars d'ulls que ens observen. Si tens paciència i et quedes quiet i sense fer soroll, els podràs veure, perquè, tard o d'hora es mou alguna fulla i, allà, algú és mou, perquè els seus ulls ja no senten interès per tu. Però mai, sota cap circumstància, no et fiquis en el bell mig del camí d'un porc senglar. Ells són els amos de les seves petjades.

Els escuders van carregar la peça damunt d'un dels cavalls i emprengueren el camí de retorn cap a la plana. Havia estat un bon dia de cacera i tornaven contents.

—Gràcies. M'has salvat la vida —va dir Pere.

—Tinc més experiència que tu. No ho oblidis. I també vaig tenir un bon mestre —respongué Alfons, tot recordant els temps en què sortia a caçar amb el seu pare, el rei.

—El mateix que jo —replicà Pere.

—Però durant més temps —li contestà Alfons—. De manera que, com ja has vist, puc donar-te lliçons. I no tan sols en el terreny de la cacera.

—Que vols dir? —aturà el cavall Pere.

Alfons també aturà la seva cavalcadura i es tombà cap al seu germà.

—Vull dir que ets el procurador de Catalunya i seràs rei. Procura no perdre de vista els nobles i no els tractis com ho fas o tindràs problemes —somrigué.

—Els tracto com m'ha ensenyat a fer-ho el nostre pare, el rei Jaume —respongué Pere.

—I quin ha estat el resultat? —el mirà Alfons—. S'ha passat la major part de la seva vida lluitant, tant dins com fora del regne, i jo diria que encara no ha assolit la pau.

—Perquè una bona colla de nobles no fan altra cosa que perseguir el seu propi interès —replicà Pere.

—El mateix que fem tots plegats —respongué Alfons amb to d'evidència—. Un xic més de comprensió per part del rei no aniria pas malament, i un xic més de confiança, tampoc.

—A tu et deixa governar l'Aragó amb molta llibertat.

—No tota la quina jo voldria —negà Alfons amb el cap—. Pensa que sempre haig d'estar donant comptes de cadascuna de les meves decisions i que ja sóc prou madur per tant de control. El rei, nostre pare, ja comença a ser gran i hauria de delegar de debò.

—Ell vol que tot el regne es mantingui unit.

—I ho estarà. Com a germà gran, jo me n'ocuparé personalment.

—Ets el meu germà gran, però pensa que tots dos serem reis alhora.

—Ja ho tinc present —afirmà Alfons amb forts cops de cap, i esperonà el seu cavall.

A la casa gran, a la plana, els criats van prendre el porc senglar i se'l van endur cap a la part del darrere. Alfons va entrar per la porta principal. Pere s'havia endarrerit.

—Senyor, us espera una visita —es va atansar un criat—. El cavaller Ferrís de Liçana fa estona que ha arribat.

Alfons assentí i somrigué. El fill de Roderic de Liçana era un gran amic seu i un bon conseller. Sempre portava noves i sempre eren interessants. De manera que es dirigí cap a la sala de la xemeneia.

—Ferrís! —va fer només creuar la porta, i obrí els braços.

—Alfons! —contestà el cavaller, i s'abraçaren.

—On has estat tot aquest temps?

—A Albarrassí, a Lleida i a Barcelona. D'allà vinc i m'he assabentat que havies vingut a caçar.

Alfons ordenà que portessin vi i fruita. Havien de brindar per la seva amistat.

—Has vist el rei? —demanà Alfons.

—L'he vist a ell, i he vist més coses.

—Seu i parlem-ne —el convidà Alfons.

—El teu pare, el rei Jaume, ha aconseguit signar la pau amb Àlvar d'Urgell, Ramon Folch de Cardona i Guillem de Cervelló. Malgrat que Àlvar ja té dos fills amb Cecília de Foix, ha acceptat que se sotmetrà al dictamen del tribunal eclesiàstic, sempre que no estigui format per gent d'aquí.

—Això significa que rebutja l'autoritat del bisbe d'Osca i del superior de la Inquisició. Com és que s'ha signat la pau?

—El bisbe d'Osca no volia cedir, però Ramon de Penyafort l'ha convençut i ha convençut el rei que és millor acceptar la condició d'Àlvar que seguir amb una lluita interna que debilita el regne —explicà Ferrís—. De manera que l'Apostòlic ha nomenat el cardenal Palestrina per tal que es faci càrrec de l'afer.

—Palestrina... —mormolà Alfons, pensarós—. I el rei també ho ha acceptat?

—Sí, a canvi que tots els nobles ratifiquin els Usatges i es comprometin a deixar-li homes per lluitar amb els sarraïns. Diu que és convenient, de tant en tant, recordar-los les seves obligacions i afegir uns quants nobles més a la llista —explicà Ferrís mentre Alfons li omplia la copa de vi—. Ara han signat tots i ell disposarà de més forces.

—El meu pare, el rei, és un bon governant i té prou clar que el regne ha de mantenir-se ferm i unit —afirmà Alfons, i també s'omplí la copa.

—Potser té aquesta idea clara, però el seu testament la contradiu, perquè quan ell mori, el regne es trencarà —el corregí Ferrís.

—Prou que ho he pensat! —féu Alfons—. De la mateixa manera que Pere i Jaume han de començar a pensar que, si el rei m'ha llegat la major part de les terres, és per alguna raó. Dels tres regnes, el meu serà el més extens i jo sóc el més gran dels tres —digué.

En aquell precís instant va aparèixer Pere. Ferrís estava de cara a la porta i el va veure, es va aixecar i el va saludar amb una inclinació de cap.

—Amic Ferrís —digué Pere amb un somrís—. Fa temps que no ens veiem —S'avança i l'abraçà—. Hem caçat un porc senglar. Et quedaràs amb nosaltres i compartiràs la nostra taula.

—Sento no poder acompanyar-vos, però haig de marxar —es disculpà Ferrís—. M'esperen a Albarrassí.

—D'on vens?

—De Lleida.

—Has hagut de desviar-te molt de la teva ruta —digué Pere.

—M'he assabentat que éreu aquí i us volia saludar.

—Només saludar?

—Ferrís i jo fa temps que no ens veiem i ha estat un gran detall per part seva —intervingué Alfons. Llavors es tombà cap al cavaller—. M'agradaria... al meu germà i a mi ens agradaria que et quedessis aquesta nit. Podríem conversar i recordar vells temps.

—Sí, recordar vells temps o parlar de coses noves —somrigué Pere.

—Malgrat que tinc pressa, no puc negar-m'hi —acceptà Ferrís.

—Acompanya'm —el convidà Alfons—. Ordenaré que et preparin una habitació.

Quan Pere es va quedar sol, escapçà el seu somriure. El seu germà Jaume aviat faria dinou anys i tard o d'hora seria el rei de Mallorca, un regne en meitat del mar, mentre que ell... Catalunya tenia fronteres amb València, amb Aragó i amb França. No seria gens fàcil mantenir una bona independència. I, menys encara, després d'haver escoltat el pensament d'Alfons.

*** ***

Les muralles de Mallorca s'alçaven damunt del mar. L'infant Jaume ja hi havia estat feia pocs anys, complint per fi el seu desig de visitar les terres que, segons el testament del rei, li correspondrien i que farien d'aquelles illes un regne, tal com havia estat en temps passats.

Els tres vaixells van arribar a port i el governador ib-Nazarí va rebre amb grans mostres d'afecte el príncep dels ulls blaus, tal com l'anomenaven els habitants d'aquelles terres. A ib-Nazarí li agradava aquell jove. Era culte i gaudia del plaer de la lectura. També parlava algaravia, el dialecte de l'àrab que empraven a molts indrets de la península i que era la llengua que més s'escoltava per tots els carrers de la ciutat de Mallorca. Aquest detall li havia fet guanyar el respecte i l'estima del poble planer. A més, quan era a palau, s'envoltava de recitadors de versos i en un viatge anterior havia conegut Ramon Llull, un home deu anys més gran que ell, un vertader erudit nascut a Mallorca, gran coneixedor dels costums d'aquella gent.

Llull era d'estatura mitjana, el cabell negre, els ulls castanys, les faccions proporcionades i un somriure franc i obert. Deien que era un home profundament religiós, que respectava els sarraïns, i molt preocupat per difondre la religió dels seus avantpassats. Entre el jove príncep i ell havia nascut una forta amistat i cada cop que l'infant Jaume viatjava a Ses Illes, tenien llargues converses, escoltaven versos que el mateix Llull havia compost i passaven moltes estones plegats.

No obstant això, aquella tarda, tot i que esperava l'arribada de l'infant Jaume, Ramon no havia anat a rebre'l al port.

—On és el meu amic Ramon Llull? —demanà l'infant, quan ja havia saludat ib-Nazarí.

—Senyor, el vostre amic, i amic meu, des de fa uns dies té un comportament estrany —li explicà el governador—. He intentat parlar amb ell i no em respon. Només es queda en silenci i contempla el mar.

—No estarà malalt? —es preocupà l'infant Jaume.

—Ha perdut color. Això sí que us ho haig de dir. Però no sembla malalt, sinó que més aviat diria que és per causa de la seva reclusió.

—Reclusió? —s'estranyà l'infant. Ramon tenia un caràcter obert i era força parlador. La reclusió no anava amb el seu tarannà.

—Ja us he dit que el seu comportament és estrany. Es passa tot el dia tancat a casa seva i gairebé no parla amb ningú.

—L'he de veure —féu l'infant Jaume, i ordenà—: Conduïu-me a casa seva.

Durant el curt trajecte pels carrers de Mallorca, l'infant va poder contemplar de nou la riquesa de colors que omplien cada portalada i que era una benedicció per als ulls. Els carrers estrets protegien els seus habitants del sol de l'estiu, poderós i agraït amb aquelles terres.

—Mira-ho tot i aprèn força —li havia dit el rei Jaume, el seu pare—. D'aquí poc temps hi tornaràs, però no com a visitant, sinó com un home que ha de començar a prendre possessió d'allò que un dia serà seu.

De manera que l'infant llençava esguards pertot arreu i procurava retenir les imatges. I així va continuar fins que els soldats s'aturaren davant d'una casa de planta baixa i un pis. Llavors, ib-Nazarí ordenà que truquessin a la porta.

Instant després una dona vella obrí i s'espantà en veure tants homes al seu davant.

—L'infant Jaume, fill del nostre rei, vol parlar amb el cavaller Ramon Llull —anuncià l'oficial.

La pobra dona s'inclinà respectuosament, i anà a avisar el seu senyor el més ràpid que va poder. Poca estona després aparegué de nou.

—El meu senyor prega a l'infant Jaume que entri —va dir.

L'oficial transmeté el missatge i Jaume féu un gest d'estranyesa.

—Deu estar malalt, si no surt a rebre'm —mormolà. Llavors es tombà cap a ib-Nazarí i digué—: Acompanyeu-me, si us plau.

Però en arribar a la porta, la dona vella els va aturar.

—El meu senyor només rebrà l'infant Jaume —va dir amb veu prima, mentre mantenia el cap baix i feia cara d'avergonyida.

L'infant, perplex, es mirà ib-Nazarí. Aquest va encongir les espatlles.

—Ja us he dit que tot plegat és molt estrany —va fer el governador sarraí.

—No cal que us hi quedeu. Deixeu una escorta a la porta. Així, si haig de menester un metge, els ho faré saber —ordenà l'infant Jaume.

—No, senyor —negà ib-Nazarí—. Millor em quedaré aquí i us esperaré.

—Us ho agraeixo de tot cor, però em temo que va per llarg i no vull que vós hagueu d'esperar com un soldat o com un criat —somrigué el jove Jaume.

Ib-Nazarí féu una reverència. Sabia que el jove príncep era considerat amb tots els seus servidors.

Llavors va donar les ordres oportunes, mentre l'infant seguia aquella dona a l'interior de la casa.

Les cortines estaven passades i la claror del dia arribava esmorteïda a l'habitació. En un racó, assegut, s'estava Ramon Llull. L'infant va entrar-hi cohibit i preocupat.

—Oh, senyor! Beneïts han estat els meus ulls, perquè puc veure que sou aquí i beneïda la meva casa, perquè us ha de rebre —el saludà Ramon, i s'aixecà, però es va haver de recolzar a la taula.

—Ramon! —es va espantar l'infant, i va córrer per ajudar-lo—. Cridaré un metge.

—No us amoïneu, que no estic malalt —somrigué Llull—. És la debilitat per haver vist massa llum.

L'infant el va ajudar a seure. El rostre del seu amic estava pàl·lid i els ulls tenien una brillantor estranya. Ramon li va agafar la mà amb força.

—Senyor, us haig d'explicar un fet meravellós —seguia somrient i parlava nerviós.

—Reposa, bon amic —va dir l'infant Jaume, es tombà cap a la vella i preguntà—: Ha menjat alguna cosa?

—Fa dies que no menja, senyor —respongué la dona—. Només beu aigua. Res més.

—Doncs, porteu alguna cosa —ordenà—. Formatge, pa, fruita... el que sigui.

La vella sortí de la cambra i Ramon començà a parlar.

—Ja sabeu que cada nit reso per tal de saber què és el que Déu em demana, perquè tothom, en aquesta vida, ha estat cridat per fer alguna cosa. El problema és descobrir quina és.

—Primer menjaràs una mica —el tallà l'infant.

—No.

—Doncs no t'escoltaré.

—Sí. M'heu d'escotar —s'arrapà a la mà del príncep —. No puc menjar perquè estic segur que si algun aliment terrenal entra dins meu perdré aquest estat de gràcia.

—I si no menges, tros de babau, moriràs —el renyà el jove Jaume—. Llavors, poc que podràs servir a Déu. De manera que, si no menges, no t'escoltaré.

—Menjaré després.

—Quan?

—Quan us hagi explicat allò que m'ha arribat.

—Jura-ho! —l'obligà Jaume.

—Us ho juro.

En aquell instant va entrar la vella amb una safata. Duia pa, formatge i fruita, tal com havia ordenat Jaume. L'infant li va prendre la safata i la dipòsità damunt la taula.

—Deixa'ns sols —ordenà Ramon.

La vella dubtà, però l'infant li va fer un senyal amb el cap. Ell ja tindria cura que mengés.

—Fa dies estava escrivint un poema, aquí mateix, en aquest racó —començà a explicar Ramon. L'infant es va seure davant d'ell i va contemplar aquells ulls oberts i extasiats—. Era prop del vespre i la llum cada cop era més tènue. En aquella paret —assenyalà l'altre costat de la cambra, i Jaume hi dirigí els seus ulls, però no hi havia res—. Allà va ser, que vaig veure una ombra estranya. Era imprecisa i tan aviat semblava voler agafar forma com se n'anava. Jo abaixava els ulls per seguir escrivint i de sobte ella tornava a aparèixer, però quan alçava la mirada, fugia. Així vaig estar força estona fins que la claror de la lluna il·luminà la paret. Llavors vaig distingir una creu.

—Havies menjat alguna cosa aquell dia?

—Havia estat un dia com qualsevol altre —respongué Ramon, sense deixar de mirar la paret—. Havia sopat i volia acabar un poema. Finalment, sense poder enllestir la feina, em vaig quedar adormit. L'endemà, a primera hora, quan el sol sortia, vaig tornar a veure l'ombra de la creu. Era més definida, però encara imprecisa. I així va continuar durant tot el dia. Anava i venia —s'aturà un instant per respirar. La debilitat l'impedia fins i tot de fer l'esforç de parlar i havia de refer les forces—. Arribat el vespre em vaig adonar que no havia sortit d'aquí en tota l'estona i no era conscient que Mariona havia entrat i m'havia portat aliments, com tampoc podia jurar si havia parlat amb ella o no. Dos dies després seguia igual. Recordo que va venir ib-Nazarí, perquè Mariona l'havia avisat. Vaig estar parlant amb ell i el vaig veure preocupat, però el vaig tranquil·litzar. El tercer dia vaig tancar les cortines i cap a primera hora de la tarda, quan el sol és més fort, va aparèixer amb tota la seva majestat. Era Ell, clavat a la creu, amb un posat trist, i em mirava. Si haguéssiu vist aquells ulls! —exclamà amb alegria—. Eren dolços i alhora ferms. Em miraven directament com si em traspassessin l'ànima i em va parlar.

—Què et va dir? —preguntà l'infant, pendent de cada paraula de Ramon.

—Difon la meva fe. Això em va dir. I vaig entendre que aquesta és la meva missió a la terra. Salva els infidels. Va repetir diverses vegades. Però no sé com fer-ho —s'entristí Ramon i va estar a punt d'esclatar a plorar.

—La debilitat t'impedeix pensar —s'aixecà l'infant Jaume de la cadira—. De manera que ara mateix menjaràs —ordenà, i va fer esma d'atansar-se a la taula.

Ramon avançà el cos i va prendre el braç de l'infant.

—Mai, en tota la meva vida, he tingut el cap tan clar —afirmà—. Mai no havia vist tanta llum a la foscor.

—M'has jurat que menjaries i ho faràs ara mateix —ordenà de nou l'infant, prengué un tros de pa i li passà.

Ramon va agafar el pa, se'l mirà amb pena i el mossegà. Sabia que en l'instant que l'aliment arribés al seu estómac, la màgia d'aquells moments desapareixeria i, si li haguessin donat a escollir, hauria volgut morir, però Déu li havia ordenat que triés un altre camí.

*** ***

—No seràs rei de Catalunya per casualitat —s'havia enfadat el rei Jaume—. És ben cert que tothom arriba amb una missió per complir. En tinc massa proves com per dubtar-hi.

—No volia ofendre ningú —es disculpà l'infant Pere. Es tombà cap a l'infant Jaume i acotà lleugerament el cap—. Et demano perdó.

L'infant Jaume somrigué i acceptà les disculpes.

—M'agrada Ramon Llull —digué el rei—. I més m'agradaria tenir-ne uns quants més com ell i no pas una colla de brètols que persegueixen només el seu profit. Ramon Llull és instruït, intel·ligent i assenyat. Si no sap per on ha de començar, que triï el camí que tingui més a mà, però que no es quedi quiet.

—Quin pot ser aquest camí? —demanà l'infant Jaume.

—Oi que escriu molt bé? —preguntà el rei.

—No hi ha ningú en tota la cristiandat que tingui tan bona ploma com ell —afirmà l'infant Jaume.

—Doncs, que escrigui tots els seus pensaments. D'aquesta manera, tard o d'hora, descobrirà quin és el vertader camí i, alhora, disposarà dels records i de totes aquelles meditacions que l'han dut a seguir la veu de Déu —respongué el rei—. Però, sobretot, que tingui present que el més difícil és acceptar allò que el destí ens ha imposat.

—Sento contradir-vos, però no crec que la nostra missió sigui acceptar el destí, sinó canviar-lo —intervingué Pere.

—El dia que va morir la vostra mare vaig voler canviar el destí i no vaig poder, perquè vosaltres m'ho vau impedir —li contestà el rei—. De manera que s'ha d'acceptar.

—Això significa que jo, quan sigui rei de Catalunya, hauré d'acceptar l'autoritat d'Alfons? —demanà Pere.

—A què treu cap aquest pregunta? —s'estranyà el rei.

—El vostre fill Alfons… —començà a parlar Pere.

—Fill meu i germà teu —el corregí el rei.

—Fill vostre i germà meu —acceptà Pere—. Alfons considera que és el germà gran i que el seu regne també és el més gran, raons per les quals té clar que ell ha de manar sobre nosaltres dos.

—Aragó, Catalunya, Mallorca, València, Montpeller i tots els territoris que vaig heretar, que vaig conquerir o que conqueriré han de constituir una unió. *Virtus unita fortior*. No ho oblidis mai. En cas contrari perdrem tot allò que tant d'esforç ens ha costat. Això vol dir que el teu germà Alfons és el més gran i té més experiència. Per tant, l'hauràs d'escoltar.

—I obeir-lo en tot?

—En tot allò que contribueixi a engrandir els nostres regnes i en tot allò que serveixi per establir uns lligams més forts. Si us manteniu units ningú no podrà res contra vosaltres.

—I si ell no respecta la nostra independència? —insistí Pere.

El rei se'l va mirar.

—L'ha de respectar, perquè el respecte és la base de la força —contestà. Llavors, s'assegué i explicà—: Recordo que quan vaig entrar a Almassora, el bisbe de Lleida em va preguntar per què concedia tantes llibertats a aquella gent, de la mateixa manera que havia fet amb Peníscola. La meva resposta va ser que és un error imposar la nostra cultura, la nostra religió i la nostra història a qui no la vol compartir, perquè no és la mateixa. És a partir d'ara quan la història serà comuna, quan les cultures es fondran per donar pas a una de nova i quan la religió, si som conscients i assenyats i els altres veuen que no volem matar cap déu, prendrà el camí que l'Altíssim ha assenyalat. Intentar canviar la història i enganyar, tot apropiant-te d'allò que no és teu, és crear un abisme i és malmetre el destí. Demanar els altres que t'ajudin a construir la nova història és contribuir a crear un nou destí. En aquella ocasió li vaig posar un exemple al bisbe de Lleida. Exemple que ara segueix sent tan bo com llavors. Si la teva germana Violant es va casar amb Alfons de Castella no va ser per no obtenir res. Si algun dia Castella i Lleó se'ns uneixen i Navarra també, no serà perquè un rei imposi la seva voluntat sense respectar ningú. No serà per veure com el castellà o el català desapareixen, sinó per aconseguir que un i altre es recolzin i prenguin el bo i millor de cadascun, perquè en el món de les idees no hi ha fronteres de cap mena. Les fronteres són, únicament, la manca de bona voluntat. De la religió, en aquest cas poc n'hem de parlar, perquè n'és la mateixa, però pel que fa a la història no oblidis mai que ells tenen la seva i nosaltres la nostra i que, si algun dia volem tenir-ne una de comuna, ha de construir-se sobre el respecte mutu. Ho has entès?

—Les vostres paraules són el reflex d'anys d'experiència i no les discutiré, perquè les comparteixo

—afirmà Pere amb el cap—. Bo seria que aquestes mateixes reflexions les féssiu al vostre fill i germà meu Alfons.

—Les hi faré. T'ho ben asseguro.

Aquella nit, quan es retirava a dormir, el rei Jaume es va quedar contemplant el port de València. Tornava a ser a l'habitació que havia compartit amb Violant.

«Un rei ha de saber allò que passa, fins i tot abans que passi», recordava haver dit al seu fill Alfons. Ara, no obstant això, s'adonava que ell no havia estat al cas del perill que representava dividir el regne en tres parts i donar-ne una a cada fill. I un cop més va pensar en la seva reina hongaresa i va negar amb el cap. Si pogués fer enrere el temps i corregir moltes errades...

De sobte es va sentir sol, molt sol. Desitjava de nou tenir Violant al seu costat, però era impossible. Llavors va pensar en Teresa, que s'havia quedat a Barcelona, com sempre.

—Teresa està molt lluny! —va fer, en veu alta—. Cada dia més lluny.

6.- UN GIR INESPERAT

Ferrís de Liçana va pujar les escales a salts. Havia arribat a Osca feia una estona i a la porta de casa seva un criat l'havia informat. De manera que no hi va entrar, sinó que es va dirigir directament a palau, sense ni tan sols descavalcar.

El passadís estava ple de gom a gom i va tenir problemes per arribar a l'antesala del dormitori de l'infant Alfons. Allà, igual que al passadís, tot eren comentaris en veu baixa, gent que semblava resar. Va mirar els presents i va veure un jove que s'estava tot sol. Era Joan Núnez de Lara, que només descobrir-lo va venir a rebre'l.

—Tan greu és? —preguntà el de Liçana.

—Alfons va sortir de cacera fa una setmana i el va agafar la tempesta. Va arribar xop de cap a peus i tossint. Cada dia està pitjor i els metges no se'n surten —respongué Joan Núñez compungit.

—Hem d'avisar el rei —va fer Ferrís.

—Ja han enviat un missatger, però dubto que arribin a temps.

—Déu meu! Ell ha de ser el nostre rei.

En aquell instant s'obrí la porta i aparegué Constança, filla Gastó VII de Bearn i esposa d'Alfons. Els presents es tombaren cap al seu cos alt i prim i miraren aquells llavis sempre seriosos que no eren altra cosa que la manifestació més evident del seu caràcter sec. No va pronunciar ni una sola paraula, sinó que creuà la sala i desaparegué pel passadís camí de les seves habitacions seguida per tres dames.

Poc després es tornà a obrir la porta i un criat va passar amb un cossi d'aigua cobert per un pany. Ferrís el va aturar i aixecà lleugerament la tela. L'aigua estava tacada de sang.

—Això no pinta bé —va fer.

—Ja fa un parell de dies que quan tus vomita sang —digué el criat en veu baixa.

Al voltant d'ells s'havia fet una rotllana de gent que esperava notícies.

—Què hi diuen els metges? —preguntà Ferrís.

—No parlen —respongué el criat—. Només es miren amb cara trista i han dit que seria bo avisar un confessor. Cada cop li costa més respirar i està molt pàl·lid. Té els llavis secs i la febre és molt alta —negà amb el cap—. Té tremolors i comença a desvariejar.

Ferrís assentí i el criat seguí el seu camí, mentre la gent desfeia la rotllana i formava petits grups. Els murmuris s'enlairaren i ompliren tots els racons. Ferrís conduí Joan Núñez fins a un extrem de la sala.

—Si Alfons mor, el rei haurà de fer un nou testament —li va dir.

—Hem de parlar amb els altres nobles d'Aragó.

—I ràpid —afirmà Ferrís amb un bon cop de cap—. Abans no perdem València.

*** ***

La notícia va enxampar el rei i els dos infants quan passaven per Barbastre. Ja no eren a temps. Alfons acabava de morir feia unes hores. El monarca deixà la sella i s'allunyà unes passes. Era el segon fill que perdia. Un de Violant i un altre d'Elionor. El més petit i el més gran.

—Pobre Alfons! —va escoltar la veu de l'infant Jaume, però el rei no es tombà, sinó que seguí caminant lentament mentre els seus ulls s'enterbolien.

—Sí, pobre Alfons —va repetir Pere. Tanmateix el rei ja no el podia escoltar. Estava massa lluny i les paraules de l'infant havien estat pronunciades amb veu baixa, gairebé una oració.

Pere també s'allunyà del grup d'escuders. Sentia pena per la mort del seu germà gran. Germanastre, hauria de dir, perquè sempre l'havia vist com un intrús que volia governar sobre totes les terres i tots els regnes del rei Jaume. Ell era el germà gran, no parava de recordar-li Alfons, tenia més experiència i el seu pare respectava aquesta posició. Però ara tot canviava. Ell esdevenia el progenitor i, si la voluntat del rei era que les terres es mantinguessin aplegades, Pere hauria de prendre el comandament i l'infant Jaume, malgrat fos el rei de moltes terres, seria un rei vassall. I es va mirar el seu germà.

L'infant Jaume s'havia quedat on era, prop dels cavalls. Ell també reflexionava. Si Alfons acabava de morir, Aragó i València quedaven sense rei. No calia ser gaire llest per adonar-se que dos eren els germans, dos els reis i dos els regnes a repartir. Per tant, Aragó per a Pere i València per a ell. Era el més assenyat. Pere ja tenia sortida al mar i les terres de València eren les més properes a Mallorca. I també va buscar amb la mirada el seu germà.

L'únic que no pensava en aquests afers era el rei Jaume. Havia pujat a un petit turó i contemplava l'horitzó. Hauria volgut encetar una oració, però només li sortien paraules de disculpa i de perdó. Tret del temps d'estada en aquelles terres, quan Alfons era un vailet de deu anys i l'acompanyava a caçar, no havia estat un bon pare, perquè un pare com cal mira el seu fill i procura educar-lo personalment. No, no havia estat un bon pare. Ni un bon espòs per a Elionor.

Tancà els ulls. Com podia dir que no havia estat un bon espòs per a Elionor? Ella tampoc va ser una bona esposa per a ell. Ambdós arribaren al matrimoni sense ni tan sols saber allò que anaven a fer. I tot havia anat com havia anat. No pagava la pena buscar ni culpables ni innocents.

—Déu meu! —mormolà, i acotà el cap—. Cometem el mateix error una i altra vegada.

Ara pensava en Àlvar d'Urgell, a qui havia obligat a casar-se amb una nena de dos anys. I així havien anat les coses, també. Es penedia, però el mal ja estava fet. Potser per això l'Urgell sempre representava un problema etern, perquè la solució mai no era la més adient. Què podia fer? Havia endegat un procés eclesiàstic i era impossible aturar-lo. El cardenal Palestrina no ho admetria perquè l'Església mai no s'equivoca ni tolera ingerències.

«Algun dia aprendrem de l'experiència?», es demanà.

Respirà fondo i deixà anar tot l'aire dels pulmons. Cinquanta-dos anys tenia, havia navegat per la Mediterrània, havia viatjat per tots els regnes i molt més enllà, havia pacificat Aragó i Catalunya, havia tingut molts fills, havia lluitat i vençut els sarraïns i, no obstant tot això, en aquells moments se sentia com un nen perdut.

Era l'any 1260 de Nostre Senyor.

*** ***

Guillem Bernat d'Entença es va mirar els nobles, un per un. Pere de Montcada era qui li havia posat la pregunta, però Ferrís de Liçana, Ramon Folch de

Cardona, Joan Núñez de Lara i Guillem de Cardona i de Jorba també esperaven amb interès la resposta.

De tots ells, Ramon Folch era el més alt. Fins i tot més que no pas el mateix rei. La seva sola presència omplia tota la sala amb aquelles espatlles amples i el cos de gegant. Aquell home perseguia que se li atorgués el castell de Cardona i el monarca li ho havia negat. En els seus ulls es podia llegir el pes de l'ofensa i que esperava que amb el gir inesperat dels esdeveniments Jaume canviaria de parer. Per això havia vingut.

Ferrís de Liçana i Joan Núñez s'havien desplaçat a Barcelona, a la cort, en representació de la corona d'Aragó. Ells, amics d'Alfons, també volien saber quina era la decisió del rei.

Guillem de Cardona, mestre templer, senyor de Maldà, de Maldonell i d'Alcarràs, era present perquè després d'haver-se enfrontat uns anys abans al rei Jaume en defensa d'Àlvar d'Urgell, finalment va decidir que la seva lleialtat a la corona havia d'estar per damunt de tot.

—El rei encara no ha pres cap decisió —digué Guillem Bernat.

—Si València se separa de l'Aragó, no tindrem sortida al mar —s'avança Ferrís de Liçana.

—Si l'infant Jaume hereta Aragó, ja tindreu un peu al mar, perquè Mallorca serà la vostra porta —li contestà Pere de Montcada.

—Això és absurd —replicà Joan Núñez de Lara—. Com podeu pensar que Mallorca és una porta per l'Aragó, quan pel mig sereu vosaltres?

—Un regne amic. No ho oblideu —digué Guillem de Cardona.

—Els regnes de València i de l'Aragó han de seguir plegats. Per tant, Catalunya ha de ser per a l'infant Jaume, que ja disposa de Mallorca.

—L'infant Pere no ho acceptarà. El considereu un babau? —rigué el de Montcada—. La millor indústria és a Lleida, el millor comerç a Barcelona, Vic disposa de bona ramaderia, igual que l'Urgell, els Pirineus són l'aigua i Tortosa és una frontera natural com no hi ha d'altre, perquè l'Ebre sempre ha estat el punt on tothom s'ha hagut d'aturar.

—Llavors, que Pere es quedi amb Mallorca i que Jaume hereti Aragó i València —respongué Ferrís de Liçana—. Tant és un rei com l'altre.

—És cert. Tant és un rei com l'altre, però és el rei Jaume qui ha de prendre aquesta decisió —intervingué Guillem Bernat.

—I vós, amic, qui l'heu de convèncer del que és millor per a tothom —digué Joan Núñez.

—Jo faré tot allò que estigui a la meva mà per tal d'aconseguir que el regne no surti perjudicat —contestà Guillem Bernat, es quedà callat un instant, i afegí—: Tanmateix, el rei Jaume ja fa dies que no escolta els consells de ningú i menys els meus.

—El rei ens ha d'escoltar —féu Ramon Folch, que fins aleshores havia romàs en silenci—. Allò que és de justícia, bé s'ha de concedir, i tothom ha d'obtenir allò que per dret li correspon.

Guillem Bernat saludà els presents i sortí. Poc després Guillem de Cardona, Ramon Folch i Pere de Montcada també marxaren.

—Has estat molt hàbil —digué Ferrís de Liçana, tot mirant-se Joan Núñez.

—Pere de Montcada no veu més enllà del seu nas — li tornà el somrís Joan Núñez—. Ell només veu terres, però oblida que són els homes que prenem les decisions. Alfons ens escoltava, però l'infant Pere té un caràcter més fort i no sent gaire simpatia per nosaltres. Jaume és més manejable que no pas el seu germà, però serà bo que Pere de Montcada ho descobreixi per ell mateix.

—Aragó i València per a nosaltres i Catalunya, Mallorca i Montpeller per a Pere.

—Quin Pere?

—El rei, naturalment —somrigué Ferrís de Liçana, i Joan Núñez, també.

Guillem Bernat va veure marxar els nobles vinguts d'Aragó des de la finestra del seu despatx i es va quedar pensarós. Els coneixia bé. A tots plegats! Als d'un costat i als de l'altre. Portava mesos discutint amb el rei Jaume la millor solució i havien fet totes les combinacions possibles, però cap era bona, perquè cap d'elles era del gust del rei. Tanmateix, no era allò que el preocupava, sinó unes paraules pronunciades per Ferrís de Liçana. Tant és un rei com l'altre. Això havia dit. Però, era cert?

El seu paper de secretari durant les negociacions del darrer testament, just abans de la mort de Violant, li havia permès parlar amb tots ells, amb Alfons i amb Pere. I tant que els coneixia! Per aquesta raó aquelles paraules el feien rumiar de valent.

S'apartà de la finestra i va caminar amb les mans a l'esquena. Havia de parlar amb el rei, malgrat que darrerament, des de la signatura del tractat de Corbeil amb Lluís de França, no feien altra cosa que discutir i enfadar-se. De manera que es dirigí cap a la sala que Jaume havia triat per estar sol. La mort de l'infant Alfons l'havia trasbalsat gairebé tant com la mort de Violant i tornava a ser l'home solitari que es tanca en una cambra i es passa hores i hores meditant.

Va trucar a la porta i va escoltar la veu del rei que li atorgava el seu permís. Ara recordava una altra ocasió en la que no va demanar permís per entrar-hi. I sort que no ho va fer!

Jaume estava dret i mirava per la finestra. Des d'allà podia contemplar les obres de les noves muralles que encara no havien estat enllestides. Guillem Bernat va anar fins a ell.

—Els nobles volen saber si ja heu pres una decisió —informà a Jaume.

—I jo voldria saber com ho haig de fer per no equivocar-me de nou —li contestà el rei—. Fa una estona he rebut el bisbe Arnau de Gurb. L'església també està preocupada per aquest afer.

—És ben normal que tothom estigui preocupat.

—Sí. Fins i tot Teresa —somrigué Jaume, i es quedà mirant significativament el seu conseller.

—Què hi té a veure la reina? —es posà tens Guillem Bernat.

—Té dos fills i, malgrat que sempre m'ha dit que no entén d'assumptes d'estat, de sobte n'ha après —féu un curt silenci, i afegí—: I molt més d'allò que ens podem imaginar.

—Té algun dret per reclamar?

—Un altre error que haig d'afrontar —mormolà Jaume.

—Quin error, senyor? —s'interessà Guillem Bernat.

—Signar un acord sense ni tan sols llegir-lo —afirmà Jaume amb forts cops de cap—. Vaig oblidar les assenyades paraules de qui vós ja sabeu i he concedit a una dona més d'allò que li pertoca.

—Què ha demanat? —s'esgarrifà Guillem Bernat.

—Segons aquell acord, els seus fills... —es va quedar callat, i corregí—: Els nostres fills!, m'ha recordat. Perquè també són meus. Els nostres fills entraran dins de la línia de successió i tindran dret a un regne si canvio el testament.

—Déu meu! —féu Guillem Bernat.

—Compreneu ara la meva tardança en prendre una decisió? Ella vol que Aragó sigui per a Jaume de Xèrica i València per a Pere d'Ayerbe. Jaume i Pere. Us adoneu? —demanà el rei.

—De què? —preguntà Guillem Bernat. Quin era el detall que havia de tenir present?

—Va triar els noms a l'inrevés dels meus fills amb Violant. Amb ella Jaume és el gran i Pere el petit —bufà el rei—. Ara estic convençut que si haguéssim tingut un tercer fill es diria Alfons.

—Déu meu! —exclamà de nou el conseller.

—Déu meu! —repetí el rei, aixecant els braços ben enlaire mentre afirmava amb el cap—. Haig de trencar aquest compromís i no sé com fer-ho, perquè en cas contrari allò que quedarà trencat per sempre més serà el regne.

—Us vaig advertir que no signéssiu res sense haver-ho llegit —recordà Guillem Bernat—. Ara, heu acabat d'esfondrar el regne.

—No necessito més retrets, sinó consells! —cridà Jaume—. Si no sou capaç de trobar una solució, ja podeu marxar.

Guillem Bernat el va mirar amb pena. Pena per ell i pena pel regne, perquè en aquestes condicions, tot allò pel que havia lluitat tant de temps se n'anava en orris. La unitat de les terres es trencaria per sempre més i tot s'esmicolaria. I ja no volia ni pensar com reaccionarien els nobles quan s'assabentessin de la situació.

Va afirmar amb lents moviments de cap i va sortir de la cambra. El rei i ell ja no tenien res més per dir-se.

*** ***

La donzella obrí la porta i Joana de Mediona va veure la reina que li feia un gest per tal que se li apleghés i s'asseghés al seu costat. Va fer una lleugera reverència i va caminar les passes que les separaven.

—He vingut tan aviat com he rebut el vostre missatge —digué Joana mentre s'asseia.

—El meu espòs, el rei, porta dies sense sortir del seu despatx i em té preocupada —digué Teresa—. Això no és un bon senyal.

—Us equivoqueu, senyora —somrigué Joana—. Si roman tancat significa que no té cap sortida i que us haurà de concedir allò que heu demanat.

—M'han arribat notícies d'Aragó. Sembla que Ferrís de Liçana no està gaire d'acord amb el nou plantejament —es queixà Teresa, i el to de la seva veu no era amigable.

Joana la mirà. «Notícies d'Osca», havia dit la reina. Només podien tenir una procedència. La maleïda Esther de Montagut!

—Res no us ha de fer por, senyora. Els vostres fills hi tenen tant dret com qualsevol dels fills de l'hongaresa i, a més, vós sou d'aquestes terres i no pas de l'altre costat del món —respongué Joana—. Ja heu vist que jo sempre us he ofert bons consells.

—I jo els he pagat amb escreix —recordà la reina amb un somriure misteriós.

—Favors pels quals us estaré eternament agraïda i que encara m'encoratgen més a servir-vos —inclinà la testa Joana.

—La meva amiga Esther m'ha escrit i diu que aquest no és un camí assenyat. Dividir encara més el regne no serà acceptat pels nobles.

Joana es posà tensa. Havia encertat de ple. Aquella malparida es volia venjar d'ella. De manera que bo seria escollir amb molta cura les properes paraules.

—No us ho hauria dir... —desvià la mirada Joana, dubtant, amb un posat trist, i va guardar silenci.

—Què és el que no m'hauríeu de dir? —s'interessà Teresa.

—No sé si sabeu que en temps de Violant la vostra amiga Esther... —i va tornar a fer un silenci.

—Què?

—Ella vivia a Osca i va venir a viure a Barcelona —digué Joana.

—Per causa dels negocis del seu marit —va dir Teresa. Per on li sortiria ara?

—Ja sabeu que el rei no va ser gaire fidel a l'hongaresa i es comentava que moltes de les dones de la cort s'havien plegat al seu desig —seguí parlant Joana. De sobte alçà la mirada i clavà els seus ulls en els de Teresa, amb un posat espantat—. No vull dir que ella i el rei... Déu me'n guardi! Esther sempre ha passat per ser una dona molt fidel al seu marit, encara que ja sabeu que era un pobre home —va bellugar el cap a un costat i a l'altre i va arronsar els llavis en un gest de menyspreu —. Poqueta cosa —afegí. Llavors seguí parlant—. Però no deixa de ser curiós que, temps després de la mort del seu marit, marxés de la cort i se'n tornés a Osca. Alguna llengua malintencionada va dir que era perquè el rei no se la mirava. I es va comentar molt que el rei anés a visitar-la a Osca —va callar un instant per descobrir la reacció de Teresa. Llavors, afegí—: De tota manera, prou que sabeu que la gent parla molt.

—No és possible! —s'aixecà Teresa de la cadira.

Joana també s'aixecà. La reina es tombà amb els ulls com a taronges i caminà nerviosa, fregant-se les mans.

—Només eren rumors —repetí Joana, com si se li hagués escapat tot allò que havia dit.

—Volia casar-se amb ell... —mormolà Teresa—. Per això em va convèncer per tal que abandonéssim Osca —es quedà pensarosa, i endurí la seva mirada—. I és clar! Volia apartar-me d'ell —Es mossegà els llavis—. Però Jaume em va seguir i em va trobar sola. I és clar! —repetí—. Com no ho havia vist abans? Esther sempre estava present i ella és qui em va convèncer perquè no acceptés visitar la seva cambra.

—Voleu dir que estava engelosida de vós? —preguntà Joana, com si ara resultés que la conversa la duia Teresa.

—Segur que ha de ser això.

—I, tal vegada per aquesta raó, us alerta sobre mi? —esperonà Joana la imaginació de la reina.

—Sí —pronuncià amb ràbia Teresa.

I Joana va amagar el seu somriure. Ara ja tenia l'evidència que la carta d'Esther contenia moltes coses i, entre elles, una clara referència a la seva persona. La de Montagut era l'única que sempre havia sospitat que Joana era una de les fidels confidents de Violant d'Hongria i, coneixent-la com la coneixia, segur que aquella mala bruixa l'havia fet responsable de moltes de les decisions i dels problemes que es van generar feia temps. Calia, doncs, tenir cura d'ella i apartar-la discretament.

—Prepara'm un altre vestit. Aquest em produeix picors —va ordenar Teresa a la donzella, mentre bellugava l'esquena i les espatlles.

La noia va desaparèixer cap a la cambra i tornà al cap d'uns moments.

—He triat el blau, senyora —va dir amb una reverència.

Llavors Teresa va entrar a la cambra i tancà la porta. Joana es va quedar sorpresa, perquè la donzella no acompanyava la seva senyora.

—No l'ajudes a vestir-se? —demanà.

—Des de fa setmanes ho fa ella sola —respongué la noia.

—Per què? —preguntà.

I la donzella encongí les espatlles i negà amb el cap.

7.- UN ENEMIC PER A L'ETERNITAT

El bisbe de Tortosa Bernat d'Olivella va mirar el cardenal Guy Lerons, dempeus al costat de la cadira papal, després va dirigir els seus ulls cap a l'Apostòlic i va esperar. Estaven a Lió, ciutat que va escollir Innocenci IV per refugiar-se després d'haver excomunicat Frederic II de Germània, d'haver deposat Conrad IV i d'haver pres més decisions terrenals que no pas espirituals. Bernat d'Olivella es va mirar el nou Papa que havia succeït Alexandre IV feia pocs mesos i que havia pres el nom d'Urbà IV. Semblava talment que el nombre IV no era un bon auguri, perquè el tres papes, l'un darrere l'altre, volien remenar massa les cireres del poder.

—Nós no ho podem acceptar —va fer l'Apostòlic—. De manera que ja li podeu dir al vostre rei Jaume que desfaci els compromisos.

—La boda d'Isabel amb el príncep Felip de França va ser concertada a Corbeil i el vostre antecessor Alexandre, que Déu tingui a la seva glòria, no s'hi va oposar —li recordà el bisbe Bernat.

—Doncs, ara els plantejaments són diferents, perquè el rei Jaume persegueix eixamplar els seus dominis més enllà d'allò que li podem permetre —replicà Urbà IV, tot aixecant una cella.

—La boda de l'infant Pere amb Constança de Sicília contribuirà a consolidar el nostre domini sobre els sarraïns al Mediterrani —repetí el bisbe un argument que ja havia emprat en tres ocasions durant aquella interminable conversa.

—No li diuen el Conqueridor? Llavors, el que ha de fer el rei Jaume és lluitar contra l'infidel i no pas signar tractats comercials amb Tunis ni obrir noves rutes per als vaixells de Barcelona —contestà el papa Urbà.

—Com rei cristià ha de servir als interessos de Déu, però ¿no s'estarà escoltant massa els jueus? —preguntà el cardenal Guy Lerons, que portava estona guardant silenci.

—No sé què hi tenen a veure els jueus amb aquest afer de les bodes? —s'estranyà Bernat d'Olivella.

—El pare Josep Mataplana, que com ja sabeu és un dominic de gran prestigi, ens ha alertat sobre la independència que els jueus i els sarraïns tenen a les terres del rei Jaume —somrigué Lerons.

—Sí, és cert! —va fer Urbà IV—. Ara Nós recordem que ens van explicar que fa anys, força anys, el bisbe de Lleida li va retreure al rei Jaume que deixava massa llibertats als sarraïns i aquest li va contestar que ell feia el que volia als seus dominis.

—No va ser ben bé així —corregí Bernat d'Olivella—. Si em permeteu us recordaré...

—No ens interrompeu! —el tallà l'Apostòlic—. El fet és que sembla que no hagi conquerit res per a l'Església, perquè manté jueus entre els seus consellers i sarraïns entre els seus governadors i jutges. Mallorca, sense anar més lluny, bé podríem dir que és sarraïna. I el seu fill, l'infant Jaume, té molt bons amics entre els infidels.

—També té per gran amic Ramon Llull, un cristià de gran erudició i nobles pensaments —li recordà el bisbe —. I Llull també ha nascut a Mallorca.

—No parleu d'amistat —se'n burlà el cardenal Lerons—. O és que no teniu present que l'infant Jaume llegeix poesia sarraïna?

—També llegeix els poemes de Ramon Llull —afegí el bisbe de Tortosa—. Què hi té a veure una cosa amb l'altra?

—Sou cec o preteneu enganyar-nos? —somrigué Urbà—. No veieu quina és la política de barreges del rei Jaume? —demanà i, en veure que el bisbe negava amb el cap, continuà parlant—: Ha casat la seva filla Violant amb Alfons de Castella i de Lleó, ha casat una altra filla amb Manuel de Castella, vol casar Isabel amb Felip de

França, el successor a la corona, vol casar Pere amb Constança, filla del rei Manfred de Sicília... —obrí els palmells enlaire—. Què més vol? Quin serà el pas següent? Potser ha educat el seu fill Jaume per tal que es casi amb una sarraïna? Tal vegada vol crear un nou imperi romà, on totes les religions siguin respectades? O vol aconseguir que tota la Mediterrània se li aplegui i ser-ne ell l'emperador? Arreu d'Europa tothom pronuncia el seu nom. De vegades, fins i tot, més que el nostre.

—El seu prestigi...

—Això és el que ens preocupa a Nós —el tallà Urbà IV—. Si hagués pres la decisió de repartir els regnes entre els fills haguts amb Violant d'Hongria i els fills de Teresa, no ens hi oposaríem, però l'infant Pere pot ser un successor perillós. Segons tenim entès té un caràcter ferm com el seu pare i serà rei d'Aragó, de Catalunya i de València.

—Un rei ha de tenir un caràcter ferm per poder governar i els nobles no s'hi han oposat —replicà Bernat d'Olivella—. Ben al contrari, han trobat que era la millor de les solucions. D'aquesta manera no dependran de més d'un rei, llevat de les possessions que alguns tenen a Ses Illes. A més, no ha contravingut cap llei ni cap compromís.

—I és clar! —afirmà el Papa amb el cap mentre premia els llavis. S'aixecà de la cadira i caminà per l'estança. S'aturà i mirà el bisbe—. Un bon conseller aquest maleït jueu. Com es diu...?

—Jonàs ben Shefà —li recordà Lerons.

—Això mateix. Jonàs —va seguir afirmant amb el cap l'Apostòlic—. Va saber interpretar com ningú les clàusules del contracte de concubinatge entre Teresa i el rei. Com que encara no s'han casat legalment i tenint en compte la llei... Molt intel·ligent... I ara, evidentment, Jaume no es vol casar, sinó que demana l'anul·lació del seu compromís amb la de Vidaura.

—Les raons que al·lega per a trencar el seu compromís és que la reina no es deixa ni tocar per ell —digué el bisbe—. És una raó de pes.

—Potser és ell que esgota les seves forces en altres llits —somrigué Lerons—. Quina amant ha triat per substituir Teresa?

—No en conec cap de fixa —respongué el bisbe.

—De debò? —somrigué Lerons—. Voleu dir que les tasta totes i les aparta? —es tombà cap a Urbà—. Llavors significaria que el rei Jaume duu una vida depravada i espera que vós contribuïu a la seva disbauxa, que li concediu la llibertat i encara beneïu el seu comportament. S'ha tornat com el seu pare.

—Doncs no aconseguirà res de Nós —féu el Papa.

—Us recordo, Santíssim Pare, que amb la llei a la mà no us ha de demanar permís per casar cap dels seus fills, a menys que hi hagi problemes de consanguinitat —digué el bisbe de Tortosa—. I aquest no és el cas.

—Amb qui esteu vós? Amb ell o amb nosaltres? —preguntà Lerons amb un somriure dels seus, tan particular, aquella estirada de llavis prims que no li permetia mostrar cap dent.

—Amb allò que és just, Eminència —inclinà el cap Bernat d'Olivella, es tombà cap a l'Apostòlic i afegí—: Igual que vós, Santíssim Pare.

Urbà anava a replicar, però va callar. Amb allò que és just. Una resposta pròpia d'un home intel·ligent.

—Digueu al rei Jaume que Déu no veu amb bons ulls aquestes unions —conclogué amb ràbia.

Bernat d'Olivella va fer una profunda reverència i es retirà, però abans de poder creuar la porta encara escoltà la veu del Papa.

—Ni veu amb bons ulls altres detalls que ja tindrem ocasió de comentar i d'arreglar.

El bisbe de Tortosa es tombà de nou i va fer una segona reverència. Llavors va sortir.

—Monsenyor té raó —va dir Urbà, quan la porta s'havia tancat i només estaven ell i Guy Lerons—. No podem fer res de res per evitar el que ja està gairebé fet; no podem excomunicar un rei per casar els seus fills; no podem demanar a Lluís de França que trenqui el compromís del seu fill Felip, perquè el monarca francès ja ens ha deixat prou clar que és un home de paraula, i a més aquesta aliança és del seu interès; i no podem influir en Manfred de Sicília, perquè és fill de Conrad IV i nét de Frederic II, ambdós excomunicats per l'Església, per Innocenci IV. I el rei Jaume ho sap.

—Però vós, Santíssim Pare, podeu oposar-vos a la petició que, de ben segur, us farà el rei Jaume —suggerí Lerons.

—Què voleu dir? —s'interessà el Papa.

—Potser Tortosa és molt lluny de Barcelona i Monsenyor d'Olivella no està al corrent de les darreres novetats —somrigué el cardenal—. El rei Jaume ja ha trobat substituta per a Teresa. És una dama noble que respon al nom de Berenguera Alfonso i necessitarà anular el seu compromís amb la de Vidaura. De manera acudirà a vós.

—No estan pas casats, sinó que han signat un contracte de concubinatge —negà Urbà.

—El rei Jaume va signar un contracte de concubinatge amb una clàusula que us nomena a vós jutge d'una possible separació.

—Això va fer? —mirà Urbà a Lerons, sorprès.

—Ja us he dit que s'ha tornat com el seu pare i volt saltar del cos de Teresa al cos de Berenguera —inclinà el cap avergonyit—. Perdoneu el llenguatge —va fer.

—Bé! Com ja hem dit que no obtindrà res de Nós i aquest cop no servirà de res que ens amenaci amb fer presoner algun bisbe, tal com va passar amb Elionor de Castella. Si toca un sol pèl d'un príncep de l'Església serà excomunicat.

—Hauríem de pensar amb molta cura el que hem de fer amb els jueus i els sarraïns que són de la seva confiança i que representen un perill —suggerí Lerons—. No és bo que un rei cristià rebi consells dels que van matar a Nostre Senyor i que, com ja heu pogut comprovar, van contra el desig de l'Església.

—Reflexionarem sobre el tema —afirmà Urbà amb el cap, i es quedà pensarós.

Bernat d'Olivella va baixar les escales del palau de Lió i es dirigí a l'altre costat de la plaça, on ell hi tenia les seves habitacions. Va entrar-hi, va creuar el pati, va saludar els dos cardenals que parlaven i va desaparèixer pel fons de tot, pel passadís que conduïa a les cel·les dels monjos. Anava de pressa, volia descarregar tota la tensió que duia al damunt. Quan va tancar porta de la seva cambra, s'alliberà de la capa, aixecà la mirada cap al cel i bufà amb força. Jaume, amb la seva decisió de concedir l'herència del difunt infant Alfons al seu fill Pere, havia salvat un regne i l'Apostòlic no veia més enllà del seu nas i vivia temorós que el rei d'Aragó, de Catalunya, de Mallorca i de València esdevingués emperador del Mediterrani. O millor dit: Lerons li dibuixava dimonis i fantasmes pertot arreu i Urbà se'l creia sense ni tan sols reflexionar, perquè el cardenal havia sabut punxar el punt feble del Papa. Li havia fet veure que el nom del rei Jaume es pronunciava més que no pas el seu.

Bernat d'Olivella comunicaria el missatge de Déu al rei, però ja s'ensumava la resposta. I així va ser.

Un mes més tard, va anar a Tarragona i va trobar el rei Jaume. Llavors li explicà el que feia al cas.

—No sabia que el màxim representant de l'Església també fos els ulls de Déu —va dir Jaume amb una rialla, quan el bisbe acabà el seu relat.

I les dues bodes se celebraren. Primer la de Pere i després la d'Isabel. França i Sicília, igual que Castella i Lleó, ja eren aliats i Urbà IV va haver d'acceptar, amb ràbia, allò que ja era inevitable.

*** ***

Esther de Montagut va escoltar el missatger amb atenció i estranyesa. Feia mesos i mesos, anys, que no veia la reina. Tampoc havia estat convidada a la boda de l'infant Pere i quan anava a Barcelona, inexplicablement, Teresa sempre estava massa ocupada per rebre-la. A què treia cap, doncs, aquella invitació per visitar el palau d'Osca? Segons havia sentit a dir només havien vingut l'infant Pere i la seva esposa Constança. De qui havia partit la iniciativa? Perquè mai no havia tingut gaire tracte amb el fill del rei i a la infanta ni la coneixia.

—Prepara'm el vestit verd —ordenà a la donzella, mentre es dirigia a les habitacions.

La noia va córrer davant d'ella i va obrir la porta. Esther es mostrava preocupada. No ho entenia. De fet no entenia res des de feia molt de temps. On havia quedat la seva amistat amb Teresa?

La donzella va dipositar el vestit damunt el llit i la va ajudar a treure's el que duia.

—Us hauré de tornar a pentinar —va dir, en veure com havia quedat el cabell de la seva senyora.

—Sí. M'hauràs de tornar a pentinar —afirmà Esther, amb un to que deixava clar que estava més per les seves cabòries que no pas pel seu aspecte.

Quan la donzella acabà, li demanà si tot estava al seu gust, però Esther ni es contemplà al mirall, sinó que només fa fer un cop amb el cap.

151

—Que preparin el carruatge —ordenà.

La noia plegà lleugerament un genoll en un graciós gest, meitat genuflexió, mentre s'agafava la falda amb les dues mans i la desplegava, i sortí de pressa. Esther encara va trigar una mica a seguir-la. Ara sí que es va contemplar al mirall, però no pas per comprovar com li quedava el vestit, sinó per veure quina cara feia i eliminar les arrugues que la preocupació li havien dibuixat al front.

Mentre es desplaçava pels carrers d'Osca, amagada dins del carruatge, va estar pensant. Tenia alguna relació aquella invitació amb l'actitud de la reina? Per més que havia intentat esbrinar les raons del distanciament, res no havia aconseguit. Fins i tot algunes de les antigues amigues li feien el buit i no la convidaven a casa seva ni ningú no l'esmentava en cap reunió. Era com si hagués desaparegut de la memòria de la cort. Portava dies pensant que tothom li feia el mateix posat que a Blanca d'Antillon, però no tenia sentit. Ella mai no havia estat amant del rei. I, per si fos poc, havia ajudat Teresa a esdevenir reina.

Així va seguir fins que el carruatge s'aturà a les portes de palau i el conductor baixà, posà l'escambell i obrí la porta. Quant de temps feia que no visitava aquell edifici? Tant que l'interior li va semblar diferent i mirava amb interès els tapissos dels murs i les escultures que adornaven els racons, mentre seguia la criada que havia sortit per rebre-la.

S'aturaren davant d'una porta que ella coneixia prou bé, perquè era la que donava pas a les habitacions que havia emprat Violant d'Hongria quan visitava aquelles terres. El soldat obrí i s'apartà per deixar-la passar.

Constança era una dona de mitjana estatura, jove i un xic grassa. El seu rostre amb unes galtes arrodonides i uns ulls verds li mostrava un somriure que semblava etern. Lluïa un nas petit per aquella cara, i el conjunt, tot i que gaudia de simpatia, no tenia un atractiu gaire acusat. Estava dreta i va venir fins a ella. Esther va iniciar una reverència, però la infanta la va prendre per les espatlles, apropà el rostre i li va fer dos petons.

—El rei me n'ha parlat molt, de vós —va dir, sense esborrar el somriure—. I ja tenia ganes de conèixer-vos.

—És un gran honor que m'hagueu convidat a visitar-vos —respongué Esther, sorpresa per tanta cordialitat.

—Seieu, si us plau —indicà la infanta dues cadires —. M'heu d'explicar moltes coses d'Osca —digué, i afegí —: I de Barcelona, que segons tinc entès coneixeu prou bé.

*** ***

No li va fer gens de gràcia, al rei. I va moure el cap a un costat i a l'altre. Tot i que s'entenia bé amb Ramon de Penyafort i que li agradava la seva conversa, aquella visita no li feia el pes.

—Les ordres són precises i no hi ha lloc a discussió —deia el superior de la Inquisició—. L'Apostòlic se sent molt preocupat i vol evitar que esclati una nova etapa de violència, tal com va passar fa anys a Girona.

—Allò es va arreglar i els prestadors jueus ja no cobren més enllà del vint per cent. On és el motiu real de la seva preocupació?

—L'Apostòlic veu amb preocupació la creixent influència dels jueus en els afers del regne. Els teniu al vostre servei, a palau, i prenen decisions que afecten l'economia. Massa poder per a una gent que va matar Nostre Senyor.

—Amb ells l'economia ha crescut. És l'Apostòlic o hi ha algú més que se sent preocupat? —es posà en guàrdia Jaume.

—Ja fa dies que un grup de dominics, amb Josep Mataplana al front, es queixen que ells són apartats de certs càrrecs que sempre havien ostentat —afirmà Ramon—. He parlat amb Mose ben Ishaq ha-Levi i l'he citat per a una reunió, per tal que representi els jueus.

—Per què ell?

—És l'home que ha estat triat per representar el seu poble. No oblideu que és el jueu més ric de Barcelona.

—Qui l'ha triat?

—Les ordres han arribat directament de l'Apostòlic.

—Segur que és Urbà, que l'ha triat? —inquirí el rei.

Ramon de Penyafort fa afirmar sense badar boca, però Jaume va entendre que el superior de la Inquisició també sospitava que hi havia alguna altra mà al darrere.

—No ho entenc —es quedà pensarós el rei—. Si és un tema que afecta els dominics, no hauríeu d'estar aquí, perquè la llei diu que quan es tracta d'un assumpte que pertany a l'Església, jo no hi tinc res a dir.

—He pensat que l'economia té molt a veure amb el govern d'un regne i que, per tant, us havia d'informar, no fos el cas que després vós i els vostres consellers consideréssiu que l'Església entrava en un terreny que no és el seu —respongué Penyafort, va prémer els llavis i tombà el cap lleugerament cap a un costat.

Jaume es mostrà pesarós.

—Qui tindrà al davant? —preguntà.

—Dominics —respongué Ramon amb un gest de preocupació.

—Ishaq ha-Levi és un home que entén d'economia, però no és un expert en temes religiosos i, si els dominics se li llencen al damunt, s'ensorrarà —bellugà el cap a cantó i cantó—. Si això desemboca en un procés contra els jueus, necessitarà algú que els defensi i que pugui mesurar-se amb Josep Mataplana.

—Jo no he parlat d'un possible procés. Heu estat vós —somrigué Penyafort.

—Sou massa bo per ocupar el càrrec que ocupeu —també somrigué Jaume.

—Algú ho ha de fer —respongué el superior de la Inquisició.

—I hem de donar gràcies a Déu que us hagi triat a vós. Sort que Ell vetlla per l'Església! —féu el rei.

Ramon de Penyafort s'inclinà respectuosament i abandonà el despatx.

Quan Jaume es quedà sol, cridà un dels secretaris.

—Necessito que facis arribar un missatge al rabí Ishaq ben Toldrós, però vull que siguis discret i que

ningú no sàpiga que he estat jo, que ho he ordenat —
digué Jaume.

—Tant greu és la situació? —demanà el secretari.

—Han començat pels jueus i després seguiran amb
els sarraïns —afirmà el rei—. Val més que ens preparem
i que procurem evitar el desastre que significaria un
judici.

—Senyor, enfrontar-vos a l'Església no és bona
política. Si no us haguéssiu envoltat de tants jueus i
infidels, res d'això no hauria passat —digué el secretari
—. Els dominics ...

—Ramon de Penyafort no ha parlat dels dominics,
sinó que dominics —corregí el rei.

—I quina és la diferència, si em permeteu
preguntar? —s'estranyà l'home.

—Que *els dominics* són tots i *dominics*, sense
l'article, no són tots. Per tant significa que no tothom
està d'acord amb aquest fet.

—De tota manera, prou que sabeu que Josep
Mataplana gaudeix del favor de l'Apostòlic i, el que
encara és pitjor, del favor del cardenal Lerons. Jo us
aconsellaria que deixeu que entre ells s'esbatussin i que
us mantingueu al marge. Altrament podria ser un greu
error, perquè ja heu fet enfadar prou l'Apostòlic amb les
bodes dels vostres fills.

—Aquesta vegada no és cap error —li contestà
Jaume—. Vols un bon consell? Protegeix a qui domines i
fes-los els teus amics, que tinguin clar que la seva
seguretat depèn de tu, i podràs estar ben segur que no et
trairan. Els nobles són poderosos i no puc dominar-los,

però els jueus saben que sota la meva protecció poden viure en pau. Si ara els deixo sols, amb qui em quedaré? No és això el que pretén Sa Eminència Lerons?

—Potser teniu raó, però és una decisió arriscada, senyor —féu el secretari—. No oblideu que us enfronteu a l'Església.

—També era arriscada una altra decisió, fa molts anys, quan vivia la reina Violant, i algú em va ensenyar que, si vols guanyar, has de saber arriscar-te —somrigué Jaume—. I era un jueu i bé podia haver-se mantingut al marge. No obstant això, va seguir endavant per amor al seu poble.

*** ***

El missatger va pujar l'estret carrer de Girona que conduïa a la casa del metge cec, tal com li havia indicat el comerciant de la petita botiga de ceràmiques. Va trobar la porta oberta i va entrar fins al pati on uns joves escoltaven les explicacions d'un rabí, que va callar en el mateix instant que va descobrir l'home que duia un rotlle a la mà. Se'l va mirar amb interès i es dirigí cap a ell.

—Sigueu benvingut a la meva casa —saludà el rabí.

—Busco el rabí Mosse ben Nahman —va dir el missatger.

—El teniu al davant.

Llavors aquell home li besà la mà, li va lliurar el rotlle i va esperar pacientment fins que Nahman acabà la lectura.

—Digueu al rabí Ishaq ben Toldrós que surto cap allà immediatament —anuncià el metge cec. L'home féu una reverència i se n'anà. Després Nahman es tombà cap als deixebles—. Per avui hem acabat. Haig de sortir camí de Barcelona i no sé quan de temps seré fora. Demà em substituirà el rabí ben Melsar.

*** ***

Enmig del Call de Barcelona hi havia una casa gran que pertanyia al comerciant Mosé ben Ishaq ha-Levi. Dins de la casa, en una habitació del darrere que donava a un pati ple de flors, l'amo, gras i vestit amb riques teles, estava en companyia d'un altre home prim i alt que tenia el front ple d'arrugues i un nas corbat. Feia força estona que discutien, quan un criat va trucar a la porta.

—Endavant —ordenà ha-Levi.

—Senyor, el rabí Mosse ben Nahman ha arribat — anuncià el servent.

—Fes-lo passar ara mateix —digué ha-Levi.

—No —el tallà l'altre home—. Millor sortim a rebre'l.

—Teniu raó, rabí Toldrós —respongué ha-Levi—. Tant d'enrenou em fa perdre fins i tot les bones normes de l'hospitalitat.

Els dos homes sortiren de la cambra i es dirigiren cap a la part del davant de la casa. Allà, en la sala envoltada d'habitacions que servia per rebre les visites, va veure l'home ja gran que caminava amb lleugeres dificultats.

—Que Jahvè us beneeixi —saludà Nahman.

—Els nostres ulls s'omplen de joia en veure que Déu ens ha beneït amb la vostra presència —respongué Toldrós, i s'abraçaren.

—No sabeu com us esperàvem —s'inclinà ha-Levi i li agafà la mà per besar-la.

—Sembla que tenim força enemics —digué Nahman.

—Així sembla, perquè ens han informat que els dominics volen un judici contra el nostre poble i el rei ens ha atorgat el seu permís per anar a buscar-vos. La situació, com veieu, és força delicada —explicà ha-Levi.

—Espero que el rei no hagi oblidat cert episodi de la seva vida —digué Nahman.

—A què us referiu? —s'interessà Toldrós.

—Fa anys algú es va estranyar que m'arrisqués a operar el cap del rei i jo li vaig contestar que Jahvè així ens ho manava pel bé del nostre poble —explicà Nahman —. Quan el rei em va preguntar què volia pels meus serveis, li vaig demanar que només desitjava que els nostres pobles visquessin en pau.

—Doncs, us puc dir que gairebé segur que no us ha oblidat, perquè més aviat diria que és ell, que ha suggerit que us cridéssim. I, si molt m'apureu, jo diria que els homes que ens han informat tenien ordres concretes —corregí Toldrós les paraules de ha-Levi.

—Jahvè és poderós i savi. I també és benigne amb el seu poble —contestà Nahman.

—Però ens sotmet a proves ben difícils —es queixà ha-Levi—. El dominic Mataplana no ens té en gran estima i la vista serà d'aquí dos dies. Perquè, evidentment, es tracta del preludi d'un judici. Ja els coneixem prou! De manera que no disposem de gaire temps.

—Si Déu ha determinat que el seu poble passi per aquesta prova, és per alguna raó i nosaltres no som ningú per demanar-li explicacions —contestà Nahman—. Però ja heu vist que disposem de bons aliats. Tingueu confiança que estic ben segur que ni Jahvè ni el rei no ens abandonaran.

*** ***

En el centre, entre els hàbits blancs que omplien l'estança, es distingia clarament aquell home cap a qui totes les mirades es dirigien. Era prim, amb un rostre afilat i uns ulls escorcolladors. Josep Mataplana discutia amb altres membres de l'ordre dels dominics els darrers detalls, abans de l'arribada de Ramon de Penyafort. En un racó, gairebé apartats com si fossin empestats, tres homes esperaven. No parlaven entre ells. Ha-Levi es mostrava neguitós. Haver estat escollit per representar el seu poble era un honor, però ell, donades les circumstàncies, i tot i les paraules del rabí Nahman, ho posava en dubte. Jahvè és poderós, però de vegades pren decisions difícils d'entendre. «Sobretot quan t'afecten directament», pensava el pobre home.

La petita porta del fons s'obrí i aparegué Ramon de Penyafort seguit per cinc membres més de l'alt tribunal de la Inquisició, que van seure a les cadires que presidien la sala. Els murmuris s'apagaren i tothom ocupà el seu lloc.

Els tres jueus van avançar amb timidesa i se situaren a l'esquerra. El nombrós grup de dominics ocupaven bona part de l'espai, però tenien força cura de mantenir-se lluny dels seus opositors, que semblaven tres caminants perduts enmig del desert.

Ramon de Penyafort s'aixecà i els que l'acompanyaven van fer el mateix. Llavors, tothom s'alçà i pregaren.

—Senyor, il·lumina els nostres cors i atorga'ns la saviesa per tal de trobar el teu camí —acabà Penyafort —. No permetis que la nostra ceguesa tanqui les portes de l'enteniment i fes que la caritat regni entre nosaltres. Amén.

—Amén —corejaren els dominics.

—Amén —s'escoltà la veu de Nahman, i tothom es va tombar per mirar-lo. Fins i tot els seus dos companys.

—Ens hem reunit aquí per mirar de solucionar les nostres diferències —digué Penyafort—. Els nostres germans dominics constaten amb preocupació la creixent influència del poble jueu i veuen com els seus càrrecs són ocupats per gent que no professa la nostra fe. Té la paraula el germà Josep Mataplana.

El dominic es va aixecar i durant una bona estona es dedicà a posar damunt la taula tots els greuges que atribuïa als jueus, mentre el pobre ha-Levi veia cada cop més a prop un judici fatal, perquè cada cop que volia defensar-se Penyafort el feia callar.

Quan Josep Mataplana acabà la seva exposició, Ramon de Penyafort es va quedar mirant el jueu. Ara era el seu torn, però semblava que no tenia forces ni per aixecar-se de la cadira.

—Mose Ishaq ben ha-Levi —el cridà Penyafort—. Vós heu estat triat per representar el vostre poble. Ara podeu parlar.

Llavors, Nahman s'aixecà.

—Altíssim senyor, el nostre poble...

—No és ell, que ha de parlar —s'alçaren diverses veus entre el dominics.

En aquell instant s'obrí la porta gran, la que donava al pati, i aparegué un soldat.

—El rei! —anuncià, i s'apartà.

Tothom s'aixecà desconcertat. Què hi feia el rei, allà?

Les dues fulles de fusta s'obriren de bat a bat i Jaume entrà a la sala i es dirigí cap al fons de tot. Caminà ben a poc a poc, sense mirar ningú i no es va detenir fins ser davant mateix de la taula dels sis jutges.

—Altíssim senyor —s'escoltà la veu de Mataplana—. Un judici de la Inquisició no pot interromput, encara que sigui per un rei.

—Us recordo, germà, que això no és un judici —respongué el rei, sense ni tan sols tombar-se, mirant directament Penyafort—. I us recordo que, segons la llei, el rei té la potestat per ser present en qualsevol acte públic que ell cregui que pot afectar el regne. I l'economia forma part del govern —llavors sí que es dirigí a Mataplana—. O esteu parlant de religió?

El dominic mirà Ramon de Penyafort, que obrí les mans per manifestar la seva impotència davant de l'argument del rei. Ningú no va dir res. Llavors dos soldats van córrer per proporcionar una cadira al rei, que van situar a la dreta, però que Jaume va ordenar que la canviessin de lloc. L'esquerra li semblava més adient. Hi havia més espai lliure.

—Procediu —ordenà Ramon de Penyafort a Nahman.

—Altíssim senyor...

—Ell no és el representant dels jueus —protestà de nou Mataplana.

—No som nosaltres que hem escollit el nostre representant, sinó que ens ha estat imposat —replicà Nahman amb veu tranquil·la.

—No és de religió que hem vingut a discutir, sinó d'altres afers —li contestà Mataplana.

—Llavors, tal vegada no és el lloc més adient per parlar-ne —intervingué el rei.

—Ningú no pot interferir en un acte de l'Església —es dirigí Mataplana a Penyafort.

—Us recordo que no estem en un judici i que cap dels presents ha vingut per ser jutjat —replicà el rei—. Hem vingut per parlar i tothom ha de ser escoltat amb llibertat, perquè ningú no serà condemnat.

Altre cop es va fer el silenci i el superior de la Inquisició mirà Mataplana, però aquest no va badar boca i s'assegué. Llavors Penyafort va mirar Nahman i assentí per atorgar-li permís per parlar.

—Gràcies, altíssim senyor —inclinà el cap el rabí—. El nostre poble només vol viure en pau i servir el rei. Apliquem les vostres lleis i acatem les vostres decisions. El rei ens ha honorat amb la seva confiança i nosaltres hem respost servint-lo el bo i millor que podem. L'economia ha crescut, comerciem amb altres terres, els artesans estan contents, els navegants i els armadors tenen més feina de la que voldrien, les teles del regne viatgen pertot arreu i nosaltres mai no hem demanat cap dels llocs que ocupem ni mai no hem demanat més d'allò que ens pertoca.

—Mentida! —s'escoltà una veu, i altres el corejaren.

—Esteu usurpant els nostres càrrecs! —s'escoltà una altra veu.

El rei Jaume es posà dret i tothom va callar. En els seus ulls es podia endevinar la ira.

—Mai cap jueu no m'ha demanat altra cosa que no sigui viure en pau —va dir amb veu forta—. Jo en sóc testimoni. I mai ningú no ha de dir al rei qui és el més adient per ocupar un càrrec que no pertany a ningú, sinó al rei. De manera que ningú no ha usurpat res. Quant a les decisions que afecten al govern del regne, les prenc jo. Hem vingut per parlar i discutir. Que ningú no gosi dir-me mentider —i es va tornar a seure.

*** ***

El carruatge esperava davant de l'escala de palau. Jaume acompanyà Nahman fins a la porta.

—No heu tingut més mals de cap? —preguntà el rabí.

—No me'ls trec del damunt —somrigué el rei—. Tanmateix, són diferents dels que tenia en altre temps.

—Me'n vaig content perquè el meu poble segueix vivint en pau sota la vostra protecció, però trist perquè us heu hagut d'enfrontar a un enemic molt poderós per causa nostra.

—Sí. Ja m'ho ha dit Ramon de Penyafort. M'he guanyat un enemic. El cardenal Guy Lerons no m'ho perdonarà mai —negà amb el cap el rei—. Tanmateix, no sóc l'únic que s'ha guanyat enemics. Ramon de Penyafort tampoc ha sortit gaire ben parat. Diuen que ha estat massa tou i massa condescendent amb mi i amb el poble jueu. Això tampoc li ha agradat al cardenal.

—Però Penyafort és un home just, pietós i virtuós i té Déu del seu costat. Res no ha de témer del cardenal Lerons, perquè res no pot trobar contra ell —respongué Nahman—. Mentre que vós, si no us enfadeu, us diré que indubtablement sou just i segurament pietós, però virtuós... —i negà amb el cap.

Jaume deixà anar una forta riallada, fins que les llàgrimes li saltaren dels ulls.

—M'he guanyat un enemic per a tota l'eternitat —digué, finalment.

—Cert! Però no us amoïneu gaire, que amb aquest guany no heu perdut cap amic. Lerons mai no ha estat amic de ningú. Sempre és enemic de tothom.

—Marxeu en pau i que Déu o Jahvè us acompanyi, bon amic —l'abraçà el rei.

El carruatge va sortir camí de Girona escortat pels soldats i Jaume pujà l'escala i entrà a palau.

Lerons és perillós, pensava. Massa perillós.

8.- CANVI DE RUMB

Aquell matí, Violant, reina i esposa d'Alfons de Castella i de Lleó, s'havia llevat neguitosa. No havia dormit bé. Des de feia dies es comentava que Muhammad, el rei de Granada, cada cop estava més allunyat d'Alfons. Fins i tot, els rumors apuntaven que havien desembarcat tropes sarraïnes vingudes del nord de l'Àfrica, del regne de Marroc.

Ara estava dreta davant del mirador de palau i des d'allà podia contemplar la Giralda, la torre de base quadrada construïda feia més de seixanta anys per Ahmad ibn Maso i Alí de Gómara, que s'alçava majestuosa per dominar la ciutat.

Violant era una dona alta, més que no pas va ser la seva mare. Tenia els ulls clars i el seu rostre romania seriós. Encara recordava el dia que li van comunicar que seria l'esposa del fill de Ferran III de Castella. Havia sentit parlar d'ell, però no el coneixia, no l'havia vist mai. Durant uns anys la van preparar per ser reina i va rebre de la seva mare tots els ensenyaments que calen per aquest menester. L'havien educada i li havien ensenyat a parlar castellà, a comportar-se davant dels homes, a mantenir el cap ben dret i a manifestar el respecte que devia al seu senyor.

El dia que va marxar de Barcelona, poc després de la mort de la seva mare, va abandonar un món que s'estimava de debò per endinsar-se en un univers desconegut. A Alfons el va conèixer el dia de la boda. Era jove, amb barba, ben plantat, però un xic esquerp. La nit de noces va seguir totes les instruccions que li havia donat la seva mare.

—No prenguis cap iniciativa —li havia dit—. Comportat amb dignitat i deixa que ell faci. Als homes els agrada conquerir, posseir i dominar. Un cop ja han conquerit, cal que tu siguis capaç de mantenir el seu interès.

—Li agradaré, mare? —havia preguntat ella.

—No en tinc cap dubte, però recorda que un home és diferent d'una dona. La conquesta forma part del seu tarannà i tu sempre has de ser el castell que guarda un secret que ell mai no ha de descobrir enterament.

Alfons l'havia tractada bé. Ella va arribar al llit nupcial gairebé tremolant, es va estirar i mantingué els ulls oberts, però sense mirar el seu marit. En l'instant que ell va començar a aixecar-li la camisola, s'escruixí, malgrat que la seva mare havia estat molt explícita i li havia dibuixat amb absoluta precisió les passes que la conduirien a convertir-se en reina de ple dret. D'això ja feia deu anys, durant els quals havia viscut tot tipus de situacions. Els primers temps van ser de descoberta constant. Alfons era amable amb ella i li dedicava dolces paraules. Després, amb la mort del seu pare Ferran, va canviar. Necessitava un fill, un hereu, els dies transcorrien, les setmanes i els mesos i ella no quedava embarassada. De mica en mica Alfons es tornà més seriós. La visitava, però cop amb menys freqüència, fins al dia que es va assabentar que havia començat a fer gestions per cercar una esposa que fos fèrtil i que ja l'havia trobada en Cristina de Noruega. Llavors es desesperà. Seria rebutjada i retornada al seu pare, el rei Jaume. I plorà i plorà i plorà. Tanmateix, el matí del dia que havia de comunicar-li la seva decisió, va rebre una notícia que capgirà tots els plantejaments.

—De debò? N'esteu segur? —havia preguntat ella al metge de la cort.

—Sí, senyora —li havia respost el metge—. Sens dubte esteu embarassada.

I a partir d'aquí va començar una nova vida per a ella i ja havia parit cinc fills per al seu senyor i, evidentment, havia aconseguit mantenir l'interès del rei de Castella i de Lleó i, per si fos poc, havia esdevingut un bon puntal per al regne.

Les donzelles l'havien vestida i ja estava disposta per dirigir-se al menjador i prendre el seu desdejuni, però aquell dia no tenia fam. Sortí de l'habitació i caminà el llarg passadís ricament decorat pels artistes sarraïns. Sevilla era una ciutat digna de tot elogi. Banyada per les abundoses aigües del riu Guadalquivir, Alfons ja havia dit que s'hauria de construir una catedral, tot aprofitant l'antiga mesquita, però les constants preocupacions per un regne que mai no estava acabat de consolidar li havien impedit dedicar-se a aquesta tasca.

Violant encara no havia arribat al menjador quan va escoltar la veu de Pere de Toledo, un dels principals consellers del rei de Castella i de Lleó.

—Hem de marxar, senyor —deia el cavaller.

—Un rei mai no fuig —li contestà Alfons.

—Senyor, les forces sarraïnes venen cap aquí i no tenim prou homes per defensar la ciutat. A més, penseu que tot apunta cap a una possible revolta interior. Si així fos, hauríem de lluitar en dos fronts i vós cauríeu presoner.

La reina empenyé la porta entreoberta i es quedà plantada. Tothom callà i els nobles li dedicaren una profunda reverència. N'hi havia deu, tots ells consellers i oficials de l'exèrcit reial. Alfons es tombà i la mirà.

—Tu i els nostres fills heu de marxar cap al nord — va dir Alfons, sense ni tan sols saludar-la. Quan la situació era difícil, Alfons anava sempre directament al gra.

—Vaig aprendre de la meva mare, la reina d'Aragó i Catalunya, que una sobirana sempre ha d'estar al costat del seu senyor i seguir-lo —abaixà Violant el cap en senyal de respecte.

—I no et va ensenyar que també has d'obeir el teu senyor? —demanà Alfons.

Violant anava a replicar, però en aquell precís instant va arribar un soldat. Venia esbufegant i va plegar un genoll a terra.

—Què passa? —s'interessà Alfons, i tots els nobles miraren el soldat.

—Senyor, el comte de Menina m'envia per dir-vos que els sarraïns de la ciutat han començat a aplegar-se i que les forces de Muhammad es dirigeixen cap aquí. També hem rebut notícies que Múrcia s'ha revoltat i que el vostre germà lluita contra els infidels.

—Hem de marxar, senyor —repetí Pere de Toledo.

—Lluitarem amb tothom, si cal, perquè fugir seria una vergonya —negà el rei de Castella i de Lleó.

—No és cap vergonya per a cap rei salvar els seus fills i el seu regne, encara que s'hagi de retirar momentàniament —digué Violant amb veu dolça, però ferma—. Si Múrcia s'ha revoltat no podeu esperar el seu ajut i sols no podeu defensar-vos. Quedar-se seria morir i, sense rei, el regne també moriria.

—Té raó la reina, senyor —intervingué un altre dels consellers—. Ningú no podrà dir mai que el nostre rei va patir la vergonya d'abandonar Sevilla, perquè una retirada a temps és una victòria.

—Fins i tot el meu pare va haver d'abandonar el setge de Montcada, el setge d'Albarrassí i el setge de Peníscola. A més, es va haver de refugiar a Alagó i ningú no pot dir que no és el Conqueridor —afegí Violant amb un somriure.

Alfons es dirigí cap a la finestra i contemplà el Guadalquivir. El seu pare havia conquerit aquella ciutat amb l'ajut de Muhammad i ara ell havia d'abandonar-la. Tanmateix, tenien raó els seus consellers. Quedar-se representaria la mort.

—Entesos —va fer amb tristor—. Prepareu-lo tot per marxar —ordenà.

Aquella mateixa tarda els cristians van deixar Sevilla i es dirigiren cap al nord. Alfons, abans d'esperonar el seu cavall, va contemplar les muralles que donaven damunt del Guadalquivir i se sentí trist, immensament trist. No havia pogut mantenir allò que el seu pare, el gran Ferran de Castella, li havia llegat, però tornaria. Així ho va jurar i així hauria de ser, encara que li costés tota una vida.

Allò només va ser el preludi d'una campanya que en poc temps va permetre els sarraïns recuperar gairebé tres-centes places i expulsar l'exèrcit de Castella i de Lleó cap al nord. El desastre va ser més gran del que ningú es podia imaginar i les notícies van córrer per tota la cristiandat.

*** ***

El missatge era de Bertran de Vilanova, curt i precís. La reina de Castella i de Lleó, Violant, esposa d'Alfons i filla del rei Jaume d'Aragó i Catalunya, demanava al seu pare que la visités a Osca. Jaume, per aquells dies havia anat a Sexena, al monestir que havia ordenat construir la seva àvia Sanxa de Castella, esposa del seu avi Alfons, el primer rei de Catalunya.

Sense rumiar-s'ho gaire, Jaume emprengué el camí d'Osca. Si la seva filla havia abandonat Toledo i s'havia desplaçat fins a Osca per parlar amb ell volia dir que la situació a Castella i Lleó era molt pitjor del que les notícies apuntaven.

Prop de la ciutat va trobar l'autor de la carta, que havia sortit per rebre'l. Vilanova era un noble cavaller que havia servit a les seves ordres durant anys i en qui podia confiar. Ultrapassava els quaranta anys i el seu rostre lluïa dues cicatrius producte dels enfrontaments amb els sarraïns durant la campanya de València, quan era molt més jove. I ara, a les cicatrius havia de sumar les arrugues que es dibuixaven al seu front i que eren el reflex de la seva preocupació.

—Sembla que el rei de Castella i de Lleó no se'n surt —li va dir Vilanova.

—Només ha vingut la reina? —demanà Jaume.

—Sí. Les notícies són cada cop pitjors —confirmà Vilanova els negres pressentiments del rei—. Tot al-Andalus ha caigut en mans dels sarraïns i Múrcia ja gairebé els pertany. El rei Alfons no ha tingut altre remei que tornar a Toledo i des d'allà intenta refer les seves forces.

—Al-Azraq torna a fer de les seves —mormolà Jaume—. Anem, que no hem de fer esperar una filla.

Feia anys que no es veien i Violant es llençà als braços del seu pare i plorà d'alegria. Violant, Violant... Li recordava tant la seva mare! També era capaç de creuar tot un regne per ajudar el seu marit. No podia ser d'altra manera, perquè havia tingut un bon exemple i una gran mestra.

—Senyor, Alfons us necessita —va dir, un cop s'havia asserenat.

—I per què no ha vingut ell? —preguntà Jaume.

—No pot distreure's ni un instant i m'ha demanat que vingui jo —respongué Violant, i li lliurà la carta que duia amb ella.

Jaume la va llegir. Era una carta on el rei de Castella i de Lleó li demanava perdó i reconeixia tots els errors que havia comès amb al-Azraq. En ella li feia palès el seu immens respecte per un rei que havia sabut descobrir els enganys, un monarca generós, capaç de demanar perdó fins i tot quan ell no havia estat qui havia ofès, sinó a l'inrevés. I finalitzava tot pregant-li que escoltés la seva filla.

—Alfons està profundament penedit per... —encetà la petició Violant.

—Alfons no s'ha de penedir de res, perquè ell també va ser enganyat. Al-Azraq és qui, tard o d'hora, s'haurà de penedir fins i tot per haver nascut —la tallà el rei—. No hi ha temps per perdre amb retrets absurds i estúpids. Ara ens hi va la supervivència d'un regne cristià. Surt demà mateix i digues al teu marit, el rei de Castella i de Lleó, fill d'un dels més grans amics que mai no he tingut, que l'ajudaré i combatré al seu costat fins que hagi recuperat tot allò que és seu.

*** ***

Eren al palau d'Osca, a la sala del tron, i portaven força estona discutint amb el rei. El bisbe d'Osca, l'abat de Montaragó, Guillem Bernat d'Entença, Eixemén Péreç i Gonçalvo Pérez havia acudit per unir-se a Ferran Sanxís de Castre, el fill natural que Blanca d'Antillon havia donat al rei pocs dies després del naixement de l'infant Pere i que ara ocupava un càrrec d'oficial major dins de l'exèrcit reial.

—Senyor, l'afer és prou important com per prendre una decisió nosaltres sols —prengué la paraula el bisbe d'Osca—. Heu de convocar les corts i que tots els nobles hi participin.

—Han de participar. Aquesta és la llei —respongué el rei.

—No podeu exigir res, senyor —intervingué Guillem Bernat.

—Els Usatges diuen que els nobles han de proporcionar soldats al rei per conquerir noves terres als sarraïns —el mirà amb ràbia Jaume—. En cas contrari els agafaré jo mateix.

—Teniu raó, senyor. Els Usatges diuen que els nobles proporcionaran homes al rei per conquerir noves terres, però vós proposeu ajudar el rei de Castella a canvi de res —replicà Guillem Bernat—. Per tant, senyor, no podeu exigir res, sinó demanar. I l'única manera de demanar és convocant unes corts. Aquesta és la llei.

—Hem d'ajudar un rei cristià —féu Jaume.

—Vós podeu prendre la decisió d'ajudar un rei cristià, però no podeu exigir res als nobles —intervingué l'abat de Montaragó—. Altra cosa seria que l'Apostòlic declarés creuada la reconquesta de Múrcia, de Sevilla i de Granada. Però no ho ha fet i nosaltres no hi hem de fer res.

—Convèncer l'Apostòlic per tal que declari una nova creuada portaria molt de temps i Alfons de Castella i de Lleó no pot esperar —digué el rei.

—Llavors, convoqueu les corts —sentencià Guillem Bernat.

—He donat paraula a la meva filla i no puc fallar.

—El regne de Castella i Lleó és el culpable de les pèrdues d'Occitània i de Provença —contestà Guillem Bernat—. Ara ha arribat el moment que pagui per això. Si Múrcia és nostra, us hi ajudarem.

—Vaig donar paraula al rei Ferran III que Múrcia seria seva i així ha de ser —sentencià el rei.

—Llavors, senyor, conqueriu-la per a ell —respongué Guillem Bernat, i els altres nobles el recolzaren.

Jaume es tombà cap a Ferran Sanxís. Era el seu fill, però el jove oficial va acotar el cap i no va badar boca.

—Tu també creus que Múrcia ha de ser nostra? —preguntà el rei.

—Guillem Bernat d'Entença té raó. Per causa d'Alfons de Castella i de Lleó hem perdut Occitània i Provença. És just que ara pagui —respongué Ferran Sanxís.

—Convocaré les corts —acceptà el rei, s'aixecà empipat i abandonà la sala.

Berenguera Alfonso va veure aparèixer Jaume per la porta i s'aixecà. Era una dona alta i esvelta, formosa, de formes ben proporcionades. Duia un vestit rosa amb un escot ben generós, tal com li agradava al rei. Des de feia mesos l'acompanyava pertot arreu i ja no era cap secret que la nova amant del monarca havia pres el lloc de Teresa en tots els aspectes, fins i tot en el de consellera, malgrat la de Vidaura seguia sent reina als ulls de tothom.

—Són idiotes! —bramà Jaume—. No s'adonen que sempre és millor lluitar en terres estranyes i que si els sarraïns són a les portes de València demà seran a casa nostra.

—Si Aragó no vol ajudar el seu rei, Catalunya ho farà —digué ella, mentre l'abraçava.

—Fins i tot Ferran Sanxís està de la seva part.

—El teu fill vol demostrar la seva vàlua i ser com l'infant Pere. També vol lluitar i conquerir terres per a tu —l'apaivagà Berenguera.

—Doncs, el millor que podria fer és obeir el seu pare.

—És jove. Dóna-li temps.

—No hi ha temps —s'apartà el rei—. No hi ha temps —repetí—. He empenyorat la meva paraula i la compliré. Me'n vaig a Barcelona.

Berenguera va escoltar el cop de porta sense moure's. Coneixia prou bé aquella faceta del caràcter de Jaume. De manera que va cridar la donzella i li va ordenar que preparés l'equipatge, malgrat que no li feia el pes tornar a l'única ciutat on no podia viure sota el mateix sostre que el seu amant, sinó que s'havia de conformar de viure a una de les cases del rei, sense saber quant de temps duraria aquella situació, perquè l'Apostòlic es negava a concedir una separació que ja era més que real. Cada vegada que tornaven a Barcelona començava la seva presó. Teresa encara gaudia de molt poder mercès a un contracte signat per un pobre home enamorat i enganyat. I és que els homes, quan van darrere d'una dona, no veuen més enllà del seu nas. Amb l'única que s'entenia era amb la infanta Constança, l'esposa de Pere, que prou que havia descobert la qualitat de Teresa i, més encara, les habilitats d'una altra intrigant que ja feia massa dies que remenava les cireres. La seva conversa amb Esther de Montagut havia estat molt reveladora i Joana de Mediona, tard o d'hora, hauria de pagar per tots els favors rebuts, perquè Constança no era com Teresa. Tanmateix, calia esperar.

Es va aixecar de la cadira i es dirigí cap a la finestra. Ella el seguiria on fos. Pel moment no li quedava altre remei. Separar-se d'ell significaria deixar la porta oberta per a què una altra guineu entrés al corral i es mengés tots els ous de les gallines. A un home se l'ha de lligar ben curt i eren moltes les que sospiraven davant d'un monarca que havia esdevingut una llegenda, fora i dins del llit, però que no passava de ser un ésser humà i, com tot home, víctima propícia per a la més llesta.

Bé! Barcelona seria de nou un punt de pas. Es resignà.

*** ***

Barcelona va ser més que un punt de pas per al rei Jaume. Va ser una repetició d'Osca. Ramon Folch es va negar a ajudar-lo si no hi havia compensacions. «El castell de Cardona», no parava de demanar, i altres nobles el recolzaven. Entre ells Berenguer Arnau i Pere de Berga. A més, Múrcia havia de ser catalana, no paraven d'insistir, com si s'haguessin posat d'acord amb els nobles d'Aragó. Tothom recordava Corbeil i la pèrdua de Provença i d'Occitània.

Les setmanes transcorrien sense arribar a cap solució. Cada reunió era una discussió, cada dia es tancava amb un nou enfrontament entre el rei i els nobles que no paraven de demanar i demanar més i mes.

Jaume, finalment, es desesperà fins al punt que abandonà Barcelona i es traslladà a Saragossa, on va convocar noves corts. «Algú m'ha d'ajudar», no deixava de pensar, i de pregar.

La sala del palau de la ciutat que dominava l'Ebre era plena de murmuris quan Jaume hi va entrar i es va seure davant de tota aquella gent. Era el tercer dia que es reunien i els altres dos havien significat un desastre, però ara disposava d'un triomf que, de ben segur, li atorgaria la victòria. Per això va entrar amb decisió i es va mirar tots els nobles amb superioritat.

Es va fer el silenci i el rei va atorgar la paraula a un monjo que romania en un racó, en qui ningú havia reparat i que es va avançar i amb veu tímida començà a parlar.

—Senyors, fa uns dies un home em va demanar confessió i em va revelar una visió que havia tingut — explicà el monjo a tots els presents—. Un àngel se li havia aparegut en somnis i li havia dit que Déu ha disposat que un rei cristià aixequi la creu i lluiti contra els infidels fins que tots els territoris que els sarraïns han pres per la força retornin a mans de la nostra fe. El pobre home és un camperol senzill i humil i no sabia com ho havia de comunicar. De manera que em va venir a veure. No puc dir el nom, perquè ell està espantat, però sí que puc revelar-vos la visió, perquè ell m'ha atorgat permís. També us he de dir que, abans de venir, he estat resant per descobrir si la visió era falsa o vertadera i que ahir vaig escoltar la veu de Déu. Només una paraula: Conqueridor.

De nou es va fer el silenci. Tots plegats es miraven els uns als altres i després dirigien els seus ulls cap aquell monjo que s'havia fet enrere i tornava a ocupar el seu racó.

De sobte, s'aixecà Eixemén d'Orrea.

—Després que Osca s'hagi negat i després que Barcelona s'hagi negat, el rei convoca noves corts a Saragossa, però aquest cop ens prepara una sorpresa —digué amb veu forta—. Un camperol ha tingut una visió. Fins al dia d'avui el rei mai no havia hagut de menester el concurs dels miracles i ara apareix un àngel —somrigué amb ironia—. Si Déu de debò ha decidit que el nostre rei conquereixi Múrcia i que ajudi al rei de Castella i de Lleó, bo serà conservar allò que l'Altíssim ens ofereix.

—L'àngel no ha dit a aquest camperol que ens quedem amb les terres d'un altre rei cristià —respongué el rei.

—Tampoc m'ha semblat entendre que hagi dit que les havíem de retornar a Castella i Lleó, sinó que, a menys que aquest frare canviï la seva versió dels fets, ha dit que les terres han de retornar a mans de la nostra fe i nosaltres professem la mateixa fe que el rei Alfons —somrigué de nou, i afegí—: Fins i tot diria que, si creiem en les paraules d'aquest monjo, tindrem més fe que no pas ell.

—Senyor, Alfons de Castella i de Lleó ens va furtar Occitània i Provença —intervingué Guillem Bernat d'Entença—. I no vau voler escoltar els nostres consells. Bo serà que, per una vegada, tingueu en compte el parer dels vostres servidors.

I a partir d'aquell moment les veus s'aplegaren a les de Guillem Bernat i Eixemén d'Orrea. Ningú no el recolzaria si les terres conquerides eren per a altres.

«Déu meu!», s'esverava Jaume en escoltar les protestes, i va abandonar Saragossa per dirigir-se a Calataiud, on va prendre la decisió de demanar l'impost de bovatge per tal de poder crear un nou exèrcit, però Guillem Bernat d'Entença, Artal d'Alagó i Ferrís de Liçana s'hi oposaren. Allò anava en contra dels furs d'Aragó.

Una nova reunió significà un nou enfrontament, més fort que qualsevol dels precedents, i aquí esclatà la revolta.

El rei volia ajudar a Castella i Lleó i ara es trobava enfrontat als seus nobles, fins i tot a Guillem Bernat que durant tants anys havia estat el seu millor conseller. Semblava talment com si tot tornés a començar i de nou hagués de pacificar Aragó. Tanmateix, no s'ho rumià ni un instant. Havia donat paraula a la seva filla Violant i la mantindria fins al final. De manera que envià missatges a Pere i a Ramon de Montcada, que vinguessin amb prou homes, que ell els esperaria a Montsó.

—Si haig de començar de nou, no me n'estaré —cridà amb els punys enlaire.

*** ***

Els soldats estaven formats a la plana, davant del castell de Montsó. El rei se'ls aplegaria per donar l'ordre de marxar. Unes llegües a l'oest, camí d'Osca els esperaven en formació de combat Guillem Bernat d'Entença, Ferran Sanxís i Ferrís de Liçana.

Jaume, des de la muralla del castell, va contemplar les seves forces. Semblava que el passat tornava a ser present, només que ell ja no era un marrec escanyolit, sinó un rei que havia lluitat en mil batalles i les havia guanyades. Totes!

Com havia pogut canviar tot?, es demanava. Ara s'hauria d'enfrontar a un fill, Ferran Sanxís, a un amic que li havia salvat la vida, Guillem Bernat, i al fill de l'home que el va ajudar a pacificar el regne, Ferrís de Liçana.

Quin havia estat el seu error?, no parava de reflexionar. Corbeil! Aquest era el fantasma que s'alçava pertot arreu: a Osca, a Barcelona, a Saragossa... Hauria d'haver escoltat la veu sempre assenyada de Guillem Bernat, però no ho va fer i ara hi havia el que hi havia i l'enfrontament era inevitable, a menys que succeís un miracle.

Va baixar fins al pati que havia estat el bressol del seu entrenament i es va posar els guants. Mirà la torre de l'Homenatge i la Sala de Cavallers. Eren tants els records! Després dirigí els seus ulls cap als dormitoris i mentalment va resseguir el mateix camí que va fer aquella nit perduda entre els records, quan va saltar la balconada i es va esmunyir a la foscor per dirigir-se a la cripta i desafiar els esperits dels morts. Encara ara, si tancava els ulls, veia la figura de Lluís d'Estemariu, aquell rostre somrient, els seus cabells vermells, la barba, la seva corpulència gegantina.

—En quina cosa m'he equivocat? —va fer en veu alta, com si parlés amb ell—. Tu em vas ensenyar que la paraula d'un cavaller és sagrada i que un rei és més que un cavaller.

Què diria Guillem de Mont-rodó, el mestre dels templers? Què diria Joan Miravell? Aquells sí que eren homes de debò, cavallers de cap a peus, lleials fins a la mort.

Respirà fondo i pujà al cavall. Havia arribat l'hora. Si perdia, no en seria ell, el derrotat, sinó la seva filla. Per tant, no podia perdre!

*** ***

La pols va tornar lentament al terra. Havia estat una batalla dura i cruel i entre els cadàvers es podien escoltar els gemecs dels ferits. Es va iniciar a primera hora de la tarda i havia durat fins que gairebé el sol desapareixia per l'horitzó.

Jaume es va alliberar del casc i dels guants. Estava cansat i brut. Va posar un peu a terra i va contemplar el camp. Hauria de sentir-se satisfet, perquè el Conqueridor havia fet honor al seu nom. Les forces de Ferran Sanxís, de Guillem Bernat d'Entença i de Ferrís de Liçana havien patit una bona desfeta i havien fugit. Almenar i Tamarit tornaven a ser del rei. No obstant això, no era feliç. D'aquí poc arribarien més homes de Lleida i atacaria Pomar. Havien caigut de nou en la follia i lluitaven pares contra fills i germans contra germans.

Pomar va caure dos dies després. Nova victòria del rei i nova desfeta de les forces que se li oposaven.

«Fins quan?», es preguntava ell. «Fins quan hauré de lluitar contra la meva pròpia gent?»

Una setmana més tard encara cercava la resposta quan, de sobte, va veure aparèixer un carruatge que es dirigia cap al campament. Poc després, els cavalls s'aturaren i un home baixà. El coneixia. Era Pere Martínez, jutge d'Aragó. El va veure preguntar a un oficial i també va veure com l'oficial senyalava cap a on era ell. Immediatament el jutge d'Aragó pujà el petit turó i arribà fins al rei per plegar-se en una profunda reverència.

—Senyor, us prego que m'escolteu i que aturem aquesta disbauxa —va dir el jutge, tan bon punt el rei va fer un gest amb la mà per tal que s'alcés.

—Disbauxa és haver desafiat el poder del rei —respongué ell.

—Us proposo que apel·lem al bisbe d'Osca i de Saragossa i que siguin ells que prenguin una decisió.

—I quant de temps hauré d'esperar per poder ajudar la meva filla? —preguntà Jaume.

—He parlat amb Guillem Bernat d'Entença, amb Ferrís de Liçana i amb Ferran Sanxís i tots tres accepten signar una treva —informà Martínez.

—De quina durada? Tal vegada fins que ells hagin refet les seves forces? —somrigué el rei.

—Fins que vós no torneu d'ajudar el rei de Castella i de Lleó. En aquest temps Osca i Saragossa s'hauran pronunciat i ells acataran la decisió del tribunal.

—I amb què comptaré per ajudar Alfons de Castella i de Lleó?

—Us ofereixen diners per obtenir dos mil cavalls.

—Cavalls sense cavallers —mormolà Jaume—. Potser es pensen que ara sóc un pastor.

—Balasc d'Alagó us hi acompanyarà, senyor, i tots els cavallers que pugueu obtenir. Ningú no s'hi oposarà, però ells no se us aplegaran si Múrcia acaba sent del rei de Castella i de Lleó —respongué Martínez—. També sé que, si us dirigiu a Terol, obtindreu ajut de Gil Sanxes Muñoz que ha promès que us donarà tres mil peons, mil mesures de blat, dos mil d'ordi, vint mil ovelles i tres mil vaques.

Jaume es quedà en silenci. Podia atacar de nou i acabar amb ells, però llavors no li quedaria res de res. De manera que acceptà la proposta i signà la treva. Ara el més important era la seva filla Violant i que l'herència dels seus néts se salvés.

9.- MÚRCIA

El papa Urbà IV va morir. Només quatre anys havia estat al pontificat. Sempre el quatre. I, com si el nombre IV s'hagués apoderat del tron de la més alta dignitat de l'Església, el succeí Climent, que també era el quart apostòlic que duia el mateix nom.

Va ser una elecció complicada i difícil. El cardenal Lerons ja somiava esdevenir el nou papa, però les seves maniobres no van poder aconseguir el nombre suficient de vots i va veure amb preocupació com un compatriota que duia el seu mateix nom, Guy Foulques, antic canceller del rei Lluís de França, un home de seixanta-cinc anys, expert en política i sense gaire simpaties per a la seva persona, s'asseia al capdamunt de l'escala del poder i canviava el tarannà de l'Església.

—Com podeu dir que el rei Jaume no lluita per la fe cristiana? —va preguntar Climent IV al cardenal Guy Lerons, que encara mantenia el seu lloc de privilegi mercès als companys que el recolzaven i que, tot i no ser-ne majoria, representaven una força que no es podia menysprear.

—Santíssim Pare, un home que viu com ell ho fa, que ha pres una nova amant en Berenguera Alfonso, que pretén separar-se de Teresa...

—Un home que s'ha enfrontat a tots els nobles d'Aragó i de Catalunya, que ha viatjat a Osca, a Barcelona, a Saragossa, a Terol, a Lleida, a Girona, a Tarragona, a Vic i a Tortosa per convèncer els seus vassalls que havien de recolzar el rei de Castella i de Lleó, que no ho ha aconseguit i que finalment ha decidit marxar tot sol, no és home que hagi de ser jutjat per altres aventures, perquè té la virtut de ser just, honest i fidel als seus amics. Lluís de França li té gran estima —tallà Climent el discurs del cardenal.

—Us recordo, Santíssim Pare, que el rei Jaume és un home que no predica la nostra fe —replicà Lerons amb el to suau que emprava quan es dirigia a algú que estava per damunt seu—. Si l'hagués predicada entre els sarraïns, enlloc de respectar i permetre que mantinguin els seus costums, Alfons no hauria seguit el seu exemple i ningú no s'hauria revoltat. Per tant, no podem dir que lluiti de debò per la nostra fe.

—Aquests sarraïns que vós tant menyspreeu són els que l'han ajudat, perquè Nós també us recordarem que gairebé cap noble se li ha aplegat i, per contra, gent de València, de Biar i de Xàtiva li han ofert els seus braços —replicà l'Apostòlic—. I aquesta política, que tant i tant critiqueu, li ha permès plantar-se davant de Billena, d'Elda, de Petrer, de Nonport, d'Elx i d'Oriola i prendre-les sense haver de lluitar, només donant-los paraula de respectar els seus costums, les seves lleis i les seves creences. Ni un sol cristià ha mort. I, quan ha calgut lluitar, ho ha fet. Llorca n'és la prova. I, quan ha calgut discutir, ha discutit. Alcarràs n'és la prova. I, quan ha calgut exigir, ha exigit. De manera que no em vingueu amb que no lluita per la seva fe.

—Vós ho heu dit, Santíssim Pare. Lluita per la seva pròpia fe, no pas per la nostra, i fa el que vol sense comptar amb ningú —encara insistí Lerons—. Quan conquereixi tota Múrcia la vol regalar a Alfons, en contra dels consells dels seus nobles.

—Nós no ho veiem així —negà l'Apostòlic—. I el rei de França tampoc. No és en contra dels consells dels seus nobles, que ha pres la decisió, sinó en contra del desig de qui persegueix el seu propi profit, que és molt diferent. Jaume és home de paraula i havia promès al rei Ferran que Múrcia seria per a Castella. Per tant, no farà altra cosa que complir el seu jurament —somrigué divertit—. Com podeu veure, estem ben informats.

—Llavors també sabreu que cada cop té més jueus al seu servei —encetà un nou camí el cardenal—. Quins consells pot rebre dels que van matar Nostre Senyor?

—Ja vau intentar atacar-lo amb l'ajut dels germans dominics de Barcelona i no us en vau sortir. Si empra els jueus potser és perquè el serveixen millor que no pas els seus —contestà Climent.

—Com poden servir-lo els seus nobles, si es nega a tractar-los com es mereixen? Penseu que el descontentament cada dia és més gran i que, si bé ha ajudat al rei de Castella i de Lleó, ha creat un bon enrenou a casa seva.

—Què faríeu vós en el seu cas? —preguntà Climent —. Va arribar a Eixea i es va trobar la cavalleria reunida sense el seu permís. Els nobles volien limitar el seu poder al repartiment de terres i a la recaptació de taxes i volien ser tractats com grans senyors. A més, volien impedir que la Inquisició entrés a terres d'Aragó. Creieu que és un mal cristià aquell que, en contra de la voluntat dels seus nobles, ha permès que l'Alt Tribunal s'implanti en unes terres deixades de la mà de Déu? Són els nobles, que volen fer el que més els convingui a ells i vós faríeu bé de contemplar la realitat tal com és i no pas posar entrebancs a la voluntat de Déu —es va quedar callat un instant. No li agradava Lerons, però l'havia d'acceptar, perquè prou cardenals pensaven com ell. Llavors, afegí —: Suposo que estareu d'acord amb Nós que el seu prestigi supera el de qualsevol rei de la cristiandat. Fins i tot Lluís de França ho reconeix amb la humilitat que el caracteritza. Diu que no hi ha ningú amb tanta generositat com Jaume, ni tan noble ni tan fidel ni tan brau —féu un nou silenci—: I vós voleu que jo el castigui? —demanà, tot mirant el cardenal als ulls.

—Santíssim Pare, jo només vull...

—Mentre Castella i Lleó li mostren eterna gratitud, mentre tothom, arreu del món cristià, canta lloances al Conqueridor, mentre el seu prestigi s'estén més enllà de les fronteres, vós sentiu enveja i voleu el seu mal —el tallà de nou Climent, aquest cop amb vehemència—. I Nós no estem disposats a deixar que la venjança sigui plat a la nostra taula. Retireu-vos —va fer un gest sec amb la mà—. Per avui ja n'hem tingut prou.

Lerons va assentir i s'inclinà en una reverència. Era evident que el nou Apostòlic no sentia gaire simpatia per la seva persona ni pels seus serveis i que el més prudent era retirar-se i esperar moments millors. Amb Climent ja havia vist desfilar tres papes i, si tenia prou paciència, veuria arribar el quart. O, tal vegada, no caldria veure'l arribar, sinó que ell mateix s'asseuria en aquella cadira, perquè havia après molt d'aquella elecció i ara sabia que els reis, sobretot el de França, també tenen audiència amb l'Esperit Sant i que molts cardenals paren una orella a cada cantó. Per tant, la propera vegada ell no cometria el mateix error i no descuidaria aquell detall. Llavors seria el moment d'ajustar comptes amb Jaume el Conqueridor.

*** ***

Finalment, quan la balança ja es decantava, Eixemén d'Orrea es va aplegar al rei. La història es repetia i aquella situació li recordava, a Jaume, la campanya de València, on també tothom va arribar al darrer moment, quan s'havia de repartir el pastís. Guillem Bernat d'Entença li havia enviat homes, encara que ell no havia vingut personalment. Estava malalt. Jaume li va escriure una carta. Li agraïa de tot cor l'ajuda i pregava per la seva curació. Era una manera de demanar-li disculpes per tots els errors comesos en el passat.

Berenguera l'havia seguit de la mateixa manera que feia Violant, només que no les comparava. La vida s'ha de viure en present i les coses s'han d'acceptar tal com són, sense demanar més del que hi ha. Un error que havia comès amb Teresa. O, tal vegada, l'error va ser caure de quatre potes davant dels seus encants? Una nova lliçó que també havia après. Per això ni comparava Berenguera amb cap altra ni ficava totes les figues al mateix paner, sinó que, de tant en tant, en tastava de diferents. Tampoc havia fet cap promesa. Als seus gairebé seixanta anys ja n'havia prou de bajanades infantils i d'amors folls de joventut. La ment amb el pas del temps acaba per prendre la drecera més curta i la més pràctica.

—Creus que Alfons haurà après la lliçó? —li preguntà Berenguera aquella nit, a la tenda, davant les muralles de Múrcia, mentre estaven estirats al llit, després d'haver fet l'amor.

El cos del rei conservava bona part de les seves forces, però no tantes com anys enrere, quan sortia a cavalcar després d'haver gaudit del plaer de la carn. De vegades, fins i tot, es quedava adormit.

—Suposo que sí —va respondre amb els ulls clucs. Bufà amb força i els obrí per fixar-los a la tela del sostre de la tenda—. Billena es va revoltar perquè Manuel de Castella no havia complert la seva paraula i no havia respectat ni els seus costums ni les seves propietats ni les seves lleis. I el mateix ha passat amb Petrer, Nonport i Elx. Alfons ho va veure clar en la nostra reunió a Alcarràs, després de la batalla de Llorca, i va ser molt explícit. Tota paraula donada per mi serà respectada com si l'hagués donada ell. No és tan intel·ligent com el seu pare, però no és cap babau.

—Quan hagis entrat a Múrcia, marxaràs. Creus que Manuel podrà mantenir les terres?

—Depèn de si és capaç d'enfrontar-se als nobles. A tot arreu passa el mateix —rigué divertit—. Alfons també té problemes amb els seus.

Jaume tancà de nou els ulls. Se sentia content. La campanya havia estat llarga, però per fi era a les portes de Múrcia. Tard o d'hora la ciutat capitularia i tot s'hauria acabat. Ell hauria complert la paraula donada a Violant i podria tornar a casa i descansar. Somrigué.

Berenguera el mirà. Amb aquell somriure semblava un nen entremaliat. Ella prou que sabia que no era l'única que li escalfava els llençols, però també sabia que era la primera i que mentre Teresa seguís present no podia exigir res, perquè la seva situació era inestable. Calia esperar i seguir-lo pertot arreu. Una dona, si té paciència, sempre acaba guanyant.

L'endemà, a primera hora, quan sortia de la tenda, Jaume va veure arribar l'infant Pere. Venia a cavall, de l'altre extrem del campament. El fill fidel que l'havia acompanyat tot aquell temps. Sí, un fill del que podia estar ben orgullós. Era fort, valent i decidit. Un xic impetuós, però seria un gran governant. Pere es dirigí cap al rei, descavalcà, el saludà i li digué:

—L'algutzir de Múrcia ha enviat un missatge. Vol parlar amb vós, senyor.

—Es vol rendir? —demanà el rei.

—El missatger no m'ho ha dit, però pel seu posat jo diria que sí, perquè fa tota la fila d'estar esgotat —somrigué Pere.

—El rebré avui mateix —li tornà el somrís Jaume—. Crida Manuel de Castella —ordenà.

—Senyor, el missatger diu que l'algutzir només parlarà amb vós —digué Pere.

Jaume es quedà pensarós.

—Això representaria una ofensa massa greu per al germà d'Alfons —medità en veu alta.

—Potser és això el que pretén l'algutzir —apuntà Pere.

—Potser, però ho hem d'evitar. Digues-li que parlaré amb ell en presència de Manuel de Castella i no pas d'altra manera —comunicà, i Pere es tombà per marxar —. Espera un moment —l'aturà—. Millor digues-li que parlaré amb ell en presència de Manuel i dels meus fills. Li serà més fàcil acceptar si Jaume i tu m'acompanyeu. Així la presència de Manuel quedarà més diluïda. Ja hem tingut prou problemes amb ell i una negativa de l'algutzir esperonaria encara més el seu desig insaciable de matar sarraïns.

Una estona després Manuel va anar a trobar el rei Jaume. Manuel era un home alt, moreno, amb uns ulls grans i un nas afilat. Caminava amb un deix de supèrbia, com si dominés el món i parlava amb afectació. A Jaume no li queia bé. Massa retòrica, emprava el germà d'Alfons de Castella.

—Com és que els fonèvols s'han aturat? —va demanar Manuel amb impertinència.

—Jo ho he ordenat —respongué el rei.

—Per què? —insistí Manuel en el mateix to.

—Espero un missatge de l'algutzir de Múrcia.

—I per què jo no en sé res?

—Perquè jo no us ho he comunicat —respongué Jaume procurant mantenir la calma.

—Tinc dret de saber...

—Teniu dret de saber allò que jo cregui convenient, senyor —el va tallar Jaume. Ja se li havia pujat la mosca al nas.

—Us recordo que sóc el germà d'Alfons i el senyor d'aquestes terres —se li encarà Manuel.

Jaume es tombà cap a ell i li clavà els ulls. Durant bona part de la campanya, des que havien aplegat les forces, aquell idiota no feia altra cosa que voler destacar. Era el senyor d'aquelles terres i no parava de repetir a la primera oportunitat que se li presentava.

—I jo us recordo que heu perdut aquestes terres i que, fins que no entrem a Múrcia, no sou senyor de res —respongué Jaume, i afegí—: I també us recordo que el vostre germà, el bon rei Alfons, ha dit que la meva paraula és la seva. Tingueu-ho molt present —aixecà el dit índex.

Manuel es posà tens, redreçà l'esquena i marxà empipat. Jaume el mirà i negà amb lents moviments de cap. Allò no anava a l'hora. Ja havien discutit en diverses ocasions i aquell aprenent es pensava que era algú. Amb Alfons s'havia entès prou bé a Alcarràs, perquè tornava a ser el mateix que va trobar a Almirra: noble, assenyat, reflexiu i dialogant. Però el seu germà... «Ai, el seu germà!», va fer. Tenia proves més que sobreres que bona part del descontentament dels sarraïns d'aquelles terres eren per culpa seva, per no haver respectat la paraula d'un cavaller. I volia seguir sent el senyor d'uns vassalls que l'odiaven.

A mig matí va tornar Pere. El rei estava a la tenda. El dia era tranquil i les seves forces es mantenien quietes i a l'expectativa.

—Ha arribat un nou missatge de l'algutzir al-Mahnà —informà l'infant—. Diu que parlarà amb vós en presència de Manuel de Castella, de Jaume i de mi, però que només parlarà amb vós.

—Entesos —somrigué el rei—. Aquesta és la seva potestat.

A primera hora de la tarda un grup de sarraïns abandonà la ciutat i es dirigí al campament cristià, on Jaume, Manuel i els dos infants els esperaven a la porta d'una tenda.

L'algutzir era un home més aviat menut. Es mantenia dret i segur damunt del cavall i va descavalcar unes passes abans d'arribar. Llavors, amb moviments lents i mesurats, es va atansar fins al rei Jaume i li va dedicar una profunda reverència. A Manuel el va saludar només abaixant el cap, i el mateix va fer amb els fills del rei.

—Que la pau d'Al·là sigui amb vós —el saludà Jaume, i Manuel el mirà estranyat i confús, mentre l'infant Jaume traduïa a l'algaravia.

Al-Mahnà inclinà dues vegades el cap. La primera al rei i la segona a l'infant Jaume, acompanyada d'un somriure de gratitud.

—Que el Déu dels cristians us il·lumini i us concedeixi totes les seves benediccions —respongué amb una barreja de català i castellà que era prou entenedora.

Manuel va posar cara de babau. Com si s'haguessin capgirat tots els papers, el sarraí esmentava Déu i el rei cristià parlava d'Al·là.

Jaume entrà a la tenda, l'algutzir va fer esma de seguir-lo, però Manuel s'interposà i entrà abans que ell. Al-Mahnà somrigué divertit i també hi entrà. Després el seguiren els infants Pere i Jaume.

Un servent va portar un aiguamans i una gerra. L'algutzir va allargar les mans i va rebre l'aigua de la gerra. Llavors, lentament, es mullà els ulls, les galtes i el front. Després, també amb lentitud, prengué el drap que el servent duia penjat al braç i s'eixugà. Jaume li indicà una cadira i el sarraí esperà fins que el rei s'havia assegut. Llavors va fer esma de seure, però Manuel ho va fer de pressa, abans que ell. Al-Mahnà somrigué de nou, s'assegué i va veure amb satisfacció que els fills del rei esperaven fins que ell ho hagués fet. Hi ha qui té bones formes i qui no gaudeix de la qualitat que hauria d'atorgar la noblesa.

Llavors el rei preguntà per la seva salut i durant una llarga estona van estar conversant com si fes molt de temps que es coneixien. Cadascú va preguntar pels parents i la família de l'altre, sobre els amics, sobre les terres i un bon plec de detalls que a Manuel el van treure de polleguera. Finalment es va fer un silenci.

—Senyor —prengué la paraula al-Mahnà—, ja fa dies i dies que assetgeu la nostra ciutat i ja ha mort prou gent.

—Nosaltres no desitgem més enfrontaments, però hem de recuperar el que és nostre —digué el rei.

—En el passat hem conviscut en pau, però el nostre poble no tolera que ningú no faci honor a la paraula donada. Si ens atorgueu cartes en les quals us comprometeu a respectar els nostres costums, la nostra religió, les nostres lleis i les nostres possessions, us lliurarem la ciutat.

—No sóc el senyor d'aquestes terres i no sóc jo que haig de signar aquestes cartes —respongué Jaume. Bé havia d'oferir a Manuel algun honor.

—Llavors, quan el rei Alfons de Castella i de Lleó ens lliuri aquestes cartes, us obrirem les portes de la ciutat —digué l'algutzir, sense mirar Manuel.

—No cal esperar tant —intervingué Manuel, que ja portava força estona neguitós—. Avui mateix tindreu les cartes —digué amb un somriure arrogant.

Tanmateix, el sarraí va seguir mirant Jaume sense badar boca, tot esperant una resposta dels seus llavis.

El rei es va sentir incòmode. Era un moment certament delicat.

—Avui mateix tindreu aquestes cartes —repetí Jaume—. Manuel de Castella, germà del rei Alfons, us les signarà en nom del seu sobirà —afegí.

—Al·là és pacient i generós —respongué al-Mahnà—. Quan rebi les cartes del rei Alfons us lliuraré la ciutat —sentencià.

Manuel es va aixecar d'una embranzida, es mirà amb odi aquell sarraí. Per un instant Jaume va pensar que hauria d'intervenir-hi, perquè els ulls del germà del rei de Castella i de Lleó mostraven clarament la seva intenció de prendre l'espasa i matar aquell home que no havia deixat d'ofendre'l en tota l'estona. Tanmateix, s'hi repensà i abandonà la tenda.

Els soldats de guàrdia van observar que Manuel caminava amb grans passes i que mormolava paraules de ràbia. Allò passava de mida! Al-Mahnà l'havia ofès des del mateix instant d'arribar. No li havia dedicat la mateixa reverència que al rei Jaume, no li havia dirigit ni una mirada, no havia respost cap de les seves paraules i l'havia menyspreat.

Dintre de la tenda al-Mahnà seguia mirant Jaume i esperava una resposta. El rei reflexionava. L'ofensa havia estat molt greu, però també havia d'acceptar que Manuel l'havia ofès primer en no mantenir la seva paraula quan governava aquelles terres. I ara què?, es demanava. Si acceptava la condició de l'algutzir era tant com acceptar l'ofensa a Manuel; si, per contra, feia fora al-Mahnà, era tant com oblidar que el germà del rei de Castella i de Lleó havia ofès els sarraïns.

—Altres afers em reclamen al meu regne i no puc esperar tant de temps —digué, ben a poc a poc—. Teniu la meva paraula que Alfons signarà aquestes cartes, però la rendició ha de ser immediata. Us dono tres dies.

—D'aquí tres dies tindreu la nostra resposta —respongué al-Mahnà—. Puc confiar que durant aquests tres dies no atacareu?

—Teniu la meva paraula.

L'algutzir s'aixecà, els fills de Jaume també. Al-Mahnà saludà el rei amb una reverència, després dedicà una altra de més curta a Pere i, finalment, es dirigí a l'infant Jaume.

—No és freqüent trobar persones com vós. L'home que és capaç d'aprendre la llengua de qui no comparteix la seva història és un home que mereix tots els respectes, perquè l'home que escolta la poesia de qui no professa la mateixa fe i sent que el seu cor es mou és un home a qui el cel beneirà —s'inclinà llargament.

El rei acompanyà al-Mahnà fins a la porta de la tenda i l'acomiadà. Després entrà de nou.

—Manuel és un imbècil! —cridà.

—Ha sortit molt empipat —digué l'infant Jaume—. No seria convenient vigilar-lo?

—Tens raó —s'hi afegí Pere—. Prou que el coneixem i és ben capaç d'ordenar un assalt.

El rei assentí amb el cap i sortí esperitat.

Al tercer dia, quan el sol despuntava, va arribar un missatge d'al-Mahnà. Les portes de la ciutat s'obririen aquella mateixa tarda, perquè els sarraïns creien en la paraula del rei Jaume.

I les portes s'obrirem i Jaume hi va entrar i va prendre possessió de l'Alcàsser, mentre un grup de soldats de Manuel iniciaven un pillatge pels carrers de Múrcia.

—Atureu-los! —ordenà el rei.

—Vós no sou ningú per manar sobre els meus homes —protestà Manuel.

—Sóc la paraula del rei Alfons! —cridà Jaume—. I la paraula d'un rei és sagrada.

Aquell mateix vespre tots els soldats que havien participat al pillatge van ser detinguts i empresonats i totes les pertinences retornades als seus amos.

Dies després un grup de nobles i prelats van anar a veure el rei. Entre ells, Arnau de Gurb, Pere de Queralt, Ramon de Montcada, Jofre de Rocabertí i, al front de tots, Manuel de Castella.

—Els sarraïns disposen de deu mesquites i els nostres homes no poden resar enlloc —digué Manuel amb un somriure—. A això li dieu conquerir una ciutat?

Jaume va mirar els que l'acompanyaven. Manuel havia iniciat una batalla particular amb l'algutzir i allò acabaria malament si no aconseguia tallar-la. De manera que va cridar al-Mahnà.

—Necessitem un lloc per resar —li va dir.

—Podeu construir-lo on creieu més oportú —li contestà l'algutzir.

—El necessitem ara —se li encarà Manuel.

—I jo què puc fer-hi? —preguntà al-Mahnà.

—Vosaltres disposeu de deu mesquites —intervingué el bisbe de Barcelona.

—Totes estan consagrades a Al·là i Ell no permetria que us en donéssim una —respongué al-Mahnà. Sabia de bona font que la idea havia partit de Manuel i no estava disposat a cedir-li res.

«Déu meu!», pensà Jaume. Manuel sempre estava conspirant i buscant motius d'enfrontament. Però el pitjor de tot era que havia trobat una excusa prou bona per embolicar un bisbe i altres nobles. Allò s'havia d'acabar.

—La mesquita que hi ha aquí, a la vora, serà temple cristià —sentencià el rei.

—Senyor... —intentà protestar al-Mahnà.

—He dit que serà temple cristià. Una per a nosaltres i nou per a vosaltres. No us podeu queixar —i va donar per acabada la discussió.

Al-Mahnà li dedicà una reverència i se n'anà. Llavors, Manuel de Castella somrigué satisfet. En tota aquella campanya era el seu primer triomf. Minso, però triomf, a la fi.

Una setmana més tard els infants Pere i Jaume, amb Arnau de Gurb, Pere Ferrandes d'Híxar, Guillem de

Rocafull, Carroç, Pere de Queralt, Balasc d'Alagó i una bona colla de cavallers van tornar a veure el rei.

—Senyor, diuen que marxem —es va avançar l'infant Pere.

—Hem entrat a Múrcia, he signat un acord amb els sarraïns i ja no hi fem res —va respondre el rei.

—És un error, senyor —digué Balasc d'Alagó—. Quan nosaltres marxem, els sarraïns es revoltaran. Penseu que estan per tota la ciutat. No seria millor treure'ls d'aquí i que ocupin el barri de la Rexaca i l'horta?

—Molts d'ells tenen casa dins de la ciutat —respongué Jaume—. Han signat un acord i si nosaltres el respectem, ells el respectaran.

—I quina garantia teniu que uns infidels que s'han revoltat respectaran un pacte? —intervingué Arnau de Gurb.

—L'acord és prou garantia, perquè ells sempre els han respectat tots. Si més no, amb mi —s'enfadà Jaume —. No vull que ningú posi en dubte la paraula dels sarraïns.

Ningú no es va atrevir a replicar i de mica en mica es van retirar, però l'infant Jaume s'hi quedà.

—I quina garantia teniu que Manuel complirà la seva paraula? —preguntà quan ja eren sols.

El rei s'aixecà i afirmà amb el cap. En tot acord i en tot pacte, sempre hi ha dues parts. El seu fill tenia raó.

Aquell vespre va sopar en companyia de Berenguera.

—Quan marxem? —li va demanar ella.

—Sembla que les notícies volen —digué ell.

—Això és el que es comenta pertot arreu. Diuen que has decidit tornar a casa.

—Tard o d'hora haurem de tornar, però el meu fill Jaume té raó. Qui em garanteix que Manuel complirà la seva paraula?

—I què pots fer?

—Encara no ho sé.

L'endemà Manuel va entrar a la sala del tron esverat. Venia encès i ple de ràbia.

—Em vau dir que quan conqueríssim Múrcia em lliuraríeu aquestes terres i ara sento dir que no voleu marxar —gairebé cridà.

Jaume el mirà. Manuel havia dit «quan conqueríssim» i ell... què havia conquerit? Res. Absolutament res. Al contrari: no havia fet altra cosa que perdre un regne i posar entrebancs a la reconquesta.

El rei negà amb el cap.

—Us equivoqueu —respongué—. Us vaig dir que mentre no entréssim a Múrcia no éreu senyor de res, però mai no vaig dir que us lliuraria aquestes terres.

—Llavors traïu la paraula donada al meu germà Alfons, perquè preteneu quedar-vos amb un regne que és meu —sentencià Manuel.

—Us torneu a equivocar, com sempre —replicà Jaume—. Vaig donar la meva paraula de lliurar aquestes terres al seu amo, que és el rei Alfons. No pas vós. De manera que fins que no arribin les seves cartes no abandonaré Múrcia. Ell ja decidirà, després, si vós heu de continuar sent el seu senyor.

Manuel va posar uns ulls com taronges, però no va dir res. Es tombà decidit i abandonà la sala amb tota la dignitat que va ser capaç de recollir després de rebre una nova ofensa.

Deu mil homes van ser les forces que van arribar amb Alfons Garcia, juntament amb les cartes del rei de Castella i de Lleó. Llavors, Jaume va donar l'ordre de tornar a casa, perquè ara sí que tenia prou garanties.

Deixava un regne en pau i marxava satisfet, tot i que hi havia un detall que ni li feia el pes. Des que va començar aquella lluita havia desitjat trobar-se amb al-Azraq, però el sarraí no s'havia presentat per terres de Múrcia en cap moment. Llàstima!

10.- EL CONSELL DE CENT

Era primera hora del matí. La donzella va entrar a l'habitació de Joana de Mediona per despertar la seva senyora. Va descórrer les cortines, va prendre la bata i es va esperar davant del llit. La llum del sol inundà l'estança i Joana va obrir els ulls lentament per contemplar com la silueta de la noia es retallava davant la claror que entrava per la finestra.

—Senyora, ha vingut una donzella de palau —anuncià la serventa—. Diu que vol parlar amb vós.

Joana s'estirà mandrosa, tancà de nou els ulls i romangué una estona mig adormida. Després, lentament, es llevà, deixà que la noia la vestís amb la bata i s'assegué davant del mirall. La donzella va prendre el raspall del cabell, però ella l'aturà.

—Fes-la passar —ordenà.

La serventa va sortir i ella es contemplà al mirall. El seu rostre li mostrava massa arrugues. «Maleïts anys! No hi ha manera d'aturar-los», mormolà. El seu marit dormia a l'altre extrem de la casa, ben lluny. Feia temps i temps que no la visitava. De fet gairebé ni parlaven i ella ja havia deixat d'omplir la seva soledat amb la companyia de joves cavallers. Una dona, a mesura que envelleix, es va diluint i acaba per ser invisible als ulls dels homes. I ella ja havia començat a diluir-se, malgrat que no estava disposada a acceptar-ho fàcilment. Tanmateix, cada dia era més difícil recuperar la frescor de la pell, dissimular les bosses sota els ulls i tapar els vestigis del pas del temps, aquelles línies que la vida va dibuixant amb traç ferm i implacable.

La porta s'obrí i va aparèixer la serventa que va entrar seguida de la donzella que Joana coneixia prou bé. Era la dona de confiança de la reina Teresa. La serventa va tornar a prendre el raspall.

—Deixa'ns soles —digué Joana, li prengué el raspall de les mans i el passà a la dona que acabava d'arribar.

Llavors va posar el cap ben dret i va esperar que la donzella sortís i que aquella dona comencés a raspallar-li el cabell. Teresa, des que el rei havia trobat la solució per no haver de cedir a les seves peticions i no atorgar cap regne als seus fills, ja no dedicava la mateixa devoció a Joana ni escoltava els seus consells. Gairebé ni la rebia a palau. Per això Joana havia decidit buscar altres vies d'informació i aquella dona amb unes quantes monedes xerrava i xerrava sense parar.

—A què es deu la teva visita? —preguntà quan ja eren soles.

—Volia parlar amb vós.

—Tan d'hora?

—Crec que és important.

—Important?

—Sí, senyora —somrigué la dona, i seguí raspallant els cabells.

Joana també somrigué. Havia entès perfectament què significava important i va obrir una capça i va deixar damunt de la tauleta dues monedes de plata. La dona es mirà les dues monedes, però no les va tocar.

—Molt important —va dir, senzillament.

Joana somrigué de nou, obrí un altre cop la capça i afegí dues monedes més.

—Moltíssim —féu la dona, amb uns ulls com a taronges.

Joana escapçà el seu somrís, es tombà i la va mirar directament als ulls.

—Ahir al vespre vaig trucar a la porta de la cambra de la reina i em va semblar escoltar que em donava permís per entrar-hi —explicà la dona—. Vaig empènyer la porta i ella estava dreta i despullada. Ella es va espantar i es cobrí de seguida —es va quedar en silenci.

—I...? —preguntà Joana, però la dona mirava la capsa de les monedes. Llavors, la va buidar damunt la tauleta i van aparèixer tres més de plata i dues d'or.

La dona va allargar la mà per prendre-les, però Joana va retenir aquella urpa que queia damunt dels diners tot agafant-la pel canell.

—Vaig poder veure que té tot el cos ple de nafres — va dir la dona, sense apartar la mirada de les monedes —. L'esquena, els pits i la panxa. No vull tornar, perquè, encara que no vaig poder veure res més, estic segura que és un mal molt lleig.

Joana deixà anar les mans de la dona amb una rapidesa esparveradora, s'aixecà, es retirà un parell de passes i les monedes van desaparèixer del damunt de la taula.

—N'estàs segura? —preguntà esgarrifada.

—Sí, senyora. És per això que no vol que la vesteixi.

—Quan surtis, fes venir la meva donzella —ordenà Joana, i senyalà la porta.

La dona es retirà i Joana es mirà les mans i va córrer per rentar-se-les. Després es va treure la bata i la camisola i va examinar el seu cos buscant algun signe, perquè de sobte el cos li havia començat a picar de valent.

La donzella va entrar i la va veure despullada. La noia es va estranyar i va fer esma de prendre de nou el raspall.

—No el toquis! —féu Joana, esgarrifada—. Prepara'm la roba i vesteix-me.

Quan ja va estar vestida, abandonà l'habitació i es passejà neguitosa pels passadissos de la casa. Teresa ja no volia res amb ella, però potser una altra persona apreciaria els seus serveis.

—Prepareu-me el carruatge —ordenà a un servent.

Poc després baixava les escales i es dirigia al pati, on l'esperava el servent amb la porta del carruatge oberta i l'escambell ben disposat per a què ella hi pugés.

—A casa de Berenguera Alfonso —digué al conductor.

*** ***

El cardenal Lerons va entrar al despatx de l'Apostòlic. L'havia sorprès el to del sacerdot que l'havia anat a buscar amb l'ordre de conduir-lo fins allà. I no li havia agradat. Mals temps corrien. Mals temps per a ell. Seguia ocupant un lloc rellevant, però les seves atribucions havien anat minvant lentament, com sempre passa amb les coses de Déu quan el seu màxim representant comença a prendre decisions.

Només entrar-hi, l'Apostòlic el mirà i li indicà que s'atansés.

—Dèieu que el rei Jaume no toca Teresa perquè gaudeix d'una altra amant —va fer Climent IV. Es quedà callat un instant, mentre Lerons feia un posat de no entendre aquella frase. Llavors, l'Apostòlic prengué un document de damunt de la taula i l'hi allargà—. Teresa Gil de Vidaura pateix de lepra. Així consta en aquesta carta que m'ha enviat, a petició meva, el metge de la cort de Barcelona.

El cardenal va prendre la carta i la llegí. En acabar, mirà l'Apostòlic.

—Diu que la seva pell té unes estranyes taques i nafres, però no diu que sigui lepra —va fer.

—Com definiríeu vós una malaltia que produeix escates i que fa saltar la pell? No és, tal com diu el procurador del rei Jaume, l'inici de la lepra?

—Aquí també diu que ningú de palau no ha estat contagiat. Potser es tracta d'una altra malaltia —apuntà Lerons.

—Que repugna i que impedeix que ningú no la toqui —afirmà Climent amb lents cops de cap—. Fins i tot ella mateixa no permet que la vesteixin —somrigué—. No és això una prova de la sinceritat del rei Jaume quan demana l'anul·lació del seu compromís?

El cardenal es tornà a mirar la carta. Fos lepra o qualsevulla altra malaltia, havia perdut la partida. L'Apostòlic concediria a Jaume l'anul·lació del seu compromís i ell perdia la poca força que li quedava.

El dia que Teresa va deixar definitivament el palau per dirigir-se al convent de Zaïdia, a València, ningú no la va acomiadar. La seva fidel amiga i confident, Joana de Mediona, estava massa ocupada ajudant Berenguera Alfonso en el seu trasllat a palau. A reina caiguda, reina nova. Aquesta és la llei de la cort.

*** ***

La notícia va arribar un matí a Barcelona, mentre el rei Jaume es desplaçava de Montpeller a Perpinyà, i la va rebre l'infant Pere, que encara va trigar una bona estona a parlar amb la seva esposa Constança. No sabia com encetar la conversa i tenia por, perquè la infanta aviat pariria. Tanmateix, finalment va decidir que no hi havia més remei, perquè tard o d'hora algú la posaria al corrent de la desgràcia. De manera que es dirigí cap a les habitacions d'ella.

—Deixeu-nos sols —ordenà a les donzelles, i quan passaven pel seu costat, en veu baixa, afegí—: No marxeu gaire lluny.

Poc després les tornava a cridar. La reina necessitava de la seva companyia. I les donzelles van trobar Constança feta un mar de llàgrimes.

Per més que vulguis triar les paraules més dolces, la mort d'un pare sempre serà un daltabaix. I més encara si ha estat una mort sobtada, perquè Manfred de Sicília havia acabat el seus dies a mans dels assassins i tot apuntava que els havia enviat Carles d'Anjou. Aquesta era la conclusió que havia tret l'ambaixador del regne d'Aragó i de Catalunya a Sicília. I ara Carles d'Anjou, fill de Lluís VIII de França i germà de Lluís IX, després d'haver iniciat la seva expansió cap a Itàlia, després d'haver esdevingut senyor de Ventimiglia, després d'haver-se fet amb una part del Piemont meridional, rebia de mans de l'Apostòlic la investidura com a rei de Sicília amb el nom de Carles I de Nàpols.

El rei arribaria en un parell de setmanes. «Podré esperar tant?», es demanà Pere amb ràbia. No. Millor enviava un missatger.

Era un dia plujós quan el rei Jaume va rebre a Perpinyà una estranya carta procedent d'un encara més estrany país anomenat Mongòlia. Ni tan sols havia sentit a parlar d'aquell lloc perdut enmig de l'Àsia. La va obrir amb sorpresa i interès.

En ella el Khublai Khan, rei dels mongols, li deia que havia seguit amb molta atenció i interès totes les campanyes i totes les conquestes d'un home que ja era llegenda a la seva terra, perquè el seu prestigi havia viatjat amb els mercaders i havia traspassat les fronteres més allunyades. Tothom esmentava les seves gestes i la seva generositat. Fins i tot els nens jugaven a ser el Conqueridor. Per aquesta raó li volia enviar els seus ambaixadors, per proposar-li una aventura digna del seu nom i del seu prestigi.

—Us adoneu del que significa aquesta carta? —va dir a Guillem Bernat, que tornava a ser el seu fidel conseller.

—Que el vostre nom ha creuat terres cristianes i s'ha endinsat més enllà de la nostra fe —respongué el d'Entença.

Jaume es va dirigir cap a la finestra i contemplà les fines gotes que queien. El seu orgull, després de llegir aquelles línies, se sentia pagat. El seu nom s'estenia més enllà de la pluja, del mar i de la terra. Fins on haurien sentit a parlar d'ell?, es demanava.

—No és meravellós? —va dir eufòric amb els ulls clavats a la llunyania.

—Suposo que sí, senyor —respongué Guillem Bernat, i féu un gest d'admiració—. No conec aquesta gent, però, si més no, es més que sorprenent.

—Quina pot ser l'empresa que em vol proposar? Diu que serà digna del meu nom —es tombà cap al conseller—. Hem de contestar aquesta carta i dir-li que gustosament rebré els seus ambaixadors. No. Millor enviem nosaltres un ambaixador —rigué—. Li hem de demostrar que sabem fer bé les coses. No creieu?

—És una gran idea, senyor.

Durant tot el dia l'humor del rei Jaume va ser d'allò més alegre. Múrcia havia estat molt més que una conquesta. L'havia conquerida dues vegades i no l'havia perduda cap. Era dues vegades conqueridor.

Tanmateix, l'endemà al matí tota la seva alegria s'enterbolí, tot just quan va arribar la carta de Pere. La mort de Manfred l'entristí. El rei de Sicília va ser un gran home i ambdós monarques sentien respecte l'un per l'altre. I al dolor de la seva pèrdua se li sumà el neguit de l'ascensió de Carles d'Anjou al tron d'aquella illa, que canviava el panorama que ell tan delicadament havia anat dibuixant. Un nou francès, germà del rei Lluís, li robava un futur que ell havia somiat per al seu fill Pere.

Aquella mateixa tarda, per si encara no n'hi havia prou, va rebre la tercera carta. Ferrís de Liçana, després de la treva concedida pel rei fins que no tornés de Múrcia, havia decidit desafiar-lo i es negava a reconèixer la seva autoritat.

—Maleït! —va fer Jaume, esparracant el document—. Però no ha quedat clar que jo tenia raó? Els bisbes d'Osca i de Saragossa me l'han atorgada i els Usatges em permeten demanar homes sempre que lluiti fora de les fronteres, siguin quines siguin les circumstàncies.

—Era de preveure, senyor —li contestà Guillem Bernat—. Ferrís de Liçana no està gens d'acord amb que el vostre fill Pere sigui el rei d'Aragó i menys encara amb que hagueu regalat Múrcia al rei Alfons.

—Aquest cop pagarà molt cara la seva gosadia —exclamà, i sortí per donar ordres. Havien de marxar immediatament.

Lleida li va proporcionar soldats i dos fonèvols, mentre que a Montsó se li aplegaven homes de Tamarit. Des d'allà va marxar cap a Liçana on va establir el setge. Ferrís havia deixat un nebot seu al capdavant dels defensors, que havien pres terres del rei i havien mort senyors i camperols.

L'humor de Jaume era agre. Sempre hi havia algun noble que se li oposava i que fins i tot el desafiava. A ell! Al Conqueridor! A l'home que era reconegut arreu del món! «Ningú no és profeta a la seva terra», recordava haver escoltat.

—Entesos! —va fer camí de Liçana—. No sóc profeta, però sí conqueridor.

Quan van plantar el campament davant de les muralles de Liçana es va adonar que el setge no seria senzill, perquè els de dins estaven prou preparats. L'esperaven i havien disposat una brigola, el giny de guerra que llença projectils de tota mena, la màquina que consisteix en una llarga perxa, a un extrem de la qual hi ha una fona i a l'altre extrem una caixa plena de pedres que serveix de contrapès.

Durant sis dies els fonèvols i la brigola bescanviaren projectils. I mai millor dit, perquè les pedres, tal com entraven tornaven a sortir. Allò era absurd, pensà el rei. S'hi podien estar anys i panys. De manera que un matí es dirigí cap a un dels fonèvols.

—No apunteu a les muralles —digué—. Carregueu una pedra i dirigiu-la cap a la brigola. És allà on hem d'encertar.

Tres nous intents i la tercera pedra s'estavellà a la perxa de la brigola. La següent va encertar la fona i els defensors van veure amb sorpresa i espant com la fusta cedia i el giny quedava inutilitzat.

—Ara ja podeu seguir disparant contra la muralla —digué Jaume, i es retirà cap a la seva tenda.

Llavors totes les pedres es dirigiren al mateix punt. A partir d'aquí els murs reberen dia rere dia l'impacte dels projectils que els enderrocaven.

Finalment, una tarda, Jaume va rebre un missatge. Els de dins volien rendir-se i li comunicaven les seves condicions.

—No hi haurà condicions! —va fer amb ràbia, i esparracà la carta que el missatger li havia dut, de la mateixa manera que havia fet amb la de Ferrís de Liçana.

Durant tres dies més els fonèvols van seguir castigant les muralles, mentre Jaume mirava amb odi el castell i pensava en els homes morts per aquells traïdors que no acceptaven la decisió del bisbe d'Osca i del bisbe de Saragossa. Però sobretot pensava en Manfred, el seu consogre mort també per una traïció, i el seu cap s'enterbolia amb negres pensaments. Estava fart de lluitar dintre de les seves pròpies fronteres.

El tercer dia el castell es rendí sense condicions. Jaume hi entrà i ordenà penjar de les muralles a tots els principals.

Aquella nit set cossos es balancejaven inerts i el silenci era absolut.

—Senyor, mai no havíeu penjat a qui es rendia —li va dir Guillem Bernat, que va arribar dos dies després, quan ja tot estava fet, quan els culpables havien estat castigats sense ni tan sols un judici.

—Doncs, a partir d'ara, qui gosi desafiar el rei rebrà aquest càstig —li contestà Jaume, i va fer esma de marxar.

—M'heu d'escoltar —l'aturà Guillem Bernat agafant-lo pel braç.

—Com goses? —el mirà el rei, primer la seva mà i després als ulls.

—Goso amb el vostre permís, senyor —replicà el conseller, deixant anar el braç del rei—. Aquesta és la llicència que em vau atorgar després de conquerir Múrcia i tornar a Barcelona. Em vau dir que si algun dia no escoltàveu els meus consells, podia aturar-vos i obligar-vos a obrir les orelles. O també ho heu oblidat?

Jaume es quedà en silenci. Ja va cometre l'error de tancar les orelles a un home que li havia demostrat en prou ocasions la seva lleialtat. I Guillem Bernat, com sempre, tenia raó. Ell mai no havia castigat a qui s'havia rendit, però el dolor per la pèrdua de Manfred i la ràbia pel desafiament de Ferrís havien pogut més que el bon seny.

—Què creus que hauria de fer, ara? —preguntà.

—Si Ferrís de Liçana demana el vostre perdó, l'heu de perdonar —digué Guillem Bernat—. Aquesta ha estat sempre la vostra política i és part de la vostra imatge. No la malmeteu.

—Entesos, però només tindrà una oportunitat. Envieu-li un missatge. Si segueix desafiant el rei, morirà —sentencià Jaume—. Estic fart de tants nobles que alcen les veus. Fins i tot estic fart de tantes veus. Sabeu que he pensat fer? Quan torni a Barcelona reduiré el consell a cent ciutadans. Amb cent ja tinc prou veus per escoltar.

Ferrís de Liçana va rebre el missatge i va enviar una carta al rei. Reconeixia el seu error i li demanava perdó. Guillem Bernat va respirà fondo. Tanmateix, era conscient que Jaume havia canviat i que a partir d'ara tot podia anar força diferent, perquè el rei va complir la seva promesa i va néixer el Consell de Cent. Com deia Jaume ja n'hi havia prou amb cent veus per prendre decisions.

*** ***

Barcelona va rebre el rei amb entusiasme. Ja era avi d'un noi fort i sa que Constança havia donat a l'infant Pere. Havia rebut la notícia mentre passava per Lleida i no s'hi havia aturat ni un instant, sinó que ordenà forçar la marxa per arribar el més aviat possible.

Ara tenia aquell nen als braços i el mirava cofoi i orgullós, mentre li feia ganyotes i els presents el contemplaven divertits i embadalits. Aquelles galtes rodones, aquelles mans petites que tancaven els punys i aquells ulls escorcolladors que ho abastaven tot li tenien el cor robat.

—Alfons —va pronunciar el nom que Pere havia triat per al nounat—. Per fi sóc avi —va fer.

—Ja eres avi abans —li digué Berenguera, que ara vivia a palau—. Violant t'ha fet avi tants cops que posseeixes aquest títol amb tots els honors.

—Tanmateix, aquest és el primer mascle de debò —respongué Jaume, i agafà la petita mà del nen mentre l'estrenyia amb delicadesa—. Heu vist quina força que té? —es dirigí a tots els presents.

—Us haig de recordar que Ferran i Sanç, fills de Violant, també són mascles —replicà Constança.

—Però són fills d'una filla meva i aquest és fill d'un fill meu —somrigué el rei.

—Perdoneu que us ho digui, senyor, però podeu estar ben segur d'on surt un fill, perquè el podeu veure sortir, però mai podreu jurar com hi va entrar —digué Constança, força empipada pel comentari del rei, s'avançà, li prengué la criatura dels braços i abandonà la sala.

—Evidentment la delicadesa no és patrimoni dels homes —digué Berenguera, i sortí darrere de la infanta, també digna i empipada.

El rei es va quedar clavat i, quan va reaccionar, mirà el seu fill Pere interrogant.

—Us juro que Alfons és meu —va fer l'infant, força astorat.

El rei esclafí de riure i tots els presents el van corejar fins que les llàgrimes li saltaren dels ulls.

—Això ho pagaré car —digué Jaume—. I tal com ha sortit Berenguera, em sembla que aquesta mateixa nit, perquè poca cosa trauré d'ella —agafà Pere per les espatlles i rigué de nou—. Fill, les dones tenen la pell molt fina. No les fereixis mai, ni amb el pètal d'una rosa.

11.- LA TEMPESTA

Dempeus, damunt la coberta del vaixell, Jaume contemplava com anaven desapareixent les costes de Menorca. Havien passat uns mesos ben llargs des que va rebre els ambaixadors del Khublai Khan a Toledo, on hi havia anat per assistir al nomenament del seu fill Sanç com bisbe d'aquella ciutat, honor que l'Apostòlic li havia concedit i que el rei Alfons havia recolzat amb alegria. Des de la conquesta de Múrcia, les relacions entre els dos regnes eren d'allò més bones i hi va romandre durant uns dies.

Allà, a Toledo, havia rebut Jaume d'Alaric, l'ambaixador que havia enviat a Mongòlia i que tornava amb dos nobles enviats pel Khublai Khan, que havien arribat amb regals i una proposta. Si el rei Jaume acceptava, el Khan li oferia forces que s'aplegarien a les seves per conquerir Jerusalem, li van comunicar. Això havia representat una gran sorpresa, però els ambaixadors de Mongòlia li van explicar que era un present que el seu senyor volia oferir al més gran dels monarques del món.

—Aquesta proposta del Khublai Khan és un gran honor. Es tracta d'una empresa com no n'hi ha altra per a un cristià —havia comentat el rei Alfons, una tarda que eren sols—. Tot i així, no ho veig clar. Quin interès pot tenir un mongol, que no és cristià, per oferir-te aquest regal?

—Ja ho has llegit. És un homenatge a la meva persona i al meu prestigi —havia respost Jaume.

—Són gent estranya, aquests mongols —havia bellugat Alfons el cap a un cantó i a l'altre—. I si, en arribar a Acre, et traeix?

—Quin interès pot tenir en trair-me? —s'estranyà Jaume—. Si Déu ha disposat que conquereixi aquelles terres i que lliuri el Sant Sepulcre de mans dels sarraïns, jo no m'hi puc negar. A més, tinc altres fills que no disposen de terres i aquesta seria una bona manera de proporcionar-los una herència que vaig prometre a les seves mares. Pere Ferrandes d'Híxar ja fa dies que em serveix amb fidelitat i s'ho mereix. I no puc oblidar que Ferran Sanxís està dolgut perquè s'imaginava que podia ser el rei de Múrcia. També l'haig de compensar.

L'endemà els ambaixadors van sortir camí de Mongòlia. Jaume acceptava la proposició del Khublai Khan i encetaria els preparatius per l'expedició a Terra Santa.

Havien transcorregut uns mesos farcits de feina, però Jaume, finalment, ja era damunt del vaixell i, al seu costat, s'estava Gonçalvo Perero, mestre de l'ordre de l'Hospital, que havia demanat al rei de Castella i de Lleó permís per acompanyar-lo en la conquesta de Jerusalem. Alfons no tan sols havia acceptat, sinó que hi afegí cinc mil morabatins d'or i cent cavalls que serien muntats pels cent cavallers que acompanyarien Gonçalvo Perero. Era la seva contribució a l'empresa i una manera d'agrair a Jaume un favor que, deia, mai no podia pagar prou bé. Castella i Lleó li devien molt.

El rei va desviar la mirada de les costes que ja eren una línia a l'horitzó i passejà els ulls per les veles dels vaixells que l'acompanyaven. Tothom havia contribuït a una empresa que ja era famosa abans de començar. No hi havia ningú que dubtés que ell conqueriria Jerusalem i, de ben segur, els sarraïns ja tremolaven.

Sí, meditava, mesos i mesos de preparatius i ja era a la mar, com quan va marxar per conquerir Mallorca. Només que ara el viatge seria més llarg i més complicat. Anava molt més lluny, a una terra desconeguda i era conscient que les dificultats es multiplicarien. A Barcelona havia deixat Berenguera feta un mar de llàgrimes. Per primer cop no l'acompanyaria, perquè era massa arriscat i massa perillós per a una dona.

Llargs mesos per encetar aquella aventura. Llargs mesos que no havien estat buits, però ara els problemes quedaven en terra i havia de mirar cap a l'altre costat de les aigües. Quan tornés, ja acabaria allò que mai no tenia final. Pensava Jaume en l'Urgell, l'eterna espina perpètuament clavada al seu cor. El cardenal Palestrina havia declarat bo el matrimoni d'Àlvar d'Urgell amb Constança de Montcada i el molt babau s'havia rebel·lat. Un nou enfrontament que Jaume havia guanyat per la força de les armes i que havia obligat Àlvar a refugiar-se a Foix, on havia mort feia poc. El dia que va rebre la notícia de la seva mort Jaume va pensar que tot s'havia acabat, que aquella angoixa que arrossegava des del temps d'Aurembiaix havia tocat la seva fi, però no comptava amb un nou entrebanc. Aquell comte havia tingut quatre fills, però per desgràcia la seva legítima esposa Constança només li havia donat una filla, Elionor, mentre que el seu gran amor Cecília, li havia donat dos fills, Àlvar i Ermegol, i una filla, Cecília. I ara Guerau, el germà d'Àlvar al·legava que els dos fills eren bastards i reclamava el comtat, mentre els de Montcada cridaven com folls que Constança era l'esposa legítima i el de Foix recolzava els fills il·legítims. Un bon embolic que havia significat una nova revolta i el rei Jaume havia hagut d'ocupar els castells d'Àger i de Farfanya fins que Guerau no havia tingut més remei que renunciar al comtat, perquè no disposava dels dos-cents cinquanta mil sous que el seu germà havia deixat a deure amb totes les seves absurdes decisions i les seves lluites, com tampoc no tenia prou homes per defensar Castellbó. Ara tot quedava ajornat fins al reu retorn.

No obstant això, marxava tranquil. Havia deixat l'infant Pere al front del regne, de la mateixa manera que l'altre fill seu, Jaume, havia començat a fer-se càrrec del govern de Ses Illes. No volia tornar a cometre el mateix error que amb el seu fill Alfons, a qui gairebé no va permetre governar. Ambdós, Pere i Jaume, havien demostrat a Múrcia que eren fidels i assenyats.

En aquells dies també havia nascut el segon fill de Pere i Constança. Jaume li havien posat per nom. Un nou Jaume, medità mentre observava els núvols que apareixien per l'horitzó. Núvols carregats i espessos. Tanmateix, no li feien por. En una altra ocasió, durant el seu primer viatge a Mallorca, ja va patir una tempesta i Déu el va ajudar. Per tant, amb una empresa com la que duia, l'Altíssim encara li havia de fer més costat.

Seixanta anys tenia el rei, dels quals s'havia passat gairebé cinquanta lluitant. Primer a casa, després fora i, finalment, dins i fora. Ara ho faria ben lluny, a l'altre costat de les aigües. Gairebé cinquanta anys de lluita que li havien proporcionat un prestigi que cap altre rei havia assolit. Podia sentir-se orgullós, malgrat que també se sentia cansat. Catorze fills, dues esposes... No! Tres hauria de dir, perquè per obtenir el divorci de la tercera va haver de signar que els fills haguts amb Teresa eren fills del rei i entraven dins de la línia de successió. Això legitimava Teresa i tres seria més just. I moltes amants i moltes aventures, de les quals s'havia confessat, de la mateixa manera que va confessar el seu pecat amb Berenguera Alfonso quan va iniciar la campanya de Múrcia. Volia estar en pau amb Déu. No és bo presentar-se davant l'Altíssim amb comptes pendents.

Què faria amb Berenguera? La convertiria en la nova reina? Una nova reina possiblement representaria una nova font de problemes. I dubtava. A ell ja li anava bé la situació, tal com estava, però les dones... «Ai, les dones! Sense elles la vida és difícil i amb elles encara més», somrigué divertit. Tanmateix, no es podia queixar. Les havia tastades de tota mena i totes es plegaven al seu desig i totes volien pujar-se al seu llit.

Els vaixells portaven bona marxa. Ferran Sanxís comandava una de les naus. Amb ell havia tingut força problemes. La seva mare Blanca d'Antillon, a qui no havia tornat a veure mai més, l'havia alliçonat tot dient-li que ell, després de la mort de l'infant Alfons, era el segon fill del rei, per davant de l'infant Jaume, i que havia de tenir un regne, perquè si els bastards de Teresa entraven dins de la línia de successió ell hi tenia tant o més dret. Per això, quan els nobles d'Aragó exigiren que Castella i Lleó pagués els seus serveis amb el regne de Múrcia, ell s'hi havia afegit i no va voler participar de la conquesta, sinó que s'enfrontà al seu pare al costat de Guillem Bernat i de Ferrís de Liçana. Va ser un bon daltabaix haver de guanyar al camp de batalla el respecte que no havia aconseguit amb paraules. No obstant això, potser Ferran Sanxís tenia raó i ell no havia estat un bon pare. Per tant, ara, Jerusalem seria per a ell i així Jaume corregiria un altre error.

«I a Pere Ferrandes d'Híxar, el fill hagut amb Berenguera Ferrandes, què li tocaria?», meditava. Aquell fill gairebé mereixia Jerusalem més que no pas Ferran Sanxís, perquè li havia estat fidel en tot moment i l'havia acompanyat en totes les conquestes des que va ser nomenat almirall per a la defensa de les costes del regne. Alguna cosa havia de pensar per a ell i alguna cosa trobaria en aquelles terres en mans dels sarraïns. Deien que aquelles terres eren grans i extenses i bé podria formar dos regnes. Així dominaria un costat i l'altre del Mediterrani i els seus descendents regnarien sobre les aigües, mentre els mercaders podien viatjar i comerciar per totes les costes. Llàstima que Sicília fos en mans de Carles d'Anjou. Un altre problema que hauria volgut solucionar, però havia de pensar en els altres fills, en Isabel, casada amb Felip, el fill del rei de França. No podia enfrontar germans contra germans ni cosins contra cosins.

De mica en mica el vent començà a bufar amb força, els núvols que havien aparegut a l'horitzó s'espessiren encara més i les veles s'inflaren, mentre les aigües s'esvalotaven. Era el Xaloc que pujava del sud-est i que els obligà a canviar el rumb.

Arribada la nit, el vent seguia bufant encara amb més força i les naus havien de fer mans i mànigues per mantenir-se aplegades, perquè les ones s'aixecaven embravides i picaven amb força a estribord.

—Ja millorarà —feia el rei, cada cop que el patró del vaixell se li atansava i li comentava que la tempesta començava a ser massa forta i que temia per la seguretat de la nau.

Dos dies després, avançaven lentament. El rei es mantenia dret al pont per donar moral als seus homes, però el vent mudà a una forta garbinada.

Jaume contemplava amb creixent preocupació el cel gris i les ones que cada cop s'alçaven més amunt i ja saltaven per damunt de la coberta, obligant els mariners a lligar la càrrega. La gent estava inquieta i els animals també. De sobte, la nau dels cavallers templers va fer senyals.

—Què diuen? —preguntà al patró.

—Han trencat el timó, senyor —respongué l'home.

—Que el canviïn —digué Jaume.

—És el segon que trenquen, senyor. Demanen que els deixem el que nosaltres portem de més —comunicà el patró.

Jaume, completament moll, es fregà la cara per eixugar-se l'aigua i contemplà el cel. «Déu, ajuda'ns!», exclamà al seu interior. Hi havia moments que la visibilitat era tan minsa que semblava que estaven sols.

—No ens podem desprendre del timó —digué al patró—. Hauran de tornar a terra ferma.

L'endemà el vent mudà de nou, només que ara ja no tenia un sentit definit, sinó que canviava d'un punt a l'altre sense ordre ni concert i obligava les naus a canviar contínuament de rumb per buscar la direcció més adient i seguir endavant en una interminable zigazaga que els impedia d'avançar cap a l'est.

Aquella tarda el vaixell d'Arnau de Gurb, el bisbe de Barcelona, aprofitant un instant de calma, també va fer senyals. Allò era un infern. Feia hores que havien perdut de vista la nau de Ferran Sanxís. I poc després Pere Ferrandes d'Híxar també va ser senyals. Havien trencat una vela.

—Senyor, no podem lluitar contra la voluntat de Déu —li va dir Gonçalvo Perero.

—No és contra la seva voluntat que lluitem, sinó contra el mar —respongué Jaume.

—Portem dies i dies i gairebé no hem avançat res. Anem perduts, perquè el cel no ens deixa contemplar les estrelles —digué el patró de la nau—. Crec que fóra més assenyat tornar.

Jaume es va quedar pensarós. Déu no podia fer-li allò. Però els dies passaven i res no canviava. De manera que envià missatges a les altres naus i rebé sempre la mateixa resposta. Seguir no tenia ni cap ni peus, era una bogeria.

Finalment, el rei ordenà canviar el rumb i enfilar de nou cap a casa. Els vaixells no havien pogut mantenir la formació i no sabien on eren ni Ferran Sanxís ni Pere Ferrandes d'Híxar, entre altres.

—Déu ens ha abandonat —va fer amb tristor, i es va tancar a la cabina.

*** ***

Guy Lerons somrigué satisfet. La notícia era d'allò més bona. Com explicaria l'Apostòlic que Jaume no hagués pogut arribar a Terra Santa? Com explicaria un fet tan estrany com una tempesta que persegueix el vaixell d'un rei durant dies i dies? Ni tan sols havia pogut avançar, perquè una immensa cortina, un mur impenetrable d'aigua, li barrava el pas. Tal vegada la mateixa aigua que va impedir que els egipcis atrapessin Moisès al mar Roig. «És una bona comparança», pensà satisfet.

I la seva satisfacció augmentà quan va parlar amb dos cardenals més. Ells també estaven segurs que havia estat la mà de Déu que havia impedit que un home de tan dubtosa moralitat com el rei Jaume pogués posar els peus a Terra Santa. Hauria estat un sacrilegi. I la prova era que només havia permès que els seus fills il·legítims Pere Ferrandes d'Híxar i Ferran Sanxís toquessin les costes d'Acre, per tan sols gratar-les, perquè les seves naus havien arribat tan malmeses i amb tants pocs homes que res no hi van poder fer. No era això un senyal prou clar de la voluntat de l'Altíssim?

S'aixecà de la cadira, prengué la carta que acabava d'arribar de Barcelona i es dirigí al despatx de Climent IV.

En arribar a la porta va haver de fer un esforç per amagar el seu somriure i adoptar un posat de circumstàncies. La pèrdua havia de ser trista, perquè el Sant Sepulcre seguia en mans dels infidels. Un gran desastre per al Conqueridor i un gran triomf per a ell.

*** ***

Els mesos van anar passant i una ombra negra planava damunt del cap del rei Jaume. Tot eren males notícies, com si aquella maleïda tempesta hagués significat un nefast gir dels esdeveniments.

L'infant Pere es va assabentar que Ferran Sanxís s'estava a Nàpols i va anar a veure el rei a Lleida.

—Ferran Sanxís s'està a casa del traïdor Carles d'Anjou —digué l'infant.

—No ha tingut més remei que recalar a Nàpols. La seva nau estava malmesa i bé l'havia de reparar —digué el rei.

—Pere Ferrandes tenia la seva nau tant o més malmesa que ell i no s'ha aturat —replicà l'infant—. Ferran Sanxís ja porta mesos a Nàpols i ningú no diu que sigui un presoner, ni que necessiti tot aquest temps per reparar la nau, sinó que les notícies apunten que és un convidat molt estimat i que les seves relacions amb el traïdor són d'allò més cordials, perquè fins i tot l'està servint —acusà Pere.

—D'alguna manera ha de pagar el seu ajut —respongué el rei.

—Carles d'Anjou és l'assassí de Manfred, el pare de Constança i ell és el seu amic —replicà l'infant.

—Ja n'hi ha hagut prou amb el fracàs de la creuada i jo dono gràcies a Déu perquè Ferran Sanxís ha salvat la vida. I tu hauries de fer el mateix i sentir alegria pel teu germà —va dir Jaume.

—Algú que defensa l'assassí Carles d'Anjou, no és germà meu —contestà Pere amb vehemència, i marxà.

Jaume coneixia prou bé al seu fill primogènit, el futur rei d'Aragó, de Catalunya i de València, com per no saber que les seves paraules amagaven una amenaça. Aquell vespre el va anar a trobar a les seves habitacions.

—Cap germà alçarà la mà contra cap germà —li va dir—. He perdut dos fills i no en vull perdre cap més.

—Senyor, Ferran Sanxís tard o d'hora us trairà a vós —digué Pere—. Ja se us va enfrontar a l'Aragó i no s'aturarà fins no ser rei. El conec prou bé i us haig d'advertir.

—Et prohibeixo que li facis cap mal.

Pere va callar, però aquella mateixa nit abandonà el castell de Lleida i se'n va anar cap al nord. L'endemà, quan Jaume se n'assabentà, es va quedar compungit. No havia tingut prou amb el fracàs d'una creuada, sinó que ara hauria d'enfrontar-se al seu fill primogènit, perquè en les setmanes següents li van arribar notícies que Pere havia pactat amb Roger Bernat de Foix i amb el comte de Cardona davant d'una possible guerra amb Carles d'Anjou.

Poc temps després va morir Lluís IX de França i el seu fill Felip, casat amb Isabel, filla de Jaume, va pujar al tron i tota la política del regne veí va canviar. Lluís sempre s'havia mantingut al marge de les lluites del seu germà Carles d'Anjou, però Felip III el recolzava. Ara, si hi havia guerra, seria amb França i amb Nàpols i Sicília, i només va faltar que el comte de Foix, sempre intrigant, desafiés el rei de França i Felip ordenés atacar el seu castell.

L'infant Pere era a Girona, ciutat que havia triat des del seu enfrontament verbal amb Jaume, i nobles i mercaders de Tolosa el van anar a veure.

—El vostre pare no ens vol escoltar i, si el rei de França ataca Roger Bernat de Foix, qui l'aturarà quan reclami tots els Pirineus? —li van preguntar.

Pere va fer els seus càlculs. Felip III i Carles d'Anjou s'havien aliat i, segons havia pogut conèixer, tot apuntava que Ferran Sanxís havia pactat a Sicília que els recolzaria sota la promesa d'obtenir terres a l'altre costat dels Pirineus.

—Provença serà vostra, senyor, si decidiu capitanejar una revolta que nosaltres ja hem preparat —li van dir els nobles.

L'infant es quedà pensarós. Si els nobles es revoltaven, la guerra era inevitable. Tal vegada era la manera de fer veure al seu pare que ell tenia raó i que Ferran Sanxís era un traïdor, un assedegat de poder que cercava un regne. La situació era delicada, però ara Castella i Lleó estaven del seu costat o, si més no, es mantindrien al marge. Calia meditar-ho, acaronà la idea, que prou que li agradava, perquè significaria tant com tornar el cop que representà el tractat de Corbeil, que ni ell ni el seu germà Jaume havien vist amb bons ulls.

Quan els preparatius estaven gairebé enllestits, la seva germana Isabel, esposa del rei de França, a qui havia donat dos fills, Felip i Carles, va morir.

—Davant de la desgràcia no ens hi hem d'enfrontar —va dir Guillem Bernat d'Entença a la infanta Constança.

Ja feia dies que l'assenyat conseller mirava de trobar una solució a aquella disputa entre pare i fill, entre germà i germà, malgrat que només ho fossin de pare, tal com havia fet molt temps enrere entre l'infant Alfons i el rei. Per això havia triat parlar amb l'esposa d'un futur monarca que semblava haver heretat no tan sols el coratge del seu pare, sinó també el mateix cap dur.

—La mort d'Isabel ens ha copsat a tots plegats —respongué Constança, que tornava a estar embarassada i que pariria en ben poques setmanes—. Si és nena, rebrà el nom d'Elisabet —va dir.

Constança va parlar amb Pere i el va convèncer per tal que viatgés a Barcelona i anés a trobar el seu pare. No era moment d'enfrontaments, li havia dit, i Pere ho va entendre quan va veure que la mort d'Isabel havia deixat molt trist el rei. Tanmateix, malgrat que les circumstàncies eren penoses, no podia oblidar el perill que representava que França prengués decisions sobre els Pirineus.

—Senyor, si Felip ataca Foix, on queda la vostra autoritat? —va fer.

El rei el va mirar. De quina autoritat li parlava, si acabava de perdre una filla?

—Mort i vida s'han aplegat amb ben pocs dies de diferència —respongué Jaume amb tristor—. Isabel ha mort i Elisabet ha nascut. Les lleis de la natura són implacables. Aquesta sí que és una bona autoritat, i ningú no la discuteix.

—Els nobles de Tolosa es volen revoltar contra el rei de França. Si no ho impediu, això serà la guerra, perquè jo m'hi afegiré —digué Pere.

—Tu no t'hi afegiràs —féu el rei.

—Us vaig dir, senyor, que Ferran Sanxís havia pactat amb Carles d'Anjou. I l'he encertada —se li encarà Pere—. El vostre fill és un traïdor que actua a esquenes vostres i us haig de dir que Carles d'Anjou s'ha aliat amb el seu nebot Felip de França i que, un cop morta Isabel, ja estan pensant que totes les terres de més enllà dels Pirineus no han de tenir un rei d'aquí. Ferran Sanxís ha viatjat a França, perquè quan Felip ataqui Foix el recolzarà.

—Parlaré amb ell, quan torni.

—Ell no tornarà —negà l'infant—. Vol ser rei i ara ha trobat la gran ocasió que esperava. Si serveix el rei de França, Provença pot esdevenir el seu senyoriu. Tanmateix, juro pel meu honor que el dia que ell i jo ens trobem, un dels dos ha de morir —amenaça Pere.

—T'ho prohibeixo! —cridà Jaume.

—Llavors, senyor, atureu Felip de França.

Jaume es quedà callat. I ara quin error havia comès per trobar-se amb dos fills enfrontats? I va decidir enviar una carta al rei de França amb una advertència. El comtat de Foix havia de ser respectat.

Aquella nit va estar temptat de visitar la cambra de Berenguera. Necessitava sentir-se en braços d'algú, malgrat que darrerament, des que havia tornat de la fallida creuada, les seves relacions s'havien refredat.

—Senyora, ara és el moment de fer veure el rei que el fracàs de la creuada ha estat un missatge diví —havia dit Joana de Mediona a Berenguera—. Si ell no fos en pecat, Déu l'hauria ajudat.

Joana havia esdevingut la gran amiga i confident de Berenguera i es passejava per palau gairebé com si fos casa seva. Sempre duia notícies interessants, noves idees i noves peticions. «Petits favors sense importància», deia. També havia intentat apropar-se a Constança, l'esposa del primogènit del rei, però no ho havia aconseguit. Semblava com si la infanta fugís de la seva presència. «Tant és!», alçava les espatlles Joana, amb un deix de menyspreu.

Seguint els consells de la seva confident, de la dona que li havia comunicat que Teresa podia ser desbancada fàcilment, Berenguera va emprar totes les seves armes per arrencar del rei la promesa de convertir-la en reina. Tanmateix, l'estratègia s'havia girat en contra d'ella i Jaume, de mica en mica, havia deixat de visitar les seves habitacions. Berenguera no havia tingut en compte que en el seu cas no existia cap lligam, a part d'un llit, perquè no li havia donat cap fill.

De manera que Jaume, gairebé davant de la porta, va dubtar i en aquell precís instant va aparèixer Guillema, l'esposa del senyor de Cabrera, que havia acompanyat el seu marit, ara de viatge per terres de l'Ebre.

—Disculpeu —va fer Guillema, i féu una reverència.

Jaume la va mirar. Era una dona formosa. El passadís estava en penombra i la dèbil llum de la torxa produïa ombres en aquell rostre i en l'escot que hi havia una mica més avall i que ara, amb aquella reverència, es mostrava als seus ulls amb tota la seva magnificència.

—Alceu-vos —ordenà.

Guillema obeí i es quedà davant d'ell amb un posat sumís i els ulls baixos. Els seus llavis eren molsuts i convidaven a mossegar-los. El rei la va prendre per la barbeta i aixecà aquell rostre que lluïa uns graciosos pòmuls. Ella li dedicà un petit somriure. Jaume la contemplà. Primer aquells ulls, després el cabell negre, els llavis, el coll i l'escot. Tot era desitjable. Va prendre una mà de Guillema, se la va atansar als llavis per besar-la, però s'aturà a prop del nas. Tancà els ulls i inspirà profundament.

—M'agrada el vostre perfum.

El somriure de Guillema es va fer més ampli, mentre encongia el braç per tal que la distància que separava els dos cossos desaparegués. Llavors el rei resseguí el coll d'ella amb el nas i l'ensumà.

—M'agrada molt —va dir.

Aquella nit, com tantes altres, Berenguera tampoc va rebre la visita del rei.

12.- ELS BONS CONSELLS

Foix no es va salvar. Felip III va esperar gairebé un any, però finalment les constants provocacions del comte Roger Bernat, que se sentia segur davant l'amenaça que Jaume havia fet al rei de França, van obligar el monarca gal a prendre la decisió d'acabar amb aquell problema. De manera que el castell va caure i el seu senyor va ser empresonat. Aquelles estúpides provocacions van lligar de mans i de peus el rei Jaume, que va haver de callar, mentre l'infant Pere es desesperava. Però, ell també va entendre que davant la imprudència i la temeritat de Roger Bernat, poc hi podien fer. Dins de la desgràcia, aquest afer significà la reconciliació total de l'infant amb el seu pare, que el va cridar per tal que tornés a palau.

Gairebé al mateix temps que Pere i Constança arribaven a Barcelona, Berenguera Alfonso abandonava palau. Ja no hi feia res allà. El rei ni se la mirava. En aquells darrers mesos s'havien produït molts canvis i una altra dona ocupava el seu lloc amb gran escàndol de la cort, perquè, en aquest cas, es tractava d'una noble casada.

Sibil·la de Saga era l'esposa d'Arnau de Cabrera, senyor de Voltregà, fill de Guillema de Cabrera que durant mesos, mentre el seu marit era absent, havia escalfat el llit del rei, però que en arribar la seva nora va perdre totes les gràcies, perquè la de Saga era una dona amb un caràcter molt fort que dominava completament el seu marit i que, per si fos poc, feia honor al seu nom. Amb una habilitat vertaderament sibil·lina va ser capaç de desbancar la seva sogra i amb una força envejable va convèncer el seu marit que les banyes es poden dur fins i tot amb dignitat, si els beneficis paguen la pena.

Joana de Mediona va arribar a palau en el precís instant que Berenguera anava a pujar al carruatge. Totes les seves pertinences li serien enviades a la casa que Jaume li havia concedit a Barcelona, la que ja va ser la seva llar mentre Teresa regnava. El rostre de la darrera reina destronada mostrava la seva ràbia i el seu dolor. Més encara quan va veure Joana, que es dirigia a palau i girava el cap, com si no l'hagués vista.

—Malparida! —xiuxiuejà—. Algun dia arribarà el teu torn.

On quedaven tots els favors que li havia concedit i totes les concessions que li havia aconseguit? Quan una reina cau, una altra puja. Veritat innegable. I Joana també era de les que entén de beneficis. Berenguera contemplà com Joana pujava tota decidida les escales de palau. «Ha de felicitar la nova senyora, evidentment», pensà.

Només entrar a la sala, la jove Sibil·la, de qui ja li havien parlat, però que els comentaris no li feien justícia, es tombà i somrigué. La seva boca era gran, amb uns llavis carnosos i sensuals, uns ulls negres i profunds coronats per unes celles ben dibuixades que donaven pas a un front ample, uns pòmuls prominents i una barbeta volenterosa. El generós escot deixava al descobert una pell blanca, un coll llarg i uns pits voluptuosos que es movien amb energia amunt i avall. Tot en ella era joventut. El rei, a mesura que passava el temps, se les triava més tendres. «Millor», afirmà Joana amb un lleuger cop de cap. «Quan més tendra, més manejable.»

Tanmateix, la de Mediona hi va ser poca estona, prou per descobrir que aquella boca no era tan sols gran en virtut de la natura, sinó per totes les paraules que Sibil·la era capaç de pronunciar, i que aquell front ample cobejava una exquisida memòria que emmagatzemava una gran quantitat d'informació. Sobretot de la seva persona i de totes les maquinacions que havia estat capaç de dur a terme durant tots aquells anys.

Joana va intentar excusar-se i explicar-se i posar-se al servei de la nova amant del rei, però no va poder ni badar boca davant de l'allau d'improperis que aquella tendra flor (tal com l'havia catalogada en un inici) li dedicà, perquè, malgrat que aquella boca resultava exquisida en qualsevulla altra circumstància, en aquell moment es transformà en un pou que vomitava insults sense parar. Bé, més que insults, hauria de dir realitats. Joana va suportar amb astorament la tempesta i, en veure la seva impotència per recuperar un lloc que havia aconseguit mantenir durant molts anys, va carregar amb força, perquè la de Mediona tampoc es quedava curta a l'hora de cantar la canya.

Quan Joana de Mediona es va haver despatxat a gust, va abandonar la cambra i baixà les escales decidida, digna i amb el cap ben dret. Els soldats, els criats i les serventes no recordaven haver escoltat tants crits en tan poc temps i, tot i que gaudien d'un bon repertori d'adjectius per poder aplicar a la resta de la humanitat, van poder engrandir-lo. Eren dones instruïdes. D'això no hi havia cap dubte, perquè van fer tota una demostració del domini absolut de la llengua.

—Per més que sigui l'amant del rei, no deixa de ser una puta de mercat que es rebolca per damunt de qualsevol llit que li proporcioni escalfor —encara va dir la de Mediona quan passava pel davant dels dos sentinelles, com si ells poguessin fer-hi alguna cosa.

Però la major de les sorpreses va ser quan anava a sortir. Just en baixar l'escala que duia a la porta del carrer es va creuar amb la infanta Constança acompanyada d'Esther de Montagut. La infanta va fer com que no l'havia vista, però Esther sí que la mirà, encara que tan sols un instant, i li dedicà un somriure que ho explicava tot.

La boca de Joana es va obrir de nou, però no per pronunciar cap més paraula, sinó per atorgar-li l'aspecte d'una idiota. Ara entenia perquè la futura reina d'Aragó, de Catalunya i de València mai no hagués volgut rebre-la a soles i que sempre procurés esquivar-la. La maleïda Esther s'havia venjat i Joana tenia prou clar que era la segona dona que en ben poca estona abandonava palau i que mai més no hi tornaria. La infanta, amb la major de les habilitats havia trobat la manera de treure's del damunt tota la porqueria sense haver d'embrutar-se les mans. «No hi ha dubte que serà una gran reina», va haver d'acceptar la de Mediona. I va seguir caminant cap a la porta, sense tombar-se ni un instant.

Un cop a la plaça caminà sense rumb, fins que el criat la va aturar.

—Senyora, el carruatge us espera —va dir l'home que l'havia portada fins allà.

—Sí —va fer Joana—. Ja és l'únic que m'espera.

*** ***

El rei Alfons de Castella i de Lleó, envoltat dels deu fills que Violant havia parit per a ell, havia rebut Jaume amb una forta abraçada. I pensar que, en un inici, la va considerar estèril... La seva esposa era digna filla de la reina hongaresa, a qui havia superat per un cos, perquè l'esposa de Jaume només havia tingut nou fills.

Ara arribava el torn de passar la torxa als seus fills i el rei Jaume s'havia desplaçat a Toledo convidat a la boda de Ferran, fill primogènit del rei Alfons.

Havia estat una magna celebració presidida per Sanç, l'arquebisbe de Toledo i fill de Jaume. Una data en la que tota la ciutat es llençà al carrer i omplí de víctors i de crits les places i la catedral, que a Jaume li recordaren la seva boda amb Violant d'Hongria. En aquella ocasió tota Barcelona també s'havia llençat al carrer i, si tancava els ulls, encara podia veure la gent que cridava enfollida i allargava les mans pels carrers del Call per poder tocar el seu cavall.

—Un gran dia per al teu regne —havia lloat al costat del rei Alfons.

—No! —havia negat Alfons, i havia afegit—: Un gran dia per a dos regnes germans i amics.

Jaume es va quedar a Toledo durant gairebé una setmana, perquè la celebració s'allargà i s'allargà. «Gent sana», pensava el rei d'Aragó i de Catalunya, de Mallorca i de València i senyor de Montpeller. La boda de Pere amb Constança també va ser sonada, però Toledo volia superar qualsevol anterior enllaç i ho estava aconseguint.

Un dia, farts de festes, els dos monarques es trobaven asseguts enmig d'una de les sales. Damunt de la taula hi havia una gerra de vi i dues copes. Segur que era un bon vi, però cap dels dos tenia ganes de provar-lo. Ja havien begut prou durant els dies anteriors i aquell matí, des que s'havien llevat només havien menjat fruita.

—Em sento cansat, amic Alfons —va dir Jaume.

—És normal —rigué el rei castellà—. No hem parat de riure, de beure i de ballar en tots aquests dies. I a mi el cos també em comença a passar factura. Ja fa més de vint anys que sóc rei i recordo que, quan lluitava a Múrcia en nom del meu pare, era capaç d'acabar una batalla i passar-me tres dies sense dormir, celebrant la victòria. Els anys passen.

—No em refereixo a les festes, que també fan estralls en el meu cos, que ja no és ni tan jove ni tan fort com el teu —respongué Jaume i bufà amb força—. Em sento cansat per tot el camí que he hagut de recórrer durant aquests anys. Tu dius que en portes vint assegut al tron de Castella i de Lleó. Jo en porto... Quants? Més de cinquanta... I tant que sí! Més de cinquanta. Però el que més m'ha cansat no són les lluites ni les festes ni les amants, sinó tots els errors que he comès.

—Tots hem comès errors —afirmà Alfons amb el cap.

—Saps que n'he tret, de tots aquests errors?

—Què n'has tret?

—Veuràs —digué Jaume deixant anar tot l'aire dels pulmons. Després inspirà lenta i profundament—. He viscut tants anys que he après alguna cosa. Tots acabem aprenent i no vull marxar d'aquest món sense que aquells que més estimo pugueu aprofitar-vos d'allò que la vida m'ha regalat.

—Sembla com si volguessis escriure el teu darrer testament i encara et queda molt per fer —somrigué Alfons—. Jo et veig fort i valent.

—Tan fort i tan valent que no vaig poder arribar a Terra Santa —digué Jaume amb tristor.

—El meu pare deia que quan Déu s'oposa a alguna cosa massa aferrissadament no és per castigar-te, sinó que, quan ho analitzes amb calma, descobreixes que t'estava protegint —somrigué Alfons—. O millor dit: que estava protegint el seu regne, perquè segur que t'ha reservat per alguna cosa diferent.

—Ja sé que ets home instruït i mai no he conegut home més savi que el teu pare. D'ell vaig aprendre molt i és en record d'ell que voldria donar-te algun consell, si no t'ofèn.

—Ofendre'm? Tu? —s'estranyà Alfons—. Jo també he après alguna cosa en aquesta vida. Segur que no tant com tu, però et diré que he après a escoltar la veu de qui té més experiència que jo. De manera que no m'ofendràs, sinó que em faràs un gran honor, perquè la major i més preuada mostra d'amistat és regalar els teus pensaments.

Jaume s'aixecà de la cadira i l'abraçà. S'havien enfrontat i l'havia titllat de babau, però no podia oblidar que Ferran de Castella, el gran Ferran, li havia dit que a la saviesa s'arriba gràcies a reconèixer els errors. I Alfons n'havia après. Per tant era més que erudit, era savi com el seu pare. S'assegué de nou.

—Saps que he entrat a moltes places i castells sense haver de lluitar, tan sols dient que havia arribat —va dir, i Alfons assentí en silenci i l'escoltà amb atenció—. El secret és la paraula. Aquesta és la primera cosa que he après. Si dones la teva paraula, l'has de complir sempre. I sempre és sempre, sense cap excepció. Perquè val més posar-se un cop vermell en negar una petició que cent cops groc perquè no l'has complert o no l'has poguda complir.

—Ho tindré molt present, perquè els metges diuen que el color groc és el que ataca el fetge i sense un bon fetge costa de pair —rigué Alfons.

—Si has signat una carta, procura que qui la rep entengui bé el seu significat —continuà Jaume—. Aquesta és una altra lliçó que no has d'oblidar. Parla clar i escriu més clar, perquè ningú mai no pugui dir que vas dir allò que no vas dir ni que vas jurar allò que ni tan sols no vas prometre.

—Això, amic Jaume, ho practico des que el meu pare va morir —digué Alfons—. L'error és que qui ha d'interpretar el teu desig, sovint interpreta el seu.

—Cert. Ben cert —afirmà Jaume—. Per aquesta raó he arribat a la conclusió que no hem d'escoltar gaire els nobles que cerquen el seu profit i he dirigit els meus ulls cap al poble planer, que no és tan instruït ni tan ric, però que és on s'amaga la vertadera força. Les batalles les guanyen els homes anònims que s'encaren a l'enemic i s'hi enfronten.

—El problema és que el poble sempre té una queixa als llavis i força sovint l'has d'obligar —féu Alfons.

—Jo he après que gairebé mai no es queixa sense raó, perquè si Déu t'ha encomanat una gent no és només per tal que et serveixin, sinó que tu has de tenir cura d'ells. Si els protegeixes, ells et protegiran a tu. Recorda que dues vegades has tingut Múrcia a les teves mans. Jo t'he ajudat primer a prendre-la i després a recuperar-la, i no és per casualitat, sinó perquè aprenguis una lliçó i no la perdis mai més.

—Tractar amb gent que no professen la teva fe ni gaudeixen dels mateixos costums sempre és difícil —es queixà Alfons.

—La vida m'ha ensenyat que, sarraïns o cristians, tots plegats són persones i tota persona mereix que se li respecti allò que és seu —respongué Jaume—. De manera que, quan entris a Granada i a Sevilla, procura que ells entenguin que ets el rei de tots i no pas d'uns quants. La justícia ha de ser igual per a tothom i ells han de poder aplicar les seves lleis entre ells. D'aquesta manera ningú no podrà dir que empres dues mides, una dins de casa teva i l'altra enfora.

—Savis consells —afirmà Alfons amb el cap.

—I una altra cosa que algú em va dir i que en un cert moment vaig oblidar és que mai no donis a una dona més d'allò que li correspon.

El rei de Castella i de Lleó esclafí de riure.

—Segons diuen, i no t'ofenguis, tens una nova guineu a casa teva —va dir, quan va poder contenir les llàgrimes que se li escapaven dels ulls per causa de les riallades.

—Sibil·la, com el seu propi nom indica, és llesta, però jo tinc més experiència —somrigué Jaume—. Allò que li dono són coses de les quals puc prescindir-ne. A canvi ella m'escalfa el llit i et juro que ho fa de valent. A la meva edat, certs serveis s'han de pagar i si el marit accepta el preu significa que té el coll prou fort per suportar el pes de tot allò que jo li he posat al damunt. Sóc vell, però no idiota.

—Vull conquerir Granada —féu Alfons, canviant de conversa.

—Si puc, t'ajudaré —s'oferí Jaume.

*** ***

El rei estava a Barcelona. Havia reunit uns quants nobles i prelats, entre ells Guillem Bernat d'Entença, Pere de Montcada, Ramon Folch de Cardona, el bisbe de Barcelona Arnau de Gurb i Ferrís de Liçana. El rei els parlava de la conquesta de Granada.

—I què obtindrem a canvi? —demanà Ramon Folch tot d'un plegat.

—La satisfacció d'haver ajudat un regne amic —digué el rei.

—Si nosaltres no obtenim terres, no hi participaré —negà el de Cardona.

—Vós, igual que els altres, vau signar els Usatges en virtut dels quals heu de donar-me homes per lluitar contra els sarraïns —li recordà el rei.

—Us vaig demanar el castell de Cardona, que em correspon per nom i per llinatge i us vau negar —replicà Ramon Folch, s'alçà i la seva extraordinària talla espantà més d'un dels presents.

El rei també es posà dret, però el Cardona era un gegant.

—Si no voleu donar-me homes, em rendireu tots els vostres castells —amenaçà.

Ramon Folch no respongué, sinó que clavà els seus ulls en els del rei durant una estona i, finalment, abandonà la sala amb grans passes, sense badar boca.

Dos mesos després el rei no havia rebut cap resposta del vescomte i ordenà bastir un exèrcit de càstig que va assetjar el noble que s'havia rebel·lat. I poques setmanes després esclatava la rebel·lió nobiliària que aplegà tots els partidaris del vescomte, entre els que s'hi podien comptar el comte d'Empúries i Ermengol, fill il·legítim d'Àlvar d'Urgell i pretendent al comtat d'Urgell. I altre cop l'Urgell es convertí en l'espina clavada al seu cor.

—Diuen que els savis són aquells que dubten de tot, que no afirmen ni neguen res —va dir Jaume al seu fill Pere—. Jo dec de ser molt savi, perquè ara ni tan sols sé el que haig de fer.

13.- EL CONCILI DE LIÓ

València era un niu de rumors. Pertot arreu es comentava que Ferran Sanxís havia tornat i que l'infant Pere el perseguia. Deien que el dia anterior havia arribat un home amb una carta del baró de Castre en la qual demanava protecció al rei i alguns afegien que Pere va anar a Burriana i, fins i tot, va entrar a les habitacions que ocupaven Ferran Sanxís i la seva muller per matar-lo. «Sortosament no l'ha trobat, perquè duia l'espasa a la mà», comentaven esgarrifats.

Tres dies després l'infant Pere va creuar la porta de les muralles de València i es dirigí directament a palau. Havia estat cridat pel seu pare, el rei. I la gent del poble va seguir aixecant rumors. Deien que el rei havia cridat Andreu d'Albalat, bisbe de València i conseller i confessor de Jaume, a qui havien acompanyat Jaume Sarroca, sagristà de Lleida que ja s'albirava com el nou bisbe d'Osca, i Tomàs de Jonqueres, un expert en lleis, i que havien estat reunits durant tot un matí i tota una tarda amb el rei i l'infant.

Aquella nit, quan tot era fosc, les portes de València s'obriren i tres genets van partir cap al nord. Diuen el gonió, el perpunt i el capell de ferro i anaven armats.

Una setmana més tard la gent de València va veure arribar Ferran Sanxís acompanyat per Ferrís de Liçana i Eixemén d'Orrea. I més rumors s'enlairaren i ocuparen totes les places i els carrers. El rei Jaume havia escoltat el clam del fill que li va donar Blanca d'Antillon i estava tan enfadat i furiós que havia rellevat del càrrec de procurador de Catalunya a l'infant Pere i estava armant homes per atacar-lo.

Constança, coneixedora de la situació, aprofità que l'infant Jaume estava a Barcelona preparant un nou viatge a Mallorca per parlar amb ell, i el futur rei de Mallorca es va desplaçar a València en companyia de Rui Ximenes, un clergue que era de la seva confiança i que coneixia molt bé Ferran Sanxís.

—Senyor, no podeu anar contra el vostre fill i germà meu —digué l'infant Jaume.

Havia arribat a palau aquell matí i havia anat directament a veure el rei, que feia poc que havia acabat una reunió amb diversos nobles per mirar de trobar una solució al conflicte dels nobles que s'havien rebel·lat a Catalunya per causa de Ramon Folch, i l'havia trobat enfadat i neguitós. No en tenia prou amb una colla d'ambiciosos que ara havia d'enfrontar-se a un altre problema, perquè no podia comptar amb el seu fill Pere per acabar amb la revolta.

—Ell s'ho ha buscat —respongué el rei—. Ha fugit de València de la mateixa manera que ja havia fet a Lleida, sense tenir en compte que m'havia donat paraula de no fer res contra Ferran Sanxís, si jo aturava Felip de França. I ho vaig fer.

—Foix ha caigut, senyor —li recordà l'infant.

—Perquè l'imbècil de Roger Bernat no feia altra cosa que provocar Felip —contestà el rei amb vehemència—. Jo no podia fer-hi res i Pere ho sap.

—Durant tot aquest temps us ha servit amb fidelitat, ha lluitat en tot moment al vostre costat i tots tres vam entrar a Múrcia —replicà l'infant Jaume—. No creieu que, si actua d'aquesta manera, significa que té una raó poderosa?

—Només sé que es vol venjar de Ferran Sanxís, que també és fill meu. I jo no ho puc permetre. Ja he perdut tres fills i no en vull perdre cap més.

—Estaríeu disposat a escoltar la veu d'algú que coneix la veritat?

El rei mirà l'infant. No podia negar que Pere li havia estat fidel, com tampoc podia negar que li havia demostrat que era prudent i assenyat. Tanmateix, en aquell afer semblava que s'havia begut l'enteniment i ell estava convençut que darrere de tota aquella disbauxa es trobava Constança. Una dona pot més que tot un exèrcit i la infanta havia jurat que, encara que no fos un cavaller, venjaria la mort del seu pare. Constança era una dona de caràcter i prou hàbil. Ho havia demostrat amb escreix en l'afer de Berenguera. Va saber empènyer Sibil·la i ara segur que feia el mateix amb Pere.

—Escoltaré tot allò que m'hagin d'explicar —cedí, tot afirmant amb el cap.

L'infant Jaume va ordenà als soldats que deixessin entrar a la sala l'home que s'esperava fora. La porta s'obrí i aparegué el clergue Rui Ximenes, a qui el rei ja coneixia.

—Parleu, us ho prego —féu l'infant Jaume.

—Senyor, he servit al vostre fill Pere durant anys i el conec de valent. Sé, perquè ell m'ho ha dit, que si va abandonar València sense dir-vos res no va ser per fugir ni per anar contra vós, sinó perquè no podia atorgar-vos allò que vós li demanàveu i ell ha après de vós que un cavaller ha de mantenir la seva paraula i que més val posar-se un cop vermell que cent vegades groc.

El rei féu un lleuger moviment afirmatiu amb el cap. No podia fer altra cosa, perquè tot el que Rui havia dit era cert. Llavors alçà la mà, la dirigí cap al clergue i li indicà que continués parlant.

—L'infant Pere sap que Ferran Sanxís va pactar amb Carles d'Anjou i també ha descobert que va pagar un criat per tal que emmetzinés el menjar del vostre fill —seguí explicant Rui.

—No és possible! —féu el rei—. Ferran Sanxís mai no faria una cosa com aquesta —es quedà pensarós i en silenci. Llavors preguntà—: Per què no m'ho ha dit?

—No tenia proves, senyor. Aquell criat va intentar fugir i els soldats el van matar. Corren rumors que Ferran Sanxís s'ha entrevistat amb diversos nobles d'Aragó i que els ha convençut que vós ja sou gran i que (perdoneu la meva gosadia) repapiegeu. Vol un regne i, tot aprofitant la revolta i el descontentament dels nobles de Catalunya, us vol prendre les terres d'Aragó.

—Si sou capaç de provar les vostres paraules, us estaré infinitament agraït, perquè el meu cor es nega a creure el que dieu. Els fets demostren el contrari, perquè Pere va fugir d'aquí i sé que està armant un exèrcit —s'aixecà Jaume de la cadira—. Si més no, aquestes són les notícies que m'arriben de Barcelona.

—Senyor, crideu Ferrís de Liçana, Guillem Bernat d'Entença i Eixemén d'Orrea. És possible que Ferran Sanxís hagi parlat amb ells i els hagi proposat el que Rui Ximenes acaba d'explicar —suggerí l'infant Jaume.

—Així ho faré —afirmà el rei—. Així ho faré —repetí.

No en va treure res, de cap dels tres cavallers. Potser algun d'ells mentia, però no dubtava del fidel Guillem Bernat, que també va ser l'únic que va dir l'única cosa amb seny.

—Hem arribat a un punt que els rumors es barregen amb les paraules que de debò s'han pronunciat —va dir el d'Entença—. No us queda altre remei que tornar a parlar amb Ferran Sanxís i mirar d'esbrinar la veritat als seus ulls. Vós sou el seu pare, vós el coneixeu bé i vós heu de parlar amb ell.

El rei va cridar de nou Ferran Sanxís i durant una bona estona el va interrogar, però el fill bastard va mantenir la mirada tot el temps. Finalment, quan ja s'acomiadaven, Ferran Sanxís va dir:

—Mai us he traït, senyor. Vaig lluitar contra vós a Aragó de la mateixa manera que ho va fer Guillem Bernat d'Entença, amb honor i d'una forma neta. No vaig fugir d'enlloc, sinó que vaig marxar a plena llum del dia i vós sabíeu que jo m'oposava a la vostra política de regalar Múrcia. Per contra, Pere s'ha aixecat contra vós, però no ho ha fet després de desafiar-vos, sinó que va fugir de Lleida i després de València, de nit i a fosques. Rui Ximenes és un clergue renegat i menteix, perquè m'odia. Si no creieu les meves paraules, dirigiu-vos a Corbera, on trobareu que Pere s'ha fet fort i llavors sabreu quines són les seves intencions, i si parleu amb Eixemén d'Orrea ell us confirmarà que Rui Ximenes no és altra cosa que un intrigant i un vil servidor del vostre fill Pere.

Les tropes del rei es plantaren davant de Corbera, en un turó que era a una llegua del castell. Des d'allà Jaume podia veure les muralles farcides d'homes.

—Sembla que Ferran Sanxís té raó —comentà Eixemén d'Orrea.

El rei no va badar boca. El seu cor estava trist perquè ja albirava un enfrontament inevitable. Si fos sincer hauria de dir que el dia que Pere li va comunicar que havia rebut notícies que Ferran Sanxís servia Carles d'Anjou ja va tenir el negre presagi que perdria un fill, però no en va fer cas. Mai s'hauria pogut imaginar que aquest fill fos el seu primogènit.

—No fóra millor parlar amb ell? —digué Arnau de Gurb, que també l'acompanyava. S'havia desplaçat des de Barcelona en assabentar-se que el rei venia de camí.

Ja feia més de vint anys que el de Gurb era bisbe de Barcelona. Havia lluitat al seu costat a València i a Múrcia i era un home que començava a ser gran i, per tant, havia après que la prudència ha d'anar sempre davant de la força.

Jaume contemplà les muralles. No seria fàcil prendre aquella plaça i no sentia cap mena de curiositat per saber qui era el millor: ell o el seu fill?

—Parlaríeu vós amb ell? —preguntà.

—Hi parlaré, si m'ho permeteu —respongué el bisbe Arnau.

—No vull enfrontar-me a un fill meu ni vull que cap dels meus fills s'enfronti a un germà seu. Digueu-li que si l'he ofès en alguna cosa li demanaré disculpes i que si no sabut escoltar-lo, ara ho faré. Tanmateix, si ell no vol parlar amb mi, digueu-li que em perdrà a mi i al regne, perquè jo no puc permetre que un fill es rebel·li contra el seu pare. Sigui quina sigui l'ofensa, la meva autoritat és per damunt d'ell.

Arnau de Gurb es dirigí al castell, mentre Jaume resava. En els moments més difícils és quan recordem que hi ha un déu i, llavors, demanem, preguem i exigim que es manifesti amb un miracle. Només que el rei pensava que si Déu no li havia permès creuar el Mediterrani per deslliurar el Sant Sepulcre, com podia ni imaginar que ara obraria un prodigi?

Quan ja queia la tarda Jaume seguia esperant el retorn d'Arnau de Gurb i, en arribar la nit, encara continuava dempeus damunt del turó, però les portes del castell no s'obrien, ningú no va sortir i ningú no va venir.

L'endemà al matí, quan tot just despuntava el sol, va distingir la figura del bisbe a cavall que tornava al campament. El rei estava cansat. Havia dormit una estona, tan sols un parell d'hores, i aquell trajecte se li va fer etern. Resava, implorava, creia i no creia, intentava endevinar quina seria la resposta de Pere i un instant estava convençut que havia reflexionat i al següent s'imaginava que el posat del bisbe deia el contrari. Va estar temptat de sortir corrents i arrencar-li les paraules al bisbe, però es retenia. I si Pere no volia parlar amb ell?, temia.

La figura d'Arnau va anar creixent lentament, a cada passa del cavall, va baixar del turó on estava ubicat el castell i després pujà, encara amb més lentitud, el pendent que el conduïa fins on era el rei.

Jaume no va poder més i baixà per trobar-lo.

—Què ha dit? —va demanar abans que el bisbe hagués pogut descavalcar.

—Ahir al vespre ens vam anar a dormir i vaig estimar-me més esperar fins aquest matí, però en llevar-me l'he vist i ell no ha volgut respondre a les meves paraules —contestà el bisbe.

—Hem d'atacar, senyor —digué Eixemén d'Orrea.

—Si encara no ha respost vol dir que ho ha de meditar —intervingué Andreu d'Albalat.

—Si no ha respost a les paraules del rei vol dir que el desafia —insistí Eixemén—. Què hem de fer, senyor? —es dirigí a Jaume.

—Doneu-li temps. No és fàcil engolir-se tot l'orgull i la reflexió requereix temps per madurar i aclarir les idees —digué el bisbe Andreu.

El rei va avançar unes passes i abaixà el cap. Seguia resant. Eixemén el seguí, i els dos bisbes i els altres nobles també.

—Hem d'atacar, senyor —repetí el d'Orrea.

Jaume va obrir els ulls i negà lentament.

—No. Encara no ha contestat —mormolà.

—Tampoc us va respondre a València i ja heu vist el resultat —insistí el noble.

—Doneu-li temps, senyor —digué Arnau de Gurb—. Jo també crec que ha de reflexionar.

—Esperarem —féu Jaume.

—Fins quan? —preguntà Eixemén.

—Tot el temps que calgui —respongué el rei.

—Llavors, si no hem de fer res, més val tornar a casa —replicà Eixemén, i se n'anà.

Durant dos dies Jaume es llevà aviat. Menjava una mica i es dirigia al turó per contemplar les muralles de Corbera. I allà es quedava quiet i en silenci, desitjant que la seva veu interior fos capaç de travessar la petita vall i entrar dins del castell per parlar amb el seu fill.

Andreu d'Albalat el mirava des de la tenda. Quin no havia de ser el seu sofriment? Un fill de Violant, el seu primogènit, l'home que havia triat per tal que heretés el regne d'Aragó, de Catalunya i de València. El fill del seu gran amor.

En un cert moment, el bisbe s'atansà on era el rei i va tenir la temptació de destorbar-lo, però un so el va aturar.

—Iiiiiii... —feia el rei amb veu profunda i els ulls clucs—. Iiiiii... —repetia un i altre cop.

El tercer dia s'obrí la porta del castell i un genet es dirigí al campament de Jaume. Duia una carta de Pere. Li demanava que li enviés al bisbe Andreu d'Albalat i que l'acompanyessin dos cavallers de la seva confiança.

Aquella mateixa tarda Andreu d'Albalat va creuar la petita vall i va desaparèixer engolit per les portes del castell, mentre Jaume seguia dret i quiet damunt del turó i la seva veu s'escampava per totes les valls:

—Iiiiii...

*** ***

El millor vestit, havia demanat. I havia ordenat que li arreglessin la barba. Volia estar a l'alçada de les circumstàncies. Lió estava ple de cardenals, d'arquebisbes, de bisbes i de prelats i la ciutat respirava vida sota un sol esplendorós. Els habitants havien guarnit els carrers i els comerciants omplien la bossa amb tota la gent que s'havia desplaçat fins a la seu del nou concili.

El nou Papa ja feia tres anys que havia pujat al pontificat. Deien que era dialogant i la prova estava en aquell concili, el segon que se celebrava a la ciutat de Lió. Amb ell, Gregori X, que havia trencat la nefasta influència del nombre quatre, mirava d'unificar les esglésies grega i llatina.

Guillem Bernat esperava el rei, que semblava una donzella que s'empolaina abans de dirigir-se a l'església per trobar-se amb el seu futur marit. Tots els servents anaven de corcoll. S'havia canviat de roba dues vegades i encara no se'l veia satisfet.

—Creieu que ara sí? —va fer Jaume sense deixar de contemplar-se al mirall.

—El primer ja us estava bé —contestà Guillem Bernat, armat de paciència.

—Sí, però el verd és un color que no queda bé envoltat de vermell —digué Jaume.

—És una entrevista privada. Només hi sereu vós i l'Apostòlic —li recordà el conseller.

—El blau és més adient i lliga millor amb el blanc de l'Apostòlic —digué Jaume, com si no l'hagués escoltat—. Aquest vestit és el mateix que duré el dia de la coronació. A més, la corona és daurada i el daurat farà joc amb aquest coll —aixecà el cap ben dret i es contemplà al mirall.

—Teniu raó, senyor —afirmà Guillem Bernat. Ja li donava la raó en tot—. Hauríem de marxar. Ja és l'hora.

Quan baixaven les escales Jaume es va aturar, es va mirar les mitges i el seu conseller va tremolar.

—El dia de la seva boda, Pere lluïa unes com aquestes —va fer.

Guillem Bernat sospirà alleugerit. Per un instant havia pensat que el monarca encara pujaria i se les canviaria.

—Creieu que serà un bon rei? —preguntà Jaume.

—Sens dubte, senyor.

—Sí —afirmà Jaume amb forts cops de cap—. Un home que és capaç d'agenollar-se davant del seu pare i demanar-li perdó ha de ser un gran rei, perquè qui sap demanar perdó també sap perdonar —sentencià.

—Ja ho ha demostrat —li donà la raó Guillem Bernat—. Ferran Sanxís ha pogut tornar a Aragó i viu en pau.

—I Mallorca també —somrigué el rei, i seguí caminant—. L'infant Jaume serà un rei culte i assenyat. No com el seu pare, que mai no ha gaudit de la poesia. És cert que Ramon Llull ha escrit un altre llibre?

—El Llibre de l'Ordre de la Cavalleria, segons tinc entès —respongué Guillem Bernat, mentre baixaven les escales.

—No era l'Ars Magna?

—Aquest l'ha encetat, però encara no l'ha acabat.

—Un gran home, Ramon Llull.

—I vós li vau donar un gran consell. Des d'aleshores no ha deixat d'escriure.

—Creieu que l'Apostòlic em coronà emperador? —s'aturà de nou i es quedà amb la mirada fixa al front.

—Els carrers van plens de rumors en aquest sentit, però, si em permeteu, us repetiré que jo no ho veig clar.

—M'has d'espatllar aquest dia tan gloriós? —mirà Jaume al seu conseller amb seriositat.

—Ni un terratrèmol us el podria espatllar —respongué Guillem Bernat.

—Teniu raó. Si l'Apostòlic m'ha cridat significa que Déu és al meu costat —somrigué feliç—. Li proposaré una nova creuada i llavors no es podrà negar.

—Senyor! —s'esgarrifà Guillem Bernat.

—Què? —el mirà el rei.

—Com podeu pensar en una nova creuada amb tot l'enrenou que heu deixat a Catalunya?

—També hi he deixat a Pere —respongué Jaume—. I confio en ell, de la mateixa manera que estic més que segur que el seu germà Jaume governa Ses Illes amb rectitud i amb seny. Ja tinc dos reis i ja puc ser emperador.

—No proposeu a l'Apostòlic res que no us hagin demanat. Us ho prego.

—Deixo darrere meu qui vetllarà pels regnes i jo em puc dedicar a servir Déu en altres menesters.

—Llavors, senyor, no accepteu res del que us ofereixi sense abans haver-lo meditat.

—De què tens por? De que sigui emperador? O, tal vegada, de l'Apostòlic? —s'estranyà Jaume—. Ahir vaig estar assegut al seu costat durant tota la sessió i la meva cadira només era un pam per sota de la seva. És un gran home. Tan gran com Climent.

—No em fa por l'Apostòlic, sinó que sento un gran respecte per ell —respongué Guillem Bernat—. Tanmateix, quan penso en el cardenal Lerons, em cauen les calces.

—No és ell qui pren les decisions. De què teniu por, doncs? Una nova intuïció?

—No voldria que es repetís un segon Corbeil — contestà Guillem Bernat.

El rei es quedà pensarós. Prou vegades la intuïció del noble conseller l'havia encertada, com per no tenir en compte les seves advertències.

—Teniu la meva paraula que no acceptaré res sense haver-ho parlat amb vós —digué Jaume. Llavors somrigué i preguntà—: Ja podem marxar?

—Sí —afirmà Guillem Bernat amb el cap—. Ja estic més tranquil.

Gregori X esperava al palau de Lió l'arribada del rei Jaume. També havia triat els millors vestits. Era un home un xic gras i amb un rostre afable, però una mirada forta. Li havia sorprès la reacció del monarca quan es va assabentar que era l'únic rei que havia estat convidat al concili. Jaume havia fet el gest de descobrir-se el cap, però Gregori li ho havia impedit. Aquest detall li havia fet guanyar totes les simpaties d'un home que, malgrat els seus seixanta anys ja complerts al tron d'Aragó i de Catalunya, encara conservava als seus ulls petites espurnes d'infant. Lerons tenia raó, havia d'acceptar.

El cardenal era al seu costat. També esperava al rei, però no hi assistiria a la reunió. Ell ja havia complert la seva tasca.

—Esteu segur que Jaume acceptarà? —preguntà Gregori.

—No hi ha cap home sobre la terra capaç de menysprear una corona imperial —respongué Lerons—. Hauria de ser un sant. I el rei Jaume en molts aspectes no és precisament un devot servidor de Déu. Comenceu a parlar de la creuada i parleu-li després de la corona. No podrà ni pensar-s'hi.

En aquell instant s'obrí la porta i un prelat anuncià l'arribada del rei. Llavors, Lerons féu una reverència i abandonà la sala ricament decorada pels tapissos i les pintures que representaven escenes bíbliques, abans que Jaume no el veiés.

—Feu-lo passar —digué Gregori.

La porta s'obrí de bat a bat i aparegué Jaume amb el seu vestit blau. L'Apostòlic s'avançà per rebre'l i l'abraçà.

—Seieu al nostre costat —va indicar la cadira, i Jaume va esperar respectuosament que Gregori s'assegués—. Tots els cardenals, els bisbes i els arquebisbes ens han lloat llargament les vostres gestes i Nós som alegre perquè heu vingut. Com podeu veure, sou l'únic rei que ha estat convidat, perquè sou el rei més gran de tota la cristiandat i només a vós us podem demanar que feu realitat el somni de tot cristià. Sou el Conqueridor i Déu ha disposat que conqueriu el Sant Sepulcre per a Ell.

Jaume es va quedar astorat. L'oferta que volia fer a l'Apostòlic, Déu la hi demanava en paraules del seu representant. No calia donar-hi més voltes i s'hi oferí de bon grat. Aportaria naus, cavalls i cavallers. I aquest cop tot aniria diferent, perquè ja havia pensat parlar amb el rei de Xipre i construir castells a Acre i a diversos llocs de Terra Santa. Un projecte com mai no s'havia vist altre.

Durant una bona estona Jaume va fer un dibuix del seu pla i s'entusiasmà amb les seves pròpies paraules, que l'Apostòlic escoltà amb molta atenció. Una vegada els castells fossin construïts, cap sarraí gosaria enfrontar-se-li i ell entraria a Jerusalem i deslliuraria el Sant Sepulcre. Jaume parlava com si ja hi fos i el Papa no el va interrompre, fins que les paraules s'esgotaren.

—El vostre fracàs anterior va ser un senyal de Déu —va dir Gregori, quan Jaume havia callat—. Déu no vol que un rei conquereixi el Sant Sepulcre, sinó que demana que sigui un emperador. Vós disposeu de quatre regnes i heu de ser emperador.

El rei Jaume va haver de ser un esforç per ocultar les dues llàgrimes que amenaçaven d'escapar-se dels seus ulls. «Emperador!», cantava al seu interior.

—Només heu de complir un petit requisit i jo us atorgaré la corona imperial aquí mateix, a Lió —va dir l'Apostòlic.

—Digueu quin és el detall i miraré de complaure-us —respongué Jaume.

—El vostre pare, el rei Pere, es va oblidar de pagar la qüestia que devia a Roma. No puc coronar-vos si aquest deute no s'ha saldat.

—Parlaré amb els meus consellers, Sant Pare — acotà el cap Jaume, i Gregori somrigué. Llavors, recordant l'advertència de Guillem Bernat, afegí—: I si és de justícia que se us ha de pagar, la pagaré.

Guillem Bernat escoltà en silenci la paraula del rei. El seu cervell treballava a marxes forçades i, de tant en tant, negava amb lents moviments de cap, mentre premia els llavis.

—Senyor, no pagueu —va fer de sobte, i mirà el rei.

—Si és un deute del meu pare, bé l'haig de pagar.

—Per què després de tant de temps l'Apostòlic recorda aquest fet? —preguntà Guillem Bernat, però més que pregunta era una reflexió i no esperava cap resposta per part del rei. De manera que seguí parlant —: I per què us demana que continueu pagant i seguint el compromís del vostre pare? Només els vassalls paguen una qüestia. Si vós pagueu, malgrat sigueu emperador, sereu vassall de l'Apostòlic. I tots els vostres fills i tots els vostres descendents, també, perquè hauran de continuar pagant un tribut. Per això el vostre pare no va pagar, sinó que s'estimà més morir amb un deute i no traspassar-lo als seus fills.

—No puc dir-li que no pagaré allò que se li deu —digué Jaume—. Sempre he complert la meva paraula, i la del meu pare també és meva. Ell, com tot home, podia prendre les seves decisions, però jo ho vaig heretar tot. Honors i deures.

—Sou massa noble, senyor, i, per tant, massa vulnerable —féu Guillem Bernat—. Aquí, en aquest afer, veig la mà de Lerons. Amb Climent no hi podia fer res, perquè no se l'escoltava, però ara és diferent. Quan Lerons va veure que no podia accedir al pontificat, va recolzar Gregori. El cardenal ha recuperat el seu poder a l'ombra i l'està emprant.

—Em vau dir que no prengués cap decisió sense parlar amb vós i he complert la meva paraula. Ara necessito una solució.

—Digueu a l'Apostòlic que no enteneu que reclami un deute tan antic i digueu-li que tampoc enteneu que us exigeixi diners quan us acaba de demanar que aneu a Terra Santa per deslliurar el Sant Sepulcre —va fer Guillem Bernat—. Digueu-li que heu de menester tots els diners per a una empresa d'aquesta magnitud.

—Llavors no em coronarà emperador —replicà Jaume.

—Llavors, potser, voldrà dir que no tenia intenció de fer-ho i que darrere de tot s'amaga Lerons —replicà el conseller.

—I com pots estar-ne tan segur?

Guillem Bernat es quedà pensarós. El rei desitjava la corona imperial.

—Podeu fer una prova —digué, finalment.

—Quina?

—Accepteu pagar els diners que ell diu que se li deuen, però no com una qüèstia, sinó com una donació. I digueu-li que amb això queda saldat el deute, però que no seguireu pagant. En la seva resposta descobrireu les seves intencions.

*** ***

Gregori contemplà com el rei Jaume marxava de Lió. Estava plantat davant del finestral del seu despatx de palau, amb les mans a l'esquena i un posat seriós.

—No dèieu que cap home en aquest món era capaç de renunciar a una corona imperial? —preguntà sense tombar-se.

—Santíssim Pare... —encetà una excusa Lerons.

—Jaume és un home que no podem mesurar com els altres. Viatjarà a Terra Santa, tal com ha promès, deslliurarà el Sant Sepulcre i llavors l'hauré de coronar emperador —féu Gregori amb ràbia.

14.- ELS NOUS PECATS

Martí de Perelló va deixar d'escriure en el mateix instant que la porta s'obrí i l'infant Pere va entrar a la sala de les armes sense ni tan sols demanar permís. Saludà amb una lleugera reverència el rei i s'avançà decidit.

—Perdoneu que us destorbi, senyor —va fer.

Pere prou que sabia que el rei no volia ser interromput mentre dictava les seves memòries. Feia poc que Martí de Perelló havia arribat a la cort, enviat pel bisbe d'Osca, però entre aquell canonge i el rei s'havia establert un curiós lligam. Jaume estava molt content amb l'home que escrivia tot allò que ell li dictava, fins al punt que l'esmentava força sovint en les converses amb altres nobles i prelats. Era, deia, la continuació del seu pensament.

El rei mirà Pere. L'assumpte que el portava a interrompre aquells moments d'esbarjo havia de ser greu, perquè dictar els seus pensaments i veure com eren plasmats amb absoluta fidelitat i en un llenguatge ben destriat representava una immensa satisfacció.

—Digues —ordenà.

—Els benimerins han desembarcat a les costes d'al-Andalus i han pujat cap al nord, s'han enfrontat als exèrcits del rei Alfons a Jaén —digué Pere, abaixà el cap i afegí compungit—: Sento haver de comunicar-vos que el vostre fill i germà meu, Sanç, ha mort.

Jaume es quedà quiet i el seu rostre empal·lidí. Sanç, l'arquebisbe de Toledo, el fill petit de Violant, era mort. Un altre fill seu era mort. Déu meu! Abaixà lentament l'espasa que duia a la mà, i que moments abans brandava contra un enemic imaginari mentre dictava a Martí de Perelló, la diposità damunt la taula i s'assegué. La notícia l'havia afectat de tal manera que, fins i tot, Martí s'espantà.

—Senyor —féu esma d'anar cap a ell.

Jaume alçà la mà i l'aturà. No volia que ningú s'apropés, no volia que ningú li parlés.

—Deixeu-me sol —va dir amb veu baixa.

—Senyor —s'avança Pere.

—Deixeu-me sol! —cridà Jaume, i els dos homes abandonaren la sala.

El dia era clar i serè, la llum del sol entrava per la finestra i queia damunt de la taula llarga arrencant reflexos a la fulla de l'espasa. Jaume s'aixecà i contemplà les teulades de Barcelona. Es fregà els ulls amb les dues mans i quan les retirà eren plenes de llàgrimes. I allà es quedà, en silenci, amb una oració al cor.

Força estona després uns cops el van fer tombar cap a la porta, que s'obrí per deixar pas a Guillem Bernat. Acabava d'assabentar-se de la notícia.

—Déu em torna a castigar —féu Jaume—. I quan Déu castiga ho fa de la pitjor manera. Hauria d'haver acceptat la proposta de l'Apostòlic i pagar els deutes del meu pare.

—Vau fer allò que era el més correcte i no us heu de penedir de res. La mort en combat del vostre fill Sanç no hi té res a veure amb l'Apostòlic. Han estat els sarraïns —respongué Guillem Bernat.

—No? I com expliqueu que tot just tornar de Lió vaig trobar una nova revolta? —replicà el rei.

—Havíeu deixat el vostre fill Pere al comandament i ell va prendre les decisions que va jutjar oportunes. No són aquestes les ordres que li vau donar? —digué el conseller—. Bernat d'Orriols i Ponç Guillem de Torroella no tenien la raó de la seva part. I la prova és que Ramon Folch de Cardona era pel mig.

Jaume va guardar silenci. Potser era cert, que una cosa no tenia res a veure amb l'altra, però la vida li havia ensenyat que els esdeveniments d'avui són el resultat de les decisions d'ahir.

—Creieu que m'he equivocat perdonant-los? —preguntà, finalment.

—Crec que heu estat feble amb aquest perdó i crec que el vostre fill Pere ha estat més assenyat que vós, perquè ha acceptat la vostra autoritat —respongué Guillem Bernat—. Disculpeu les meves paraules, però una bona colla de nobles diu que la vostra estada a Lió us ha estovat el cor. Preguem per tal que les disputes entre ells i el vostre fill Pere no vagin a més.

—Fins i tot en moments tan trists com aquest, m'heu de fer retrets? —mirà Jaume al seu conseller.

—No és la meva intenció, senyor, i vós ho sabeu —negà Guillem Bernat amb el cap—. En moments de dolor els retrets no són cap consol, ni per a vós ni per a mi. Tanmateix, la vida no s'atura en cap moment, per més dur que sigui, i us haig de recordar que sou rei d'aquestes terres i que la vostra posició us obliga a amagar la pena i a seguir endavant.

*** ***

Un cop més la intuïció de Guillem Bernat va ser encertada i Ferran Sanxís s'alçà contra el rei i contra el seu germà, tot bastint una host nombrosa i ben armada, al mateix temps que el comte d'Empúries aprofitava l'ocasió per reclamar drets que no li pertanyien.

A Palau les reunions se succeïen i les decisions cada cop eren més dures.

—Tenies raó, Pere —va dir el rei, trist i ensopit—. Ferran Sanxís, tard o d'hora, s'havia de revoltar. I et demano disculpes.

—Senyor, sóc al vostre servei. Ordeneu i jo obeiré —respongué Pere. La situació era prou delicada com per dedicar-se als records o repetir paraules que ja havien estat pronunciades feia temps.

—Tu et dirigiràs cap a Pomar i t'enfrontaràs a Ferran Sanxís —digué Jaume. Es quedà callat uns instants, i mormolà—: Sabia que això arribaria, però em negava a acceptar-ho. I pel que fa a la creuada a Terra Santa, sembla que Déu no vol que hi vagi, perquè aquest afer d'Empúries i la rebel·lió de Ferran Sanxís m'impedeixen marxar —després recuperà el seu tarannà reial, alçà la veu i féu—: Jo m'enfrontaré al comte d'Empúries i aquest cop no vull pietat.

*** ***

Les forces del rei van guanyar a l'Empordà i el comte d'Empúries va haver de cedir i acceptar que Jaume encara era un rei capaç de lluitar i de vèncer i que Lió no li havia estovat el cor, gens ni mica, com tampoc havia minvat el seu coratge.

Un cop acabada aquella operació de càstig, Jaume tornà cap a Barcelona i s'aturà a Vic. Se sentia cansat i trist. Allà va rebre la notícia que Enric I de Navarra havia mort i que Felip III de França acabava de signar un tractat a Orleans, segons el qual prometia un fill seu com espòs de Joana, la filla i hereva del rei Enric. De manera que, malgrat que totes les simpaties dels nobles navarresos eren per al rei d'Aragó i Catalunya, el monarca francès seria el regent fins a la majoria d'edat de Joana. Ja era la tercera ocasió d'esdevenir rei de Navarra que Jaume perdia i aquesta pèrdua arribava en el pitjor moment.

*** ***

El genet va creuar la porta de les muralles de Vic. Anava cobert de pols i cansat. Ningú no seria capaç de dir si esbufegava més ell o el cavall, però per la fila que feia es podia endevinar que portava dies cavalcant i que poc que s'havia aturat per descansar. Va enfilar cap al palau episcopal i va deixar la muntura a la porta principal, mentre recuperava l'alè i pujava els pocs graons que se li van aparèixer com una muntanya. Potser més per la gravetat de la notícia que havia de donar que no pas per l'esforç que representava caminar les darreres passes, malgrat que l'esforç dels darrers dies havia estat molt gran.

L'oficial el va aturar. Havia de parlar amb el bisbe de Vic. Era molt urgent. Duia notícies d'Aragó, de l'infant Pere.

Poc després l'oficial tornà. El bisbe el rebria de seguida i el conduí a presència de monsenyor.

—Joan de Madar —reconegué el bisbe al cavaller.

—Vinc seguint el rei des d'Empúries i m'han dit que era aquí.

—Aquí és —respongué el bisbe—. Quines noves portes de l'Aragó?

—La rebel·lió ha estat sufocada —va dir el cavaller, després de prendre un got d'aigua. Arribava assedegat.

—Per què no heu demanat pel rei?

—No sé com comunicar-li les notícies que porto.

—L'infant Pere? —s'esgarrifà el bisbe.

—Ell està bé. S'hi ha quedat per perseguir els que encara fugen —respongué Joan de Mandar, i deixà el got damunt la taula.

—I Ferran? —aixecà les celles el bisbe.

—Ha mort ofegat al riu Cinca.

—Tan dura ha estat la batalla?

El cavaller es va quedar callat un instant. Podia haver respost que sí, i no hauria dit cap mentida. Podia, simplement, afirmà amb el cap i no dir res més. Però, tant era! Tard o d'hora tothom se n'assabentaria. De manera que va parlar.

—El nostre senyor Pere així ho ha ordenat.

—Què? —se sorprengué el bisbe—. Què vols dir? —insistí.

—Un cop acabada la batalla, el rebel Ferran Sanxís ha intentat fugir disfressat de pastor, però l'hem enxampat i l'infant Pere ha ordenat que l'ofeguessin al riu.

El bisbe es va cobrir la cara amb les mans, bufà amb força i es fregà els ulls. D«éu meu! Ferran Sanxís mort ofegat pels soldats de Pere».

—Ja són cinc, els fills del rei que han mort, i els dos darrers en menys d'un any —mormolà, i es tombà d'esquenes al cavaller—. I ara, per si fos poc, un germà mata l'altre.

Algú li hauria de comunicar la notícia. Però, qui gosaria fer-ho? Potser Guillem Bernat d'Entença.

—Pregueu Guillem Bernat d'Entença que vingui a veure'm el més aviat que pugui —ordenà a un sacerdot—. És molt, molt urgent!

El d'Entença escoltà en silenci les paraules de Joan de Madar. Ell havia vist créixer tots els fills del rei, havia parlat amb tots, havia complert la promesa que va fer a Violant d'Hongria, als peus del seu llit mortuori, i havia recolzat el rei en tot. Havia posat pau on hi havia disputes, havia temperat la violència d'un costat i de l'altre, havia pregat cada nit per tal que Déu els indiqués una sortida, però semblava talment que la desaparició de la reina hongaresa havia dut la desgracia a la casa reial. Tants anys, tanta lluita i tantes desgràcies!

Què més li quedava per veure? Què més podia passar amb els fills del rei?

Bé! Era moment de prendre decisions, i no pas de plorar. Allò que és fet, és fet. Ell, personalment, parlaria amb el rei i li comunicaria la nova desgràcia. Era la persona més adient, havia d'acceptar. De manera que es dirigí cap a les habitacions de Jaume. Les notícies dolentes, com més aviat es coneguin, millor.

—Ho veus com jo tenia raó? —digué el rei—. Déu em castiga pels meus pecats.

—Si a vós us ha castigat, a Gregori també l'ha castigat —respongué Guillem Bernat.

—Com podeu dir això?

—Ell tampoc ha aconseguit unificar les esglésies grega i llatina. Mentre parlaven d'afers religiosos tot va anar bé, però quan van entrar en el terreny de la política i van començar a discutir de poder, tot s'acabà —explicà el conseller—. No puc acceptar que em digueu que Déu us ha castigat per prendre una decisió que jo considero més que assenyada. No hi ha nous pecats per afegir als que ja teníeu.

*** ***

Martí de Perelló va endreçar tots els papers que hi havia damunt la taula. Havien de sortir cap a València. Allò significava que no podria posar en net tot el que el rei li havia dictat durant les últimes setmanes i que quan tornés la feina seria més del doble. Feia pocs dies que havien enterrat Ramon de Penyafort. A ell, Jaume li havia dedicat bones paraules.

—Ha estat un gran home —li va dir el dia que rebé la notícia de la seva mort—. És trist i descoratjador veure com tots aquells que t'envolten i que t'han ajudat marxen. Ha estat un any massa dur i ja no em queden forces per lluitar.

Però dues setmanes després havia arribat un missatger de València.

277

—El rei de Marroc ha conquerit Granada i al-Azraq ha entrat al regne de València i ha aconseguit fer esclatar la revolta —comunicà al rei.

—Al-Azraq! —féu Jaume amb ràbia—. Malparit! És com una ombra que em persegueix pertot arreu.

I de sobte el rei recuperà totes les seves forces i ordenà preparar un exèrcit.

—Aquest cop arribaré fins al final, perquè ja res m'impedeix creuar les fronteres i perseguir al-Azraq fins a la fi del món —va dir a Martí de Perelló—. I vull que tu m'acompanyis, per tal que vegis que no deixo aquesta maleïda herència al meu fill Pere.

*** ***

Els homes estaven formats i el rei passà revista. L'infant Pere el seguia. Tot era a punt. A l'altra banda de la planura, les senyeres sarraïnes onejaven al vent.

—Vull el cap d'al-Azraq! —cridà el rei—. Vull el cap d'aquest malparit servit en una safata —desenfundà i aixecà l'espasa—. Per Sant Jordi! —bramà, mentre apuntava cap a les forces enemigues.

—Per Sant Jordi! —el corejaren els soldats, i els oficials donaren l'ordre d'avançar.

La batalla va ser la més cruel de totes. No hi va haver pietat, ni per un costat ni per l'altre. Els crits es confonien i la pols es barrejava amb la sang i en acabar els cossos s'estenien per tot el camp sense poder determinar amb exactitud de qui era una mà, un braç, una orella, un peu o un cap.

Arribat el vespre, uns soldats van portar agafat pels cabells el cap d'al-Azraq i el van dipositar als peus del rei Jaume.

—He pagat un preu molt alt pel teu cap, però ja ets aquí —digué Jaume, com si parlés amb el mort—. Claveu-lo a una llança, lligueu-la a un cavall i envieu-lo als sarraïns —ordenà.

En el precís instant que els dos soldats marxaven, Jaume es va haver de recolzar.

—Senyor —se li atansà Pere.

—No és res. Només que em sento cansat —va dir el rei, i es dirigí cap a la tenda.

—Senyor, teniu febre —l'agafà Pere pel braç.

—No. Només és esgotament —respongué Jaume i va ser a punt de caure—. Descansaré una mica i seguirem cap a Llutxent.

El rei va dormir tota la nit i tot el matí següent. Quan es va llevar tenia ulleres i el color pàl·lid.

—Senyor, a Llutxent ens espera una nova batalla i vós no esteu en condicions d'anar-hi —digué Pere.

—Haig d'acabar allò que he començat —contestà el rei.

—Senyor...

—No —l'apartà Jaume.

Llutxent es convertí en una terrible derrota. El cap d'al-Azraq, al contrari del que havia imaginat el rei Jaume, no va atemorir els sarraïns, sinó que aixecà una onada d'odi que els va encoratjar fins a tal punt que van lluitar com mai no ho havien fet i les forces cristianes van perdre bona part dels cinc-cents cavallers i dels tres mil peons.

Jaume, amb forts tremolors va haver de retirar-se i els metges van ordenar que el conduïssin fins a València on el podrien atendre amb més garanties.

—No marxaré —encara insistia. Era la seva primera derrota davant l'enemic en més de seixanta anys i no ho podia acceptar.

—Senyor, jo la guanyaré per a vós —digué Pere—. Us ho juro per Déu Nostre Senyor.

Finalment, Jaume va haver de capitular. Gairebé no es mantenia dempeus i la febre seguia pujant.

15.- EL SIGNIFICAT DE LA DARRERA LLETRA

La llum era baixa. Jaume havia ordenat que apaguessin unes quantes llànties. Li molestava la claror. Martí de Perelló va entrar-hi i els nobles que envoltaven el llit del rei van sortir i els van deixar sols.

—Atansa't —digué el rei.

Martí avançà unes passes.

—Més a prop —ordenà Jaume—. No tinc prou forces per aixecar la veu.

—Els metges diuen que no us heu de fatigar —digué Martí, i s'apropà encara més, fins gairebé fregar els llençols.

—Els metges ja no poden dir res —contestà Jaume —. Volies saber i sabràs —somrigué, dèbil com estava—. Durant tots aquests anys he comès molts errors, però no tots són culpa meva.

—Heu tingut grans encerts —replicà Martí.

—Si més no, al-Azraq és un dimoni que ja no tornarà i el meu fill Pere no s'haurà d'enfrontar amb ell —afirmà amb el cap. Després va mirar cap a la finestra—. Serà capaç de derrotar els sarraïns? —preguntà amb els ulls fixos a les cortines—. M'ho ha jurat —digué.

—No ho dubteu, senyor. L'infant Pere és digne fill del seu pare —contestà Martí, i el rei el mirà.

—Sí. Ho és.

Jaume respirava pesadament. De tant en tant tancava els ulls i sospirava. Després els obria de nou.

—Et vaig dir que hi havia un secret que no coneix ningú, excepte Déu i el diable.

—Voleu confessar-vos? —preguntà Martí.

—Ja ho he fet, i amb tu més que no pas amb ningú. El que ara vull explicar-te no és cap pecat i, per tant, només ho has de conèixer tu —callà i mirà Martí, directament als ulls—. El dia que vaig assetjar el meu fill Pere a Corbera vaig ser a punt de descobrir allò que m'ha obsessionat tota una vida. El cavaller Lluís d'Estemariu em va ensenyar el significat de quatre lletres, però no va tenir temps per mostrar-me la manera d'emprar la darrera de totes i, en aquestes circumstàncies, ho has de descobrir per tu mateix. Llàstima, perquè si ho hagués descobert abans, possiblement no hauria comès molts dels errors.

—Voleu dir que, per fi, ho heu descobert?

—Sí, Martí. Per fi ho he descobert. Me'n vaig amb els deures complerts —afirmà Jaume amb un lleuger moviment del cap—. Encara que costi de creure, estic segur que marxo amb els deures complerts. Només que me'n vaig amb la sensació que encara queden coses per fer, però si m'he esforçat tot el podia, no se'm pot demanar res més. En cas contrari, com s'explicaria la infinita saviesa de Déu? Això deia Ferran de Castella. I ell era savi —respirà fondo, i continuà—. M'he confessat i m'he penedit de tots els meus pecats, que no són altra cosa que errors. Espero que Déu vegi la meva bona voluntat i que sigui indulgent amb mi —callà de nou.

—Senyor, heu de reposar —digué Martí.

—Temps tindré per reposar —somrigué Jaume—. Tota l'eternitat, si Déu és bondadós amb mi. Ara et vull explicar allò que vaig descobrir ahir. Pronuncia la lletra i.

—I —féu Martí.

—No, home, no —deixà escapar Jaume una petita riallada—. Fes-ho bé, com ja saps que es pronuncien les altres.

—Iiiiiii… —pronuncià Martí com si fos un càntic.

—Sents alguna cosa?

—No senyor —respongué el de Perelló, un xic compungit.

—Això és el mateix que em passava a mi —somrigué el rei, i aclucà les parpelles—. Fins ahir. Aquí, estirat al llit, vaig sentir el desig d'aixecar els braços com si volgués abraçar Déu i tot va canviar —obrí de nou els ulls i mirà Martí—. Aixeca els braços, ben alts, tanca els ulls i torna a pronunciar la lletra.

Martí obeí el rei.

—Iiiiii...

—Sents alguna cosa?

—Iiiiii... —repetí Martí. De sobte obrí els ulls i feu —: Les mans!

—Exacte! —afirmà el rei amb un cop de cap, que el cansà. Es quedà en silenci, aixecà els braços i pronuncià —: Iiiiiii... Ho veus? Només quan aixeques els braços i pronuncies aquesta lletra, les mans tremolen. Aquesta és la forma correcta d'emprar la lletra i. I si t'hi estàs una estona, descobriràs que l'esperit s'allibera. Havia de ser així i no ho he descobert fins ara. El punt més alt que pots assolir és quan aixeques les mans i l'esperit és la part més alta del nostre ésser. Tota una vida per descobrir un fet tan banal —mormolà. La seva veu era cop més dèbil.

—Heu de descansar, senyor.

—Només em queda una cosa per fer, però ara sé que hem de deixar alguna cosa per als altres i no patir l'urc de voler-ho enllestir tot. Porta'm aquell cofre —ordenà.

Martí es tombà i es dirigí cap a la taula que hi havia al fons de l'habitació. Era un cofre sarraí, del qual ja havia sentit a parlar. Sabia que el rei Jaume el duia sempre que marxava. El va agafar i va tornar al costat del llit.

—Obre'l —digué el rei.

Martí aixecà la tapa i va veure el punyal del sarraí, aquella daga de fulla corbada amb la pedra vermella al puny.

—Ja no el necessito, perquè Lluís d'Estemariu ja m'ha explicat la darrera lletra. És per a tu.

—Senyor... jo no... —gairebé li saltaven les llàgrimes dels ulls, a Martí.

—Quan escriguis allò que jo sé que tu escriuràs, perquè ets un cap ben dur, posa'l davant teu i pronuncia la lletra i. Si ho fas bé, jo vindré per explicar-te el que tu no entenguis.

—Hauria de ser per als vostres fills —digué Martí.

—Ja els deixo un regne i moltes més coses. Quan surtis fes passar Pere. Com ja t'he dit em queda un afer per enllestir. L'Urgell. Ell ha de ser capaç de posar-hi pau i acabar amb un problema que arrossego des de sempre. Però jo li explicaré la manera de solucionar-ho —mirà Martí i somrigué de nou. El seu somrís era de calma—. El temps s'acaba i no el puc perdre. Fes entrar el meu fill Pere i marxa en pau.

Martí s'agenollà i besà la mà del rei.

—No siguis malparit i no ploris —digué el rei.

Amagant el rostre, per tal que Jaume no pogués veure les seves llàgrimes, Martí es dirigí cap a la porta amb el cofre sota la capa.

Els dos homes s'amagaven a la foscor, a altra banda de la plaça que donava al palau de València. Portaven força estona i ja començaven a estar-ne farts. Un d'ells era alt i l'altre un xic gras. Anaven vestits com mercaders en viatge de negocis.

—No ens passarem tota la nit esperant? —preguntà el més alt.

—Ja saps com és el cardenal Lerons. Quan diu que vol una cosa, s'han de seguir les seves ordres al peu de la lletra.

—Ens podem florir aquí mateix. Aquest condemnat ha entrat quan encara era de dia i no surt ni ara ni mai.

—Guaita! —va fer el baix, i assenyalà la porta de palau, per on acabava de sortir Martí de Perelló, mentre empenyia el seu company cap a la foscor del portal.

—Per fi surt —xiuxiuejà l'alt i sospirà—. Ara es dirigirà al convent i nosaltres podrem dormir.

—Sembla que amaga alguna cosa.

Els dos homes es fixaren que Martí de Perelló portava algun objecte sota la capa, que protegia amb molta cura i abraçava amorosament.

—Potser és el secret que Lerons espera —digué el baix.

—N'estàs segur? —preguntà l'alt.

—I és clar, que sí! No veus com el guarda? El rei Jaume s'està morint. És hora de dir la veritat i revelar els secrets.

—Si l'aconseguim, Lerons ens pagarà molts diners —li brillaren els ulls a l'alt.

Martí de Perelló enfilà cap al carrer estret i poc il·luminat que conduïa a la casa gran que havia esdevingut convent feia uns anys. Era fosca nit i la ciutat estava deserta. Caminava trist i abraçava amb força el cofre. Pensava en el rei, en aquells ulls plens de pau que li havien dirigit la darrera mirada, aquella que els moribunds dediquen a qui ja no veuran mai més. De sobte s'aturà un instant. Juraria que algú l'estava seguint i tombà lleugerament el cap. Li havia semblat veure una ombra que s'esmunyia. No hi havia ningú més al carrer. Va sentir por. Caminà més de pressa, però encara no havia arribat al cap del carrer, que va veure una altra ombra davant seu.

Va pensar amb rapidesa. L'havien envoltat i no podia arribar a la seva destinació ni tornar enrere, perquè li tallaven el pas. Sense rumiar-s'ho dos cops, enfilà pel primer carrer que tenia a mà dreta, un pas estret que conduïa al port. Així sabria si de debò anaven per ell.

Les dues ombres s'aplegaren i el seguiren. Llavors Martí començà a córrer carrer avall.

—Ho veus? Amaga el secret del rei —digué l'home baix.

—Agafem-lo —ordenà l'alt.

I les dues ombres sortiren cames ajudeu-me darrere del fugitiu.

Martí arribà al port. Era molt tard i no hi havia lluna. Espantat, sense saber què havia de fer ni cap a on havia d'anar, es dirigí cap a les barques. Allà saltà i s'amagà dins d'una petita embarcació dels pescadors.

Poc després les dues ombres arribaren a les barques que les tranquil·les aigües bressolaven.

—On s'ha futut, aquest fill de puta? —escoltà que feia un dels seus perseguidors.

—No pot haver anat gaire lluny. És per aquí, segur —responia l'altre, que esbufegava—. Ens vol fer córrer, però et juro que quan l'agafi li tallaré el coll.

Esgarrifat, Martí va tremolar en sentir que aquell parell havia començat a regirar totes i cadascuna de les barques i que s'atansaven. Si es quedava l'enxamparien. Devien ser un parell de lladres que li volien robar el cofre, tot pensant que hi amagava un tresor. I l'abraçà amb força. De fet era més que tresor, era el llegat del rei i no se'l deixaria prendre. Llavors va mirar les barques. Si aconseguia saltar per damunt d'elles i arribar fins al final, podria esmunyir-se pels carrers i no l'atraparien. S'aixecà i començà a córrer de nou.

—Allà! —cridà un dels perseguidors.

Martí saltà per damunt de les barques, però just en atrapar el moll, va relliscar i va caure a l'aigua.

—Ha caigut. Ara l'enxamparem —va escoltar les veus, però no els feia cas, sinó que intentava desesperadament agafar-se a algun lloc, perquè no sabia nedar.

—Maleït sigui! —digué el més alt, mentre arrossegava el cos de l'infortunat Martí de Perelló—. S'ha ofegat.

—I el que duia? —s'interessà el més baix

—No ho sé. Deu haver caigut a l'aigua.

—Què fem amb ell?

—Tornem a llençar-lo a l'aigua.

—I què direm a Lerons?

—Ja ens n'empescarem alguna.

—Ens matarà —digué l'alt.

*** ***

La mar era en calma i el sol ja s'havia llevat quan els dos pescadors, pare i fill, damunt de la barca van veure aquell peix.

—Un dofí —cridà el fill.

—Ja el podem espantar o ell ens espantarà la pesca, si no se la menja —digué el pare.

—Heu vist, pare! —féu el noi.

—Allò no és un dofí —digué el pare, bocabadat—. És un drac o el mateix diable.

El dofí, o el que fos, saltava damunt de l'aigua i a cada salt, quan tot just creava per davant del sol, de la seva boca s'escapaven reflexos vermells, raigs de llum roja que semblaven llengües de foc.

—Fugim! —ordenà el pare, i es dirigí a inflar la vela.

En arribar a port van explicar el que havien vist als seus companys.

—N'estàs segur que era foc, el que treia de la boca? —preguntà un mariner.

—Ho juro, que ho he vist amb aquests mateixos ulls. Era com si la seva boca fos vermella i llencés espurnes — explicà el fill—. Oi que sí, pare?

—No sé que era, però puc jurar que en tots aquests anys no havia vist res d'igual.

Tots les barques van sortir i es dirigiren cap al punt que assenyalava el pescador, però res hi van veure.

—A quina hora dius que ha passat això —preguntà un mercader, quan van tornar.

—El sol feia poc que havia deixat l'horitzó.

—Potser era Sant Jordi amb la seva espasa de foc, perquè aquesta és l'hora que ha mort el rei Jaume.

EPÍLEG

El rei Jaume I el Conqueridor va morir un tranquil matí del mes de juny de l'any mil dos-cents setanta-sis. Un mes després de la seva mort, el seu fill Pere va complir el seu jurament, aquell que havia fet als peus del llit d'un moribund, i que és sagrat, i els sarraïns van ser derrotats.

Seguint els savis consells del seu pare, el nou rei d'Aragó, de Catalunya i de València va reunir Roger Bernat III de Foix i el bisbe Pere D'Urg i els donà un ultimàtum. O signaven un acord o ell acabaria per sempre més amb el problema de l'Urgell, perquè no podia perdre el temps en bajanades ni en picabaralles estúpides de nobles i prelats.

Dos anys després de la mort de Jaume I el Conqueridor, el dia 8 de setembre de mil dos-cents setanta-vuit, festivitat de la Mare de Déu de Meritxell, se signaven els Pariatges entre el bisbe i el comte i la pau s'establí a l'Urgell i a les Valls d'Andorra.

Pere va regnar amb el nom de Pere III, rey d'Aragó, de Catalunya i de València, i ha passat a la història amb el nom de Pere el Gran. L'altre fill, va ser el rei de Jaume I de Mallorca.

Allò que ningú no va esmentar, perquè ningú li va concedir major importància, és que dos dies després de la mort de Jaume I el Conqueridor un pescador va veure al port, al fons de l'aigua, al costat de la seva barca, un objecte. Va prendre una perxa, el va treure i va descobrir que era un cofre sarraí obert i buit. Tanmateix, no va trobar-hi res més, malgrat que va estar remenant les aigües durant força estona, tot pensant que hi devia haver un tresor. Finalment, cansat, es va endur el cofre a casa i l'endemà la seva esposa el va vendre a un mercader que viatjava cap al sud. Mai més se n'ha sabut res d'aquell objecte.

Si algun dia visiteu València, atanseu-vos al mar quan el sol ja ha despuntat, contempleu les aigües i busqueu els reflexos vermells que semblen llengües de foc que surten de la boca d'un peix. I si els veieu, fixeu-vos-hi bé, perquè podria ser una daga sarraïna amb la fulla corbada i una pedra vermella al puny en boca d'un dofí. Llavors aixequeu els braços ben enlaire i tanqueu els ulls, perquè, si pareu molta atenció, escoltareu dins vostre una veu profunda que diu:

—Iiiiii...

És l'esperit de Jaume I el Conqueridor, el rei que va conquerir terres i cors.

ALTRES OBRES D'ALBERT SALVADÓ

Si heu gaudit amb la lectura, potser us interessi conèixer altres obres d'Albert Salvadó, totes disponibles en format de llibre electrònic.

EL MESTRE DE KHEOPS

Obra guanyadora del PREMI NÉSTOR LUJÁN DE NOVEL·LA HISTÒRICA.

Aquesta és la història de l'època del faraó Snefrú i de la reina Heteferes, pares de Kheops, el constructor de la major i més impressionant de les piràmides. També és la història de Sedum (un esclau que va arribar a ser el mestre de Kheops), del summe sacerdot Ramosi i del naixement de la primera piràmide.

Sebekhotep, el gran savi d'aquells temps, deia: «Tot està escrit a les estrelles. La major part de nosaltres vivim sense ser conscients d'això; alguns són capaços de llegir en elles i veure-hi el destí; però molt pocs aprenen a escriure sobre elles i poden canviar el destí».

Ramosi i Sedum van aprendre a escriure i van intentar canviar els seus destins, però la seva sort va ser molt desigual. Vet aquí el relat de l'enfrontament de dues intel·ligències: una lluitava pel poder i l'altra per la llibertat.

LA GRAN CONCUBINA D'EGIPTE

Obra guanyadora del IX Premi Néstor Luján de Novel·la Històrica (2005)

L'any 1100 aC governa el faraó Ramsès XI, els camins no són segurs, els comerciants estan espantats, les nacions veïnes no respecten Egipte, la nació es trenca... Herihor, general de l'exèrcit del faraó, viatja a Tebes per salvar l'imperi de les urpes de Penehasy, usurpador nubi.

Després de la gran victòria, rep una revelació dels Déus i ocupa el lloc de Summe Sacerdot. Ell serà el primer membre d'una nova dinastia: la dinastia dels sacerdots. I pacta amb l'altre gran general, Smendes, que Ramsès XI continuarà sent el faraó, però ara hi haurà dos reis: Smendes regnarà al nord i Herihor regnarà en el sud. Ells pacten la divisió de poders i prenen totes les decisions. No obstant això, la mort d'Herihor esdevé un misteri que amenaça amb desencadenar la pitjor de totes les crisis. El seu cos ha desaparegut i si no poden enterrar-lo el seu successor no pot accedir al tron. Llavors Ramsès podrà reclamar de nou el regne de Tebes. On està el cos d'Herihor?, es demana tothom i el misteri creix, mentre la seva esposa Nodyme, la Gran Concubina d'Egipte, mou els fils amb una subtilesa digna del millor dels governants i decideix per damunt de tots.

L'INFORME PHAETON

A través d'un relat ple de misteri, un escriptor troba una explicació alternativa a tot el que ens han explicat, que mou el seu interior i li obre les portes d'un món fascinant, fins a conduir-lo a un descobriment demolidor que ho canvia tot: el Diluvi Universal el vam provocar nosaltres mateixos, l'ésser humà. No va haver-hi cap intervenció divina. I ho demostra.

Diu la llegenda dels indis Hopi: «L'explosió demogràfica, la multiplicació de les mega-polis i dels transports aeris van fer que l'Home no es conformés únicament amb la creació... sempre desitjava més i més. No deixava de produir fins i tot el que no necessitava i com més tenia, més en reclamava.»

De quines «mega-polis» i de quins «transports aeris» parlaven? Perquè la llegenda Hopi té segles i segles d'antiguitat.

Per altra banda, hi ha un mínim de 83 relats i llegendes que parlen d'un gran cataclisme i de muntanyes d'aigua que ens van caure al damunt. I tots aquests relats parlen d'un home previsor, que en el nostre cas va ser Noè. Però cada regió té el seu salvador particular: Nata, Ouassou, Montezuma, Manu, Bergelmir, Yima, Nan-Choung i molts més Noè repartits per tota la geografia mundial.

La piràmide de Kheops... Només és una tomba per a un faraó? Realment va ser construïda per Kheops?

I, per si fos poc, hi ha un llibre silenciat i apartat de la Bíblia, anomenat el Llibre d'Enoc (un dels patriarques bíblics) que parla sense embuts d'experiments genètics, naus, estacions orbitals...

Davant de tot aquest desplegament d'informació silenciada, el protagonista d'aquesta misteriosa història es demana: El que ens han explicat és la veritat? I el que és més interessant: Les llegendes són només llegendes o són crits d'un passat que ens implora que no l'oblidem?

L'ENIGMA DE CONSTANTÍ EL GRAN

L'emperador Constantí el Gran és una de les figures més impressionants i controvertides de la història universal.

Les seves decisions són un vertader enigma que aquesta obra desvela magistralment. La seva vida és una infinitat de lluites i conquestes, amistats i odis, amors i desamors, grandeses i misèries, nobleses i crims, enganys i traïcions. I ell, des de la humilitat de l'home que s'enfronta a la seva mort, fa balanç de tot.

Va ser l'últim dels grans emperadors. Fill bastard de Constanci Clor, va unificar l'Imperi romà per última vegada, va concedir la llibertat als cristians, va crear el primer exèrcit mòbil, va instituir la moneda única (el Solidus, vertader precursor de l'Euro), va fundar

Constantinople, va assassinar amb les seves pròpies mans... i va viure un gran amor amb Minervina, la seva primera esposa.

Submergir-se en la vida de Constantí és reviure una època increïble i descobrir el gran misteri de les seves decisions, aparentment absurdes i contradictòries i, malgrat tot, carregades d'una lògica sorprenent i implacable que Albert Salvadó ens dibuixa amb pols ferm i mà mestra. Una obra que mai s'oblida i que va merèixer ser finalista en el I Premi Néstor Luján de Novel·la Històrica.

L'ANELL D'ÀTILA

Obra guanyadora del Premi Fiter i Rossell del Cercle de les Arts i les Lletres.

En ple segle V, Constantinople i Roma contemplen amb preocupació com totes les terres entre el Rin, el Danuvi, el Volga i el mar Bàltic rendeixen homenatge al nou emperador dels huns, com es fa dir Àtila.

I la preocupació es converteix en pànic quan comença a circular la llegenda que parla d'un home que està per damunt dels altres mortals, perquè ha rebut de mans dels déus l'espasa de Mart.

Sever Antoni Brauli Teodosi, general, ambaixador i senador, viurà una vida sencera per descobrir que som els homes que aixequem els imperis i, també som nosaltres, els qui els esfondrem.

Mentre tot l'Imperi cau al seu voltant, ell, des de la seva vila de Tarraco, relata al seu amic Pau Orosi, que va escriure la història d'aquells dies, els seus records, els d'una època increïble, en la que l'aparició d'un home irrepetible, el gran Àtila, es va aplegar a una altra figura que va marcar el final absolut de l'Imperi Romà d'Occident: Gal·la Placídia. Néta, filla, germanastra, esposa i mare d'emperadors, es va asseure durant trenta anys a la cadira imperial.

El gran Sever, espectador privilegiat pels càrrecs que va ocupar, crida: «Mai, en tota la història, va haver-hi una dona tan predestinada!» I relata amb tots els detalls com Gal·la Placídia va enfrontar els millors generals de Roma entre si, va impulsar Àtila a atacar un Imperi debilitat i ofegat per la corrupció, la traïció, la cobdícia i el vici, i va deixar al tron al seu fill Valentinià, un vertader monstre.

El resultat no podia ser un altre, i la història ha fet justícia.

EL RELAT DE GÜNTER PSARRIS

Els que l'han llegit diuen que es tracta d'un relat dur, però que és, al mateix temps, el més tendre i humà que ha escrit Albert Salvadó.

En una cabanya en meitat dels Pirineus, tres homes troben el cadàver d'un pastor, la fotografia d'un oficial nazi i un manuscrit.

Aquesta és l'apassionant història de Günter Psarris, a qui el món va convertir en assassí, malgrat que ell mai va deixar de ser una gran persona. Va viure durant la Segona Guerra mundial, a l'Alemanya de la bogeria, va ser tancat al camp de Mauthausen i va sobreviure. No obstant això, el preu que va pagar per això va ser molt elevat.

Aquesta és també la història d'algú que va estimar amb bogeria, que va ser deportat i que el món, lluny de casa seva, el va tractar amb duresa i li va robar tot el que tenia. Fins i tot l'amor. I aquesta és una història plena d'esperança i de lliçons, d'un episodi recent de la humanitat que ha quedat marcat per la violència, la brutalitat, el salvatgisme i el menyspreu absolut per tot allò que és sagrat: la vida humana. No obstant això, Günter Psarris sap que la vida contínua i que l'amor és etern. I això ningú l'hi pot robar. UNA VIDA EN JOC

Durant la Setmana de la Novel·la Negra de Barcelona 2009, "Una vida en joc" va ser qualificada com una novel·la Negra plena de colors. La raó és que en ella es donen cita elements que permeten classificar-la com a novel·la negra, de misteri, costumista, històrica i romàntica.

El protagonista és Víctor Pons, que treballa com a cap de seguretat del casino de la Rabassada, que es va inaugurar a Barcelona amb tota la pompa el 15 de juliol de 1911 i que tenia la pretensió de convertir-se en l'emblema de la ciutat. Això és un fet històric. I només va durar un any. Això és un altre fet històric.

Com a responsable de seguretat del casino, Víctor es veurà enfrontat en tota la seva cruesa a la cobdícia i la bogeria que generen les taules de joc, però també serà allí on trobarà l'amor de Carla Torres, una jove burgesa.

La mort en estranyes circumstàncies d'un client d'origen italià, provocarà que Víctor hagi de fer ús de tots els seus recursos per evitar un escàndol, per la qual cosa fa desaparèixer el cos. No obstant això, el que en principi semblava un suïcidi resultarà ser un assassinat i Víctor es veurà embolicat en una trama policíaca, complicada per l'amenaça mafiosa, que l'obligarà a tirar dels fils d'allò que s'ha succeït, sense adonar-se que hi ha una vida en joc: la seva.

EL RAPTE, EL MORT I EL MARSELLÈS

Obra guanyadora del "Primer Premi Sèrie Negra 2000" de Planeta.

Pot un bebè desaparèixer d'una clínica en menys de dos minuts? Possiblement. Però, davant dels ulls de tothom...? Sense que l'hagin perdut de vista ni un instant...? Això ja és molt més difícil.

Pot un home morir ofegat en la seva banyera amb l'estómac ple de somnífers? Possiblement. Però, sense que ningú l'hagi vist Arribar ni hagi sentit res, malgrat que hi havia gent a la casa...? I com hi va entrar? Ah!

Què hi té a veure un fet amb l'altre? Quin embolic!

Aquestes i moltes altres preguntes són les que ha de respondre Àlex Samsó en una aventura que comença d'una forma casual i, a poc a poc, esdevé un misteri constant. Però la major sorpresa no és el misteri, sinó un altre personatge més que curiós: el Marsellès.

Les explicacions sempre existeixen, però per trobar-les cal una ment capaç de fer que dos i dos sumin quatre, malgrat que de vegades sembla que les matemàtiques fallen i tothom acaba creient que dos i dos són cinc o tres.

Albert Salvadó, amb l'habilitat que el caracteritza, ens ofereix un nou misteri que ens manté subjectes i ens fa ballar el cap fins que apareix la solució.

UN VOT PER L'ESPERANÇA

Segons les profecies de Sant Malaquies, Benet XVI, el papa actual, és el penúltim. El pròxim serà l'últim.

«Un vot per l'esperança» comença just quan acaba de morir el pontífex, el conclave s'ha reunit per triar el successor i, de sobte, a la plaça de Sant Pere s'alcen veus que criden «Fumata blanca, fumata blanca!». Entre la multitud, Mario Darino, periodista que creu dominar els amagatalls del Vaticà, es queda petrificat en conèixer el nom que ha triat el nou papa: Pere II. En vint segles, cap altre papa s'havia atrevit a adoptar-lo.

A partir d'aquest instant Mario Darino viu una experiència increïble. La seva vida fa un gir de cent vuitanta graus i es veu immers en una perillosa trama d'interessos polítics i econòmics a la que no són alienes les intrigues que s'alimenten darrere dels mateixos murs del Vaticà, on sovint l'afany de poder s'amaga sota un mantell de religiositat.

La història està infestada d'exemples, i tot es precipitarà quan comenci a prendre cos la profecia de sant Malaquies, que vaticina que l'últim papa tindrà per divisa Petrus Romanus, portarà per nom Pere II i durant el seu pontificat tindrà lloc el judici final.

ELS ULLS D'ANNÍBAL

Obra guanyadora del «PREMI CARLEMANY 2002»,

A la Roma dels primers temps la dona no tenia cap dret: era considerada una propietat i el matrimoni només era un contracte per tenir fills. Tot i així, en privat, la dona esdevingué el suport de l'home i el centre d'un poder silenciós i secret que va influir en les grans decisions.

Aquesta és la història d'Ariadna, una dona d'ulls foscos i misteriosos com la nit, i de Sinesi, el filòsof que era capaç de llegir als ulls dels altres i despullar les ànimes i que va descobrir que Ariadna guardava al seu interior tot un univers, ocult darrere del misteri de la seva mirada.

Una història en què l'amor amb majúscules s'uneix a les quatre derrotes consecutives, també amb majúscules, que Roma va patir a les mans del gran Anníbal. I tot per causa d'uns ulls.

També és la història de Publi Corneli Escipió, que esdevindrà el més gran dels generals romans, que va aprendre que els ulls són la porta que ens permet contemplar l'ànima i atrapar els sentiments de qualsevol.

El nom d'Anníbal ha passat a la història de la mà dels elefants, però un cop hagueu llegit aquesta obra, és possible que substituïu els paquiderms per alguna cosa molt més petita i infinitament més poderosa.

MALEÏT CATALÀ!

(Primera part de la trilogia L'OMBRA D'ALÍ BEI)

Qui es va amagar davall el nom d'Alí Bei?

Es deia Domingo Badia i va nàixer a Barcelona durant la segona meitat del segle XVIII. En poc de temps esdevingué un dels personatges més fascinants de la nostra història: aventurer, viatger, dibuixant, escriptor i espia al servei d'uns quants països.

Va viatjar per tot el Mediterrani fins a arribar a terres islàmiques on, per tal de passar desapercebut, va adoptar una nova personalitat. Es va fer circumcidar a Londres, es va disfressar de príncep turc, va exercir la poligàmia, mentre deixava una esposa a Espanya, va espiar a les ordres de Godoy, va ser el primer occidental capaç d'entrar a La Meca, es va posar al servei de Napoleó... i va viure una vida real que supera tot allò que una fèrtil imaginació sigui capaç d'engendrar.

MALEÏT CATALÀ! És la primera part de la trilogia de L'OMBRA D'ALÍ BEI i representen una visió àcida, no exempta d'humor, del món de la política en què hi ha cabuda per a estranys, arribistes, pocavergonyes, traïdors, aprofitats...

A finals del segle XVIII i inicis del XIX, Europa sembla que ha perdut el rumb. La Revolució Francesa canvia tots els plantejaments, la monarquia absoluta arriba al seu fi, Anglaterra i Espanya es disputen la supremacia a l'Atlàntic i al Mediterrani, i França s'enfronta a tots els seus veïns, mentre Rússia ho contempla tot des de la llunyania.

Enmig de tant d'enrenou, Godoy, l'home que maneja els fils del poder a Madrid gràcies a la seva estreta relació amb la reina Maria Lluïsa, té damunt la seva taula un curiós tractat de globus i màquines aerostàtiques signat per algú que es fa dir Polindo Remigio. Els Serveis d'Intel·ligència britànics es demanen qui és aquest home, perquè saben molt bé que el primer ministre espanyol és calculador i perillós.

La màquina de l'espionatge es posa en marxa i arriben les primeres sorpreses. Polindo Remigio no existeix. Llavors... què o qui s'amaga darrere d'aquest nom?

A partir d'aquí s'inicia una investigació que obligarà a *Sir* Blum, cap dels Serveis d'Informació del ministeri d'Afers Estrangers encarregat de l'àrea del Mediterrani compresa entre Espanya, França, Itàlia i el nord d'Àfrica, a exclamar: Maleït català!

No obstant això, ni ell ni ningú són conscients que estan assistint al naixement d'una vertadera llegenda: la llegenda d'Alí Bei

MALEÏT MUSULMÀ!
(Segona part de la trilogia L'OMBRA D'ALÍ BEI)

Amb un deix d'humor que planeja al llarg de tota la novel·la, i sense deixar de costat la crítica mordaç al món de la política, on tot s'hi val, Albert Salvadó ens presenta MALEÏT MUSULMÀ!, la segona part de la seva celebrada trilogia L'OMBRA D'ALÍ BEI, i ens guia a través d'una de les aventures més increïbles de la història real. «Mereixeria ser portada al cinema», han dit molts dels seus lectors.

Domènec Badia viatja a Londres i Alfred Gordon desvela el misteri d'Alí Bei. No obstant això, ara, apareix un nou enigma: Què pretén el govern de Godoy? Perquè després de l'aventura del globus, tot és possible...

Badia, sota la disfressa d'Alí Bei travessa l'estret de Gibraltar i desembarca a Tànger. A partir d'aquí, sense cap coneixement de la llengua ni dels costums d'aquelles terres, s'inicia la seva gran aventura al Marroc, país que recorrerà de cap a cap, coneixent el sultà Sulaiman i a una bona part dels homes que ocupen el poder. Entre ells troba Abd-as-Salam, el germà cec del sultà, que el conduirà pels camins del plaer i li descobrirà un món ocult.

Mentrestant, a Madrid, Godoy espera amb ànsia les notícies del viatger, que és com anomena a Domingo Badia, i somia amb la conquesta del nord d'Àfrica per obtenir els cereals que Sulaiman li nega. I tot això sota l'atenta mirada dels serveis secrets anglesos.

Qui va ser en realitat Alí Bei? Un conspirador i un espia? O podria haver estat un científic i un explorador? O fins i tot un aventurer, un vividor i un polígam? O... tal vegada un altre misteri per resoldre?

MALEÏT CRISTIÀ!
(Tercera part de la trilogia L'OMBRA D'ALÍ BEI)

Amb MALEÏT CRISTIÀ!, Albert Salvadó ens condueix fins al desenllaç de la seva trilogia L'OMBRA D'ALÍ BEI, un personatge que va marcar tota una època i que, encara avui en dia, continua despertant un interès inusitat. Una obra que a mesura que s'avança en la seva lectura, cada vegada apassiona més, fins que les sorpreses se succeeixen i expliquen qui va ser de debò Alí Bei.

Europa canvia, Napoleó ha estat derrotat i enviat a l'exili.

En aquest context, Domènec Badia (Alí Bei) ha de fugir a França i s'estableix a París amb la seva família. Allà publica el relat dels seus viatges pel Nord d'Àfrica i els dedica al rei Lluís XVIII.

No obstant això, la vida no és fàcil en un país que no és el seu i Badia descobreix que ha d'integrar-se, si vol assolir els seus objectius, però no compta amb que el Duc de Richelieu no és Godoy i no creu en els seus projectes.

A partir d'aquí Domènec Badia haurà de ser capaç de trobar el camí que li permeti convèncer al govern francès perquè li financïi una nova expedició, única manera d'adreçar la seva malparada economia familiar. Tot Això sota l'atenta mirada dels serveis secrets britànics que observen els seus moviments amb creixent preocupació. Més encara quan Domènec Badia aconsegueix el seu objectiu i parteix per a una nova expedició.

Però la gran aventura de Domènec Badia, Alí Bei o Othman Bei, l'home de les mil cares, encara no ha arribat. Ell és capaç de crear una trama portentosa amb què es burlarà d'anglesos i francesos. És aquí on vertaderament naix la llegenda del més gran de tots els viatgers del segle XIX.